U0781795

饌
工厂

北京到巴黎

Paking to Paris

[美] 迪娜·班尼特 著

谢文英 译

中国友谊出版公司

图书在版编目（ＣＩＰ）数据

北京到巴黎 ／（美）迪娜·班尼特著 ；谢文英译
. —— 北京 ：中国友谊出版公司，2017.5
书名原文：Peking to Paris
ISBN 978-7-5057-4060-0

Ⅰ．①北… Ⅱ．①迪… ②谢… Ⅲ．①长篇小说－美国－现代 Ⅳ．①I712.45

中国版本图书馆CIP数据核字(2017)第104998号

著作权合同登记号 图字：01-2017-3982号

书名	**北京到巴黎**
著者	[美]迪娜·班尼特
译者	谢文英
出版	中国友谊出版公司
发行	中国友谊出版公司
经销	新华书店
印刷	北京中科印刷有限公司
规格	880×1230毫米　32开
	9.75印张　214千字
版次	2018年5月第1版
印次	2018年5月第1次印刷
书号	ISBN 978-7-5057-4060-0
定价	48.00元
地址	北京市朝阳区西坝河南里17号楼
邮编	100028
电话	(010) 64668676

版权所有，翻版必究
如发现印装质量问题，可联系调换
电话　(010) 59799930-614

看到一幅好的地图，
我的内心就会充满某种狂野的冲动。
——芙蕾雅·斯塔克

目录
CONTENTS

献给伯纳德

与灾难若即若离

对于参与冒险活动，我总是内心充满犹豫和矛盾，而这一心理在我最早的记忆中就有了。实际上，这也谈不上什么记忆，只是被人津津乐道的家庭传说罢了。那时，我刚学走路，手里紧紧抓着一张阿图尔·鲁本斯坦演奏肖邦夜曲的唱片。很显然，手里握着硬东西的感觉让我很有安全感，使我错误地以为自己能够直立行走了。总而言之，我才向前蹒跚了两步就意识到这个唱片在跟我开一个恶意的玩笑。我抱着唱片，不是它抱着我。幸运的是，就在我身体不稳向前扑时，我也没乱了方寸，而是镇定地把唱片抛到安全地带。不然，在摔倒的时候我就会弄碎唱片，不用说也会剥夺我的天才钢琴家妈妈最心爱的一个唱片了。但是我跌倒时并没有破坏唱片，妈妈和她的朋友们都高兴地为我鼓掌。而我非但没有哭，还开心地笑了。在那一刻，我得到了一个简短而有力的教训，那就是想象力能让我做到凭常识做不到的事情。

然而，积极和消极总是成对存在的。自从那次被唱片背叛后，遇到事情时我就总往最坏处想。总这样想，总这样想，烦恼就成了我生活的一部分，时刻伴随着我。假如我在海边附近游泳，那里的水很浅，我的脚都能触到水底的沙子，我却能看到自己被波浪连续击打，灌得满嘴咸水和沙子。见到雪，我的眼前就会出现雪崩，看见自己被痛苦地幽闭在一个雪棺材里，双臂被混凝土般坚硬的雪地装夹固定住，窒息得喘不过气来。我是在磕磕碰碰中长大的，就像一直在跳着一种奇特的"恰恰舞"一样，我渴望体验所有的新奇事物，这种渴望拉着我向前走，但同时我内心深处无名的恐惧又使劲向后拽我。

我还记得小时候的另一件事。记忆中，我正躺在放电视的房间里的沙发上，身上盖着一条白色印着淡粉和绿色花朵的被子。这是我在生病时盖的被子。上小学期间，每当我嗓子疼或感冒不能上学时，妈妈就允许我蜷伏在被窝里看电视。假如我病得不那么厉害，不需要卧床休息，我就会盘踞在沙发上，看上一整天的电视。我会先看健身教父杰克·拉兰内奇怪的健美操表演，然后是极度愚蠢的《我爱露西》电视剧，再后来是《舞动美食》里醉醺醺的美食家的烹饪教学，他一边操作着锋利的刀子一边还喷喷地喝着梅子白兰地（东欧人喝的一种烈性酒）。中午，享用过一顿温馨的鸡汤拌饭的午餐之后，我又回到沙发那里，一边喝着姜汁饮料一边欣赏最好的节目《让我们做个交易》。我发现，主持人蒙提·霍尔选拔参赛者的方式既有趣又不光彩。我知道，即使自己将来长大了，可以参加这个节目的录制，也不会有那么一个钱包，把蒙提可能要求的所有东西都放进去，更别提在袋子里装上一条短裤、一把铲刀、十五把钥匙和一个煮熟的鸡蛋，而这些都是蒙提偶尔会要求的。但是一旦当他以自己独特的方式拉着长腔朝着狂喜的参赛者大喊"来吧"的时候，我也完全投入进去了，大喊着为他们加油："选一号门！不不不！停下！选二号门！"

《让我们做个交易》这个节目让我一辈子都害怕。自那以后，我一边不无担忧地笨拙地跳着我的"恰恰舞",一边警惕地寻找着一丝空隙、一种可能性、一扇哪怕被打开一点点的门,这一点点空隙就足以让我把脚尖伸进去把门推开。现在我要讲的就是这样的一扇门的故事,以及在我盲目地决定穿过这扇门时所发生的一切。我想,如果你是我的话,可能会和我一样成功地完成这次旅行。当然,也很可能比我做得还好。

北京：镜头一

我从来没有想过我会这么长时间地待在汽车里——任何一辆汽车都算上——况且我们走的地方连 GPS（全球定位系统）都不容易找到。我不太适合这个。我会晕车，我一直生活在焦虑之中，我讨厌不知道接下来要发生什么事情。因为事先没有足够认真地考虑，生活中我做过很多事情，遇到困难时也不知道掉头跑掉。所以，每当遇到麻烦时，我就后悔自己有这样一个性格缺陷。但当我走出困境时，就非常感谢自己能利用想象力，一次又一次说服自己进入根本就不适合自己的冒险境地。没有这种能力，接下来的事情就永远不可能发生。

我们还没有到达中国，但我已经感到一阵恐慌，害怕自己可能会迷路。对我来讲，知道如何找到路不是一般重要的技能。几天后，我们将会坐在一辆七十岁的老爷车里在长城那儿无所事事，等待着宣布比赛开始的方格旗向下挥动的那一刻。届时，我们将开启从北京到巴黎旺多姆广场七千八百英里的老爷车拉力赛之旅。我的丈夫伯纳德会开车。在以后的三十五天里，我会告诉他去哪里。

此时，我正在穿过人群，不时被来北京国际机场接站的推推搡搡的人群碰撞。我按照妈妈教我的那样走在人群中。那时，我还是小姑娘，在纽约中央车站，我走在她后面，奋力抵抗着上下班高峰期的人群。"亲爱的，把双手放在臀部，"她用她那音乐般美妙的法国口音说道，"像这样。"她用她那修剪整齐的手把我的双手放在恰当位置，这样我的肘部就向两边伸出来了。"人们离你太近的时候，你就戳他们。"她告诉我，说完昂起头，为自己的胆量得意地笑了。这个把戏在她那儿很管用，但是我怀疑这与手臂的位置没有任何关系，人们给她让路完全是她身上所散发的魅力和香水的功劳。那时候，我才五岁，头还不及来来往往的一般通勤族的腰部高。因此，没有人给我让路，我只得在后面努力地跟上，我的脸因为恐慌而变得通红，受伤的手肘还不时受到摩擦。

在北京，我妈妈的那套人群驯服把戏还是没起到作用。在成群结队的快乐迎宾人员的推来搡去之中，我看着伯纳德像一个边跳边往后退的伦巴舞者那样旋转着臀部穿过人群。他很确信已为我打通了一条通道，帮助我向前进，所以他甚至都没向后瞅一眼。结果，我被他落得越来越远了。

为防止我随身带的包从肩上滑落，我缩紧脖子来固定住带子。但由于我的脖子在飞机上已经以奇怪的角度极不舒服地歪着待了连续十四小时，现在无论如何也无法再保持那样一个姿势了。装满了地图、充电器、一些我最喜欢的柠檬口味的 Luna 巧克力棒和一块 RadioShack 备用电池组的包，重重地砸在了地上。我停下来重新调整，抬头时刚好看到伯纳德正闪进一辆小出租车。当我弯腰进到车里坐到他旁边时，已经是大汗淋漓不成样子了。但是我很快乐，准备好在这个安全而又令人遗憾的临时移动庇护所里松一口气了。

尽管有时差反应，还有因为太长时间待在飞机上，我的双眼如同小小的干硬葡萄干一样干瘪无神，但我还是注意到了一件事：这里有很多的人，这里每一个方形街区内的人数，要远远超过我所居住的科罗拉多县的人数，而科罗拉多县则有整整两千四百平方英里，那里的居民才勉强有一千四百人。我们的出租车穿行在车流之中，不时停下来避让穿过拥堵街道的行人洪流，而这时数以百万计的人正在忙着自己的事情。路边一旦出现空隙，后面的行人就成群地拥来，很快挤满空地儿，紧随其后的还有密密麻麻数不清的人群。透过车窗向外看，我一会儿震惊地庆幸自己已到北京了，一会儿又烦躁地忧虑面前这一切意味着什么了。到处都是用中文写的街道标志，我已无法学会这门语言了。因为缺觉而昏昏沉沉的我，竟觉得如果自己使劲盯着这些路标看，就会在潜移默化中学会这门语言了。如果我学不会的话，一旦比赛开始，怎么能搞懂指示牌的意思，怎么才能开出中国呢？

我们的司机双手紧握方向盘，后背挺直，整个身体都在用力，遇到行人挡住去路时，他也不减速，一个大胆地急转弯，竟然奇迹般地绕过去了。至于我，这要在往常，早就不耐烦地想把出租车司机的脚按到油门踏板上了，而此时，我多么渴望他能慢下来。要是能够逃避我作为驾驶员伯纳德的总领航员而披甲上阵的那一刻，我会非常乐意永远待在这辆车里的。如果这时有人要听我说话，我会告诉他："这是一个很大的错误。"是的，伯纳德就坐在我身边，但是我很快就认识到，无论如何他是不会理解我想逃跑的想法的。他是一个对自己充满了无限信心的人。而我，只要能控制结果，是不在乎一两次冒险的。然而，就像我清楚地了解我的长发和深陷的双眼是棕色的，以及我虽不丰满，但也永远不会瘦骨嶙峋一样，我明白北京到巴黎老爷车拉力赛就像一匹咬牙冲下山的脱缰野马一样不可控制了。我曾经骑过这样一匹马，所以我可以告诉你：在那种情况下，你根本控制不了。

让我感到困惑的是，在过去七百多天的日子里，我怎么就从没有勇气告诉伯纳德，我并不是真的想参加这次比赛。当然，如果我说出来的话，那就意味着我们的婚姻将会出现逆转。无论做什么事情，我们两个总是在一起，我们包容彼此缺点的方式也是很多人无法做到的。我们共同创建了一家软件公司并取得了成功，建造了我们的梦想家园，然后又一起断然抛弃了它，开始了我们的牧场生活。这其中任何一件事都会毁掉比我们还要脆弱的关系。然而，我和伯纳德什么事都没有，到今天还在一起。

让我说得更清楚一点儿。参加这次比赛是伯纳德的梦想，不是我的。汽车对我来说，只是把我送到某个令人愉快的目的地的一种交通方式而已，比如去朋友的家里，去一家很棒的餐馆，或者去我最喜欢的美甲沙龙。然后还有其他的原因，就是我会晕车这件小事。在车里我只要试着读书就会感到恶心，而且在下车之后还会持续很长时间。我怎么就那么没骨气地同意了这次冒险，还是自欺欺人地认为到时候它就会自动消失？

坐在出租车后面，放弃了学习中文的念头，我头靠在后排座位上的靠枕上休息，因为有太多的人枕过，它的灰色内饰已经被头油和汗水弄脏了，黑乎乎的。我闭上眼，眼睑就成了播放电影预告片的银幕，这一状况已经无休止地进行几个月了。开始是中国敲打乐器的叮当声、尖锐的小提琴声、令人激动的长笛声，然后就听见一个低音旁白："他们的车子坏了，那就让他们困在戈壁滩吧，真有趣，放烟花。他们会成功吗？还是他们中只有一人会独自走回家？跟着这对一路争吵着穿过西伯利亚的疯狂搭档……"我们现在是主演，这一切听上去就像喜剧预告片，只是我并没有发现什么幽默的成分在里面。

尖锐的小提琴发出的呜呜吵闹声逐渐远去了，我的思绪又飘移到了我的农场小镇，那是九月一个温暖的下午，在法院大楼前的草坪上，铁板麋鹿汉堡的果汁飞溅在木炭上，发出诱人的浓郁肉香的烟雾袅袅上升，缭绕在沉甸甸的树枝上，知更鸟在叽叽喳喳地叫着，热切地希望自己不会成为烤架上的鸟肉串。

随着时间的流逝，这个画面散发着宜人的乡村魅力。我没有看到任何迹象向我发出警告："小心！往前走，你会感到痛苦，你们夫妻关系也会产生不和谐。"对自己即将陷入如同在尼亚加拉大瀑布上试图抓住一只迅速移动的大桶一样的痛苦境地也一无所知。一切都是为了这一件事：驾驶着一辆可能大多数人早就扔在他们祖辈的花园棚里置之不理的老爷车，沿着成吉思汗曾经走过的丝绸之路，与其他一百二十五组参赛者比赛。

我曾无数次在脑海中重温那天的一切，不知道那天下午是否可能会有不同的结局。

法院的启示

想象一下：五十辆精致的老爷车，随意地停放在高大的三叶杨摇曳的树荫下。这些都是汽车中的精英，那种让你赞叹的汽车。我说的是布加迪、捷豹、拉贡达、梅赛德斯、阿斯马丁。驾驶员和他们的领航员徘徊在铺着塑料布的餐桌旁，不停地闻着，垂涎欲滴，焦躁而又不失耐心地等待着当地"狮子"俱乐部宣布午餐开始。

这是科罗拉多大峡谷老爷车巡回赛。这个比赛要持续一周，世界上最美的老爷车都被邀请来穿越科罗拉多州的小镇，欣赏令人惊叹的一路美景。我亲爱的县是本次比赛路线上最小最穷的县，在地图上看就是一个斑点，而且整个县只有一个镇子。镇子上满是摇摇欲坠的建筑，点缀在公路的两旁，而公路本身也仅是一条双车道柏油路，连接了怀俄明州与通向西部和南部的滑雪胜地。驾车穿过这个地方，你会满腹狐疑地问：谁可能会居住在这样一群黯淡无光的木板房里呢？从那些用木板隔断的房子向远处望去，一切就变得很清晰了。我们所处的峡谷三面都是荒野和生有金鳟鱼的溪流。峡谷上面就是科罗拉多有名的广阔蓝天了。如果你有一辆老爷车，而且想展示一下它的威风，这是最理想不过的地方了。正如这些人现在做的一样。

我穿行在人群中，不时停下来视察一辆汽车。我对老爷车的了解还不如对新车的了解多。即便我有那么一点点鉴赏力，也几乎不敢碰任何一辆老爷车上闪闪发光的漆。我绝不敢用脏手去玷污价值六位数的豪车。

我终于看见了伯纳德，他正在不知不觉地踮起脚尖往上弹跳。他那五英尺六英寸高的强壮的块头，就像一个勉强系在地上的热气球。我抓住他的胳膊以免他升到空中。在任何时候，伯纳德都很有活力，但是现在他嘴里在滔滔不绝地讲着，身上所洋溢的那种兴奋劲儿，我多年都没有看到过了。他绿色的眼睛周围浮起一团皱纹，眉毛动来动去，他的法国口音变得越来越强烈，而这正是他真正兴奋时的样子。"这是马蒂厄和艾米丽。"他指着一位身材修长的金发绅士和绅士旁边的女士对我说，这位绅士的蓝眼睛目光锐利，女士的装扮古朴典雅。我注意到他们故意装作漫不经心的样子，他们身上穿的是看不到商标的皱巴巴的卡其裤。在这里，只有你刚从商店买来穿上的裤子上才会是熨烫过的，后兜上清楚地显示是 Carrhart 还是 Wrangler 的品牌名。我刚打完招呼"很高兴认识您"，伯纳德就迫不及待地告诉我他兴奋的原因了。"还记得我那本关于黄色之旅的书吗？哦，他们曾经参加过类似的一次旅行，沿着古老的丝绸之路。是一次拉力赛，老爷车拉力赛。"他一双热烈的眼睛直勾勾地盯着我，"二〇〇七年还会有一次呢！"

伯纳德一口气说了这么多，刚停下来喘口气，马蒂厄就插话进来，补充了最为非同凡响的信息。"这次叫北京到巴黎老爷车拉力赛。"他说话时重音较轻，英语也不是很顺畅，不过我也没能说出他到底是瑞士人、荷兰人还是德国人。他很专业地打量着我，或许是对我感兴趣吧，但他更有兴趣的是他要告诉我们的事情，"你们知道，这次可是要重走一百年前意大利王子贝佳斯组织的那次汽车比赛路线的。所以，二○○七年将是它的一百周年纪念啊。"

正如他现在所说，一九○七年五月，五辆汽车从北京出发，为的是要证明只要拥有一辆汽车，一个人可以到达任何想去的地方，国与国之间的边界都是无关紧要的。他们离开北京的时候身上没有护照，因为中国当局以这些驾驶员是间谍为借口把他们的护照没收了。当时的中国刚刚投资入股了西伯利亚大铁路，因此他们对看到这些汽车取得成功不感兴趣。在这次有史以来的第一次耐力拉力赛中，没有工作人员（比赛工作人员），也没有官员。燃料也是由骆驼运送的。去北京摇旗宣布比赛开始的那个人坐船返回巴黎，到达时刚好赶上为路上颠簸十六个星期后跨越终点线的驾驶员们挥旗。实际出发的五位勇敢的参赛者中，有四位成功地抵达巴黎，受到了热烈的欢迎，也赢得了世界声名。退出比赛的第五位参赛者，驾驶着康塔尔牌的三轮汽车陷在戈壁滩的沼泽里了。"幸运的是车组人员被当地人发现了，人还活着。"马蒂厄告诉我们。他的眉毛向上挑起呈拱形，接着又说了一句不吉利的话："但他们的车再也没有找到。"

马蒂厄一边在一块干净的破布上擦着双手，一边小心地把身后极其优雅的汽车长引擎盖盖上。可能是看到我脸上流露出明显的激动情绪，马蒂厄又说了下面的话，试图让我平静下来，"当然了，现在的比赛组织得要比那时候好多了。但是中国人似乎仍然不太愿意让我们穿越他们的国家。"他看上去不像是别人的机械师，因此凭我一贯的洞察力，我断定这辆白色的梅赛德斯－奔驰旅行车是属于他的。这辆车很庞大，但是我敢说，它的设计有艺术特色。如果是一件雕塑品，那它必是出自罗丹之手，而不是考尔德。汽车本身似乎异常的大，可能有我们加长出租车、加大单人床，或者载重一吨的福特皮卡那样长。它那长长的倾斜的挡泥板让人想到一跃而起的猎豹。汽车两旁的踏板上各有一个钢辐条备胎。黑色的摺合式车篷对叠起来，这样车内的黑皮座就会暴露在阳光下，很暖和。"一九九七年我参加了一次类似的比赛，"马蒂厄接着说，"那次，我们开车走了三十天，走的是完全不同的路。非常艰难，极度疲惫，但是很有趣。"

"你当时开的什么车？"我问他，显出一副好交际、很健谈的样子。我仍然不明白，拥有梅赛德斯那样豪车的人，会心甘情愿让自己的爱车在蒙古沙漠、西藏高原或西伯利亚那样的严酷环境中遭受折磨。一个人拥有那样罕见漂亮的汽车，他怎么会舍得让它撞到岩石上，又怎么舍得开着它穿过满是淤泥的河流，又或者更糟糕的是让它翻车呢？我希望我的话能够表达，我很迫切地想了解他是如何成功地完成比赛的，但是我的问题被打断了，因为我要整理我的头发，刚才一阵风吹过来，一绺头发被吹得挡住了我的眼睛，进到了嘴里。

伯纳德看了我一眼，眼神里满是宽容和困惑。"当然是这辆梅赛德斯了。一九二七年制造，跑得很好。"接着，他激动地大叫道，"伯纳德，这正合你的胃口呀！你肯定会爱上它的！"似乎在我还没来之前的几分钟内，他就已经很了解伯纳德了。是的，伯纳德喜欢去远处冒险，享受修车给他带来的快乐，他懂得关于汽车的一切。但是，马蒂厄不知道我有一想到汽车故障就惊慌的毛病，也不知道我对汽车的了解仅限于那个小塑料袋，那里面装着我们的旧急救箱。虽然我早就希望去远方享受悠闲的时光，但真相是，如果不知道在一天结束时我是否能到达一个安全的地方，这会让我感觉非常紧张不安。我竟然希望去做他所描述的事情，这到底是怎么了？

马蒂厄提出了一个挑战性的问题。

"你们得有一辆老爷车才能去。是的，拉力赛组织者只允许老爷车报名登记。可能的话，最好是'二战'前的。这是因为，你们明白，他们想把这次比赛打造成只有尽可能接近原装的汽车参加的赛事。"他说这些话的时候目光闪烁，显然很得意自己拥有比赛要求的这类车，"你们有一辆吗？"

我和伯纳德相互看了一眼，没有说话。我们有老爷车吗？要它有什么用呢？我们所拥有的是能够应付六个月的冬雪——厚厚的粉状东西的几辆车子，为此，别人要花一笔钱去滑雪，而我们则是要驾车通过。在我们住的地方，冬天要等路边救援的话，你得有一辆密封好且舒适的汽车，还要有很管用的加热器才行，因为在那样冷的天，要拖车来得等好几小时呢。带辐轮的双座敞篷车？有棱纹的皮座椅和白胎壁轮胎的轿车？遇到暴风雪时，这些汽车都不能将我们从镇上拉回家。

鸟儿的叽叽喳喳声似乎变得急迫了，来自买汉堡队伍的嗡嗡声渐渐听不见了。我转过身来，看到伯纳德站在那里，急切得几乎在发抖。我心里问自己："好吧。如果你跟他一起去的话，情况会有多糟糕？""很糟糕。"我回答自己。

"去吧！"喜欢冒险的我恳求道，"这可是一生才有一次的疯狂经历呀！你这样想：从现在开始两年后，你是愿意驾车穿过令人惊异的蒙古呢，还是愿意修理带刺的铁丝网呢？"

"算了吧，"因害怕而退缩的我反驳道，"这简直就是异想天开。你根本不喜欢旅行。周围到处都是人，到处都是不认识的人和事物。还是做你擅长做的吧……当然不是在跑着的车里读书。"

马蒂厄盯着我们，嘴唇上挂着一丝微笑。如果我能够不再与自己争论，可能会很机智而又意味深长地反驳这位优雅的欧洲人几句——前提是我得能想出来说什么。谢天谢地，马蒂厄打断了我莫名其妙的白日梦，"但是，你们可能不能报名了，因为我想名额已经满了。"

我又看了看伯纳德，看到他咧嘴笑着，身体向前稍微倾斜，就好像准备出发一样。我想起了差不多二十五年前自己所发过的誓言：要拥有和坚持，要爱和珍惜。谁知道呢？也许就有某种东西，让我们俩能够一块儿开上车，沿着公路一路开下去呢。他开车，我坐车。如果没有，我又凭什么说不应该有呢？另外，我们要向格劳乔·马克斯（美国已故喜剧家）学习，如果这次我们不能参加，那么二〇〇七年北京到巴黎老爷车拉力赛则显然是我们必须要做的事情。我们的目光相遇了，我不能让他失望。我点了点头。

"我们现在没有这样的汽车，"伯纳德说，"但是我们可以找到一辆。"

我为什么同意

我们俩是经典的办公室恋情。当时我刚拿到工商管理硕士学位不久，去当地的一家文字信息处理公司求职，希望获得一足之地。当时他们要我在圣诞节期间临时接替在度假的秘书的工作，我欣然接受了。伯纳德那时刚离婚不久，他是法国人，刚刚被同一家公司从洛杉矶调到科罗拉多的博尔德。我们俩一见钟情。他很有魅力，拥有我根本不知道的做事技能，笑的时候他绿色眼睛周围的皱纹散发着光芒，我被他深深迷住了。他喜欢我的幽默感、时尚的服装，还有我做的法国菜。在办公室里，当他站在我身旁，深深地闻着香奈儿香水味，注视我肩膀上的文身，耐心地向我解释某个新软件时，那一刻，我知道他就是我要找的白马王子。那年我二十八岁，在这之前我已经花了很长时间寻找我的白马王子了。伯纳德信奉天主教，我信奉犹太教；他无限勇敢，我天生谨慎；他是法国人，我是美国人；他结过两次婚，我单身。所有这些使得我们两个人成为互补而非不相容的一对。他就是我要找的人，这一点我毫不怀疑。

我们第一次约会时，当他开着他那辆散发着光泽的银色跑车，把我拉到一家迷人的山顶餐厅时，我就立刻明白了一件事：这个男人是一个很认真的驾驶员。他很自信，与脚下的道路有着很亲密的关系。我觉得他身上散发出的优雅清新的刮胡水味道令人陶醉，他的手上戴着柔软的黑色小山羊皮手套，是那种露指手套。那天晚上让我激动的是，我们两人一起品了美酒，也享用了美食，但是当我们的汽车倾斜着急转弯时，高速行驶则让我恐惧到了极点。

当时我就应该定个调子，明白告诉他我喜欢什么样的汽车体验。但是，那可是我们的第一次约会，我担心这样做会把事情弄糟。另外，我希望给他留下一个我愿意按他的节奏跟他去任何地方的好印象。保持一致似乎很重要。而且我还相信："如果你面前有一扇门，推开它。"既然这样，我还想在我身后把门关上，在门的这一边永远地活下去，和他一起。

我们的关系发展得很迅速。刚开始，我们分享了一棵圣诞树，后来共同养了一只小猫咪，再后来一起买了房子。不到半年的时间，我们俩就站在牧师和合唱指挥面前结婚了，头顶上有一个十字架，伯纳德则按犹太人的传统脚踩一只酒杯。接下来的几个月内，我努力向伯纳德展示典型美国人的一面：南瓜雕刻，边看电影边吃糖果和爆米花，情人节时要送心形礼物的重要性，为什么篝火需要烤棉花糖。周末的早上，我们俩就赖在床上，我给他讲《小熊维尼历险记》和《夏洛的网》，作为他给我讲《阿斯特里克斯历险记》和《丁丁历险记》的回报。

这个交易很公平，伯纳德让我看到了一个新的世界，在那里，只要保持冷静，认真思考，任何困难都能够被克服。他的勇敢激励了我，他的欧式殷勤让我变得更亲切了。他很关心我，而这一切他都做得很自然，毫不费劲：我生病时，他会在我的姜汤汁里放上三个冰块，这正是我喜欢的；在路上的时候，他会走在人行道靠马路的一边，为的是一旦有车子冲上人行道时用他的生命来保护我。我的俏皮话能把他逗得哈哈大笑。因为我喜欢跳舞，他还学跳华尔兹舞和两步舞。他让我给他纠正英语发音，他说英语时总带有迷人的法语口音，把 Viking /vaɪkɪŋ/ 读作 weeking /wiːkɪŋ/，把牛仔裤品牌 Levi's /liːvaɪz/ 读作 leh-wiss /lewis/。他很佩服我对莫扎特和肖邦的了解，总叫我"我崇拜的爱人"。

最妙的是，伯纳德总是关照我，这让我的胆量更大了些。积雪融化时，我们就骑自行车去山里，伯纳德在前面探路，我跟在后面。我们一起学会了冲浪，并拿到了水上潜水证。我们还去滑旱冰，伯纳德朝一块儿都是下坡的地方滑去。我担心地对他说："我觉得我做不了这个，伯纳德。"

"你可以的。"他向我演示如何刹住滑板，在我们开始滑时抓着我的胳膊，速度上来后就和我并肩滑。我竟然没有摔倒。

我们生活中总有鲜花和蜡烛，这是必须的。在我甚至连暗示都没有的情况下，伯纳德主动地承担了洗碗的家务。开始我还在想，他也就是图一时新鲜，在我们结婚证上的墨迹还没干之前就会撒手不管的，但是没想到，在我们结婚很久后，他还仍然做着这个刷锅洗碗的家务活儿。

不管是什么东西需要修复或者重建，伯纳德总能想出办法。他负责制订计划、估算所需物品，我则是天生的助手，在他干活时给他递工具或者搬运垃圾。我也完全适应了就着杜松子酒吃热巧克力或者抗饿午餐的需求。他看上去天生就知道怎样做事的能力打动了我，让我陶醉。

我们结婚一年后，伯纳德开始了自己的事业。那是在二十世纪八十年代早期，当时有个叫作"个人电脑"（PC）的新鲜玩意问世了。全世界的人们都在议论，如果能用他们自己的语言来运行这个软件该有多好。伯纳德一辈子都在计算机公司工作，对语言和软件的了解很多，这时他嗅到了商机。他的经营计划是这样的："我是法国人，我懂软件，因此我可以翻译软件。"伯纳德找到一位相信他的软件开发商，就这样与他签订了一个翻译合同。那时我觉得自己预见到了未来，这让我很高兴。他将成为他自己的老板，工作几个月，然后给自己放很长时间假去旅行。我呢，去找一份自由撰稿人的工作。一切都会很好。

我们终于自由了，我想。

事与愿违。

在刚开始的几年里，当伯纳德靠刷信用卡来勉强维持他的事业时，我知道自己太过乐观了。心里总在担心破产，晚上睡觉时我会磨牙，会梦到我们变得无家可归。我们也尝试了几次短期旅行来试图维持我们的正常生活。但是为这些短期旅行埋单的还是我们那快被刷爆的信用卡，这让我们在旅行时也并不觉得那么放松。

我的牙医告诉我应该让自己的生活有所变化，不然我的臼齿可能会折裂。"您有什么建议？"我问医生。

"摆脱压力。"医生建议道。要不是因为当时他在一直扒开我的嘴唇，让我的表情很难看，我会对他的幽默呵斥一番的。摆脱压力？在付出那么多努力后，让伯纳德放弃？这是无法想象的。

我的焦虑日益剧增，后来发展到每次吃完饭就觉得恶心的程度。每当这时，我就躺下来，苍白而无力，伯纳德则走来走去，担心我得了重病。我不敢承认我的怀疑。我越来越担心信用卡被刷爆，这种担心让我的胃产生酸性痉挛。为了不让自己这样一直担心下去，我决定和伯纳德一起干，心里希望我身上美国人的直率性格和公关经验会成为有说服力的优势，而这正是公司所缺乏的。

实际上，我们两个人的才能配合起来简直是完美无缺。虽然我对技术方面的东西不擅长，对我们所做的事情也相当无知，但是我发现自己有办法说服从未谋面的人心甘情愿地掏出一大笔钱与我们合作。不管我拉来什么项目，伯纳德都能想办法完成。随着公司的逐渐壮大，我继续失眠，但是这次，至少在我的噩梦里是我们两个一起沉没，而不是伯纳德溺水，把我一个人丢下。

我们成功了，而且是很大的成功。但，又不是很大的成功。

北京：镜头二

北京的雾霾就像一个厚厚的毯子。我们似乎是生活在一个被污染密实包裹的茧里，污染遮住了我的肺，附着在我的皮肤上，使我的眼睛刺痛。上午，我们攀登了几段长城，长城很陡，我的脚踝弯曲到筋腱都要撕裂了。第二天上午，我的两个脚踝都肿了，下床走路时疼得我一瘸一拐的。但是当时我还不可能知道，这次受伤将是一路上伴随我的礼物。在整个比赛中，每天从停车区到宾馆，我都是慢慢地拖着脚走的。一年后，我的筋腱仍然是红肿的，我甚至都不能跑步。

下午，在天安门广场上，我们漫步经过毛主席纪念堂，伸长脖子仰望呈褐色的蓝天，天上五彩缤纷的方形和蛇形风筝在决一胜负，蓝色的对黄色的，红色的对橘色的。放风筝的人则在下面来回奔走，很神奇的是，他们从来不会相撞。我们选择穿过几乎十个足球场那么长的广场，是明智的。刚开始，我们绕着迎面而来的人群走。很快，我们厌烦了绕很长的弯路，决定从人群中穿过去。这简直就是在赌博，因为这样我们可能会走到对面，也可能被人流卷向相反的方向。但当我们在位于广场北端的故宫里与数千度假的中国人摩肩接踵地拥挤时，我们才意识到毛主席纪念堂附近的人群算少的了。一个温暖的晚上，我们沿着宾馆后面的一条运河散步。在来往车辆不停发出的嗡嗡吵闹声中，我听到了弹奏斯特劳斯华尔兹舞曲的管弦乐的声音。声音很小，很微弱，但是在这样一个迅速现代化的大都市里显得那么可爱，那么不合拍，我们不由得朝它走去。我们漫步在亲切的古树下，无意中发现了一个很小的公园，混凝土地上分散着几个锈迹斑斑、摇摇晃晃的健身器材。这个公园有几十年的历史了，是社会主义时期为促进公共福祉、振奋人心而建的一个公园。"看哪！伯纳德，这儿没有人。"我说。我已经非常习惯在北京的旅游景点看到很多的人群了，简直不能相信这里竟然没有人排队。伯纳德做了几个引体向上和仰卧起坐，我则在平衡木上摇摇晃晃。那是五月下旬的一个温暖的夜晚，除了我们，还有其他的人出来锻炼身体。一些年轻夫妇站在旁边，身体显得矮胖，肩膀浑圆。他们的小孩骑着三轮车在双杠和吊环之间穿行。所有人都不加遮掩地好奇地瞅着我们，或许是因为他们发现这些老古董竟然还能派上用场而感到惊奇吧。伯纳德升得更高了些，我也更像耍杂技般地来取悦我们的观众。

做完了体操，我们继续朝着音乐的方向走去，天越来越黑，不远处有一个街灯，发出微弱的光，我们借着灯光往前走。到达音乐响起的地方，我们发现那是一个灯光昏暗的广场，大约有二十对的人们跟着斯特劳斯的《蓝色多瑙河》的音乐节拍缓慢地旋转着。没有一个人化妆。他们似乎都是匆匆忙忙收拾完碗筷后，或许锅还在洗碗池里没洗，就赶来这个露天舞厅了。一位主持人摆弄着一个小型手提录音机，长长的电源线像脐带似的缠在旁边的街灯上。在他快速翻转光盘并按下开始键时，舞者们像冻僵了一样静静地站在那里，充满了敬意。他先是播放了一段波尔卡舞曲，接着是华尔兹舞曲、狐步舞曲，然后又是一段波尔卡舞曲。因为每个人都有舞伴，而且知道流程，他们定期来这里跳舞似乎是一定要做的事情。没有人在浪费时间说话，只有音乐声。如果一位女士没有男舞伴，她就和另一位女士跳。

伯纳德和我在结婚前上过交谊舞课，所以结婚那天我们才可以别具风格地跳了华尔兹和狐步舞。多年来，我们的吉特巴舞动作很是让一些老前辈惊叹，他们会在我们重重地踩地板时为我们热烈鼓掌。然而，眼前的这个广场很小，我们也不想突然闯进去冒犯这里的人们，或者，踩着他们的脚趾。因此，我们手挽手并肩站在一片稀疏的草地上观看。

每跳完一支舞，舞伴们就要进行调整以适应新的节奏，可是他们的舞步并没有改变，仍然是没有任何优雅感可言的中规中矩的死板动作。我被眼前的一切迷住了，因为很显然，这些穿着不合身上衣和没有型的长裙的朴素的劳动人民来这里只有一个目的：跳舞。他们和我一样，热爱跳舞。我们正要离开，这时北京的夜空中响起了轻快的"维也纳森林"音乐。舞池中的人们听到这首他们喜爱的华尔兹舞曲，每个人都点着头，微笑着，伴着三四拍的音乐，飞了起来，身体陶醉地旋转着，摇曳着。

我们彼此搂着对方的腰，一路走回宾馆，路上想起了刚收到北京到巴黎拉力赛报名申请确认函时我们的那股兴高采烈劲儿。那是二〇〇五年七月，在刚开始收到确认函的几个月里，一切都是那么令人兴奋。我预订了拉力赛途经的每个国家的地图。我和伯纳德把这些地图铺在餐桌上，仔细查阅，拼凑起了组织方随确认函寄给我们的暂定路线。

从北京一路往北到蒙古，有六百二十五英里的路程，我们在地图上要沿路经过的城镇处插上小旗子。从蒙古我们还要往西北方向再行驶一千七百英里，穿越蒙古和戈壁，到达最近蒙古向俄罗斯开放的边境哨所查干努尔，从那里进入西伯利亚。在西伯利亚，我们将面对广袤无垠的俄罗斯，沿着这个国家的南部边界继续前行三千四百英里，到达莫斯科，然后一直向北到达圣彼得堡。过了俄罗斯，我们就会进入爱沙尼亚，向南行驶看上去不算远的七百八十英里，穿过波罗的海国家拉脱维亚和立陶宛。驶离波罗的海国家，我们就只剩下一千三百二十五英里的路了，向西穿过波兰的湖区，再向西南进入前东德。在离巴黎不远的地方，我们要穿越德国酒乡摩泽尔山谷，从传说中的两次世界大战战场附近的东边进入法国。再往后，我们就一直向西冲去，在到达巴黎终点之前会在香槟之国的中心——兰斯停留，品尝香槟。

这次史诗式的冒险充分激发了我的想象力。在蒙古，我们晚上要在事先安排好的地点露营，油罐车在那里等我们。蒙古境内加油站的油一次满足不了一百二十五辆车的需求。因此，每天跟随我们的会有一个营地保障团队、热水淋浴、移动厕所、冰镇啤酒，以及一顿晚餐和早餐。听上去像是一次奇妙的旅行，只是缺少了大象和狮子。在中国和其他任何地方，我们会住在宾馆。但是，在西伯利亚，由于我们投宿的一些城市远离旅游线路，没有那么大的旅馆能够容纳下整个参赛队伍，因此每天晚上要订四家宾馆，我们这些人则分散住在这四家宾馆里。

有时候，我会想象着自己坐在优雅的敞篷老爷车里，行驶在古老精致的小村庄，像艾莎道拉·邓肯那样，我的白色长围巾随风飘在身后。只是我绝不会像她那样不小心，让围巾被车轮辐条卡住，把脖子折断的。

在我的幻想里，我们会在一家简陋的咖啡馆旁停下车，在那儿能够品尝当地特色美食。被我们的具有异国情调的汽车所吸引，村民和孩子们会过来，坐下和我们聊天。我们将了解他们的生活，并与他们分享我们的生活细节。"我觉得我们不大能够停下来吃午饭，"伯纳德告诉我，"比赛时，通常是你要不停地走，直到达到那天的控制极限为止。"

"噢！不可能是这样的！伯纳德，"我嘲弄地说，"如果人们中途都不能停下来的话，他们干吗还要大费周折开车经过这些地方呢？"此时，我在忙于创造一个生命之旅，不想被他的话所影响。

还有时候，我设想自己穿着完美的卡其裤，洁白的衬衫袖子挽到肘部，外套一件软鹿皮做的运动马甲，里面装着我所有的领航工具，自信满满地打开一个棕色的带浮雕图案的黄铜铰链皮箱。我简直就是生活中的拉夫·劳伦的服装模特，我甚至还想问问拉夫·劳伦是否愿意赞助我呢。然后，我想到，如果他们接受了我的想法，我会很感激的。对我来说，北京到巴黎拉力赛的吸引力就在于，伯纳德和我将一起对抗各种力量，没有人会对我们进行监督，甚至包括其他二百五十位竞赛者和五十多名保障小组的成员。

通过与自然保护区联系，我们邀请了三位来美访问的蒙古博物学家。他们带来一本相册，向我们展示他们的国家。我很惊讶我们这里的景色和他们那里的是那么相似：茂密的森林、奔腾的河流和高山花卉，还有天上的老鹰、地上的旱獭以及其他野生生物。我喜欢相隔遥远的两个地方能够如此高度相似，而且很快就能亲身领略到这种相似，我觉得自己简直是世界上最幸运的人。

在更为实际的时候，我秘密计划着报名参加各种汽车修理和拉力驾驶课程。"不必担心，"伯纳德说，"我会来驾驶。我也会把车照顾好的。"他这样亲切，其实是在礼貌地暗示，我从来不具备做汽车修理工的天分，所以现在不必开始操心这些事情。我脑海里又出现了一个新的幻想场景：我双膝跪在修车的伯纳德身旁，我们两个头挨头，俯在一辆老爷车上，讨论着它可能出现了什么问题。伯纳德会崇拜地看看我，对我的新技能目瞪口呆。再一次，我们两个平等了。一天，我在给他看我发现的一门越野驾驶课程时，我认为这门课程会让我得到自己需要的驾驶执照，他却对我说："但是，迪娜，在拉力赛整个赛程中，驾驶员始终是驾驶员，你不需要驾驶。"接着，他又说："另外，作为领航员，你会有自己的事干。"我会吗？

烧烤海狸，跨越壕沟

　　十年过后，我和伯纳德似乎已经放弃了壮大公司的想法，我们所做的只是工作而已。当时发现我们共同的创业激情带来的喜悦一去不复返了。那些所讲过的笑话、优雅的舞蹈、开心的笑声，一切都逐渐离我们而去了。那本《小熊维尼历险记》躺在书架上，上面落满了灰尘。伯纳德成了"公路奔跑者"，冲动之下，近乎疯狂地开着车呼啸而过，我对此不能理解，也不再怎么想参与其中。我就像卡通人物歪心狼（Wile E.Coyote）一样，脸上带着充满恐慌的微笑，疯狂地挣扎着，双手拼命抓住我们即将崩溃的婚姻的悬崖峭壁，不让自己掉下去。

　　在卡通片里，歪心狼坠入深渊，不一会儿苏醒过来，焦头烂额，衣衫不整，但是随时准备再试一次。但这是现实生活，我一点儿都不想掉下去。因此，我坚持着，感觉越来越紧张，有时候甚至感到绝望，但是一直坚信自己能够坚持再长久些。我会把自己——把我们两个——从悬崖处拉上来，拉到一个安全的地方。

　　又过了几年，事情终于发生了，我们把公司卖了。现在手里有了资金和自由，是时候释放我们被压抑已久的旅行欲望了。我们长途跋涉去了喜马拉雅山东部偏僻的干城章嘉峰，骑马慢跑在非洲草原的灌木丛中。我甚至还努力压制我对雪崩的恐惧，去加拿大荒原滑雪。每次旅行前，我都想方设法提振自己的信心，严肃地对自己说，要下定决心克服预期的严峻考验，同时提醒自己，那些不如我的人都能够做到。伯纳德就不这样。如果有什么不同的话，就是他给我的印象是：他觉得这些旅行很愉快，但是却平淡无奇，毫无激情。还有一个迹象，我本应该看出来，却被我忽略了。

在这些来来往往中，我们搬到了位于科罗拉多山脉高处的一个干草牧场。买地、拥有自己的独立空间，这是伯纳德的主意，而我则与往常一样乐于跟随。此外，我已经养成了骑马的习惯。这在十七八年前就开始了，当时我还半开玩笑地对伯纳德说，我想做一个多才多艺的人，比如，如果我有幸被英国女王邀请去巴尔莫勒尔堡的话，就可以灵巧地套上马鞍一跃上马，飞驰而去。由于某种原因，他不必问我说的哪些是真心话，哪些是玩笑话。

第二年我过生日时，伯纳德牵着一匹漂亮的小马驹从我们门前的田野里走过来。我父亲在他身后吃力地走着，整个人几乎被一个又大又重的西部牛仔马鞍埋住，这个马鞍我费了很大劲儿才勉强把它举到楼上的栏杆上，很多年过去了，现在它还在那里，成为一个摆设了。第二天早上，我和伯纳德花了半小时的时间盘算如何给我的马头套上缰绳。情况从那时才开始有所改善。我为自己买了一个轻型英式马鞍，学骑马，并通过亲身经历学会了从疾驰的马身上摔下来后如何小心站起，也知道屁股被严重擦伤后多久才会出现紫色。我们建了一个马厩，明白了好干草和坏干草的区别，还有一匹马要吃多少好干草。我的意识里有了蹄铁匠、大头钉和寄生虫蠕动等术语。伯纳德也买了一匹马。

要再次见到我，他唯一的指望就是这匹马了。

当牧场映入视野时，我可以肯定一件事情。我不想再被约束在家，每天给马喂食干草了。牧场上就是再来八匹马也不用担心。这里有足够多的牧草让马儿们自我喂食——当地人叫作"放牧"，这样仍然还剩下很多的牧草足够几匹马吃的。另外，我们两个都希望彻底地改变我们的生活方式。在牧场时，我们就会在户外活动。我已经读过关于草原的《小木屋》系列小说，所以，我明白这意味着什么：修理篱笆、检查奶牛、跟踪通过沟渠的水、铡干草、卖干草、带着热腾腾的砂锅菜去参加街坊的聚餐，以及帮助邻居们给他们的牛打烙印。我们的牧场距离最近的鞋店或药店有八十英里远，走蜿蜒曲折的山路需要两小时的时间，这给我们带来"轻微的不便"。

虽然在牧场的第一个夏天，事情进展得不那么完美，但是我们因新生活而密切地连接起来了。我们不再像过去那样整天围着做产品、发布计划转，现在我们的生活随季节而变化。我们担心的不再是日语翻译中的错误，而是天是否会下雨。我丢弃了那些硬盘，学会了开着拖拉机拉后面草坪上的打包机。在牧场上的第一个夏天，我帮着储藏了一千吨干草。在金色的夏季晚霞里，打包机把散发着甜香味的草压缩成七十磅重捆着橘色绳子的紧密包裹，我欣赏着在低处盘旋飞行、寻找捕捉老鼠机会的红尾鹰。

为了扩大我们的马群，我去了美国土地管理局的野马收养计划所在地，位于卡农城的联邦监狱，在那里我收养了一匹骨瘦如柴的年轻野种马，是刚从生活在科罗拉多州和犹他州的野马群中挑选出的。为了最终成为一名女骑手，我独自骑马越过牧场上干燥的悬崖和柳木沼泽车。我的马闻到了近处有一个大的麋鹿群，吓得往旁边窜出六英尺远，这时同样受到惊吓的野鸭从海狸居住的池塘飞起来。我参加了自然马术的临床实习，回家后对学到的技巧进行练习，每次从马上摔下来后，摘去自己头发上的蒿草。伯纳德则有时间纵情释放自己对大型设备的激情，他收集了卡车和拖拉机，这些都是完成牧场上的任务所必需的。我似乎也应该学会如何使用这些设备。这对成为一个牧场妇女是非常重要的。但是，这时候，我又做白日梦了，老在关键时刻走神。伯纳德不明白的是，我似乎永远也记不住怎么发动这些机器，他也搞不懂，为什么对他来说很明显的事情，我怎么就理解不了。我们两个开始对彼此失去耐心，于是我就把有关设备的事都扔给他一个人。我这是在维持和平，我这样对自己说。况且，不管怎样，伯纳德可以驾驶、利用、修理这些机器，我自己为什么还要学？

整个夏天都在储存干草和做牧场上的活儿中打发掉了，灿烂的秋天给人带来了纯粹的快乐。因为还没有融雪的水流入，我们门外的小河水量缩减，海狸们则在人们不方便到的地方筑起了水坝，围成一个麋鹿都能游过的深池塘。角分六叉的公麋鹿在草地上打斗，鹿角相碰发出的噼啪响声和麋鹿发出的刺耳叫声，吵得我们整夜不能入睡。

日积月累，伯纳德拥有了好多支枪，足以和一名职业杀手的枪相比了，每一支枪用来对付一种鸟儿或者动物。他在法国军队当过炮兵队长，从那时起就是一个神枪手了，他善用胡狼卡洛斯（著名国际恐怖分子）喜欢的那种精确步枪。他给我买了一支古老的温彻斯特二十二毫米口径的轻型连发步枪，它有细长黝黑的木质炮管、黑色抛光的钢配件和手动瞄准器。我想起小时候在后院玩射击玩具枪时，我扮成身穿红衣服的牛仔，追赶装扮成身穿蓝色衣服的牛仔的姐姐，她被吓得惊叫着逃跑了。现在我终于有了一个真家伙，很激动。我打出的第一枪离靶心很近，只差几英寸，我们两个都大吃一惊。偷偷地，我为自己成为女拓荒者又加了一分。后来，我买了一把手枪。

在寒冷有雾的早晨，伯纳德四点就起床出去打猎。虽然我拒绝打猎，但很乐于分享打猎成果。我只坚持一点，如果他杀死了动物，我们就要物尽其用。补好的麋鹿皮用来做地毯，海狸毛皮则用于蒙椅背。不用怎么看食谱，我们的饮食就从牛肉换成了鹿肉。我们的烹饪冒险开始于一只野鹅。因为吊的时间很短，烤出来的鹅肉硬得像篮球，吃起来像嚼橡皮。我烧烤的海狸尾巴，让我们很感激自己不是生活在十九世纪的猎人，只能靠密集的白花花的肥肉才能活下去。我炖的鹿腿肉得到了好评，不过吃剩下的肉放在冰箱里，到现在已经有一年的时间了。

一天，伯纳德开着他的乌尼莫格越野车去了远处的山里，这种车是个庞然大物，相当于成年版的东卡玩具卡车。他回来晚了几小时，满身油腻，微笑着，嘴巴咧得都有密西西比河那样宽了。"我在一个很难走的地方被困住了，"他面露喜色地解释着，"所以，我估摸得把绞盘缠在树上，把我拉到一个能掉头的地方。"到现在为止，一直都还不错，我跟自己说。这里没有什么新鲜事。

"后来，你猜发生了什么事？我听到'嘎吱'一声，抬头一看，"他双手抱着头，来回摇晃着，好像他自己都不能相信他接下来要说的话，"那棵树向我倒下来。绞盘没把我拉到树那儿，反而把树拽倒了。我刚勉强设法跳离底座，它就狠狠砸在乌尼莫格引擎盖上。我给你看看砸的那个坑……"这会儿，我不那么高兴了。乌尼莫格的底座有八英尺高，我能够很容易想象到，伯纳德在毫无准备地向下跳时摔断了腿。

"所以，现在有一个六十英尺的松树倒在我的车上。感谢上帝，当时我带着我的木刀。"他把手伸进后兜里，掏出一把带六英寸刀片的日本锯齿刀，这把刀是几年前他在一家五金商店买的。"我花了好几小时的时间。"他为自己的冒险行为兴奋地紧紧闭上双眼，头向后仰，笑得上气不接下气。

出于怜悯，我试探性地笑了笑。我想告诉他，我欣赏他的成就，但事实上，让他内心充满快乐的事却让我内心生出一股怨恨。伯纳德心满意足于牧场生活，终于可以放纵自己对户外以及所有机械类东西的热爱。那一刻我认识到，在内心里我是一个乡下女孩。在我的成长过程中经常陪伴我的是轻歌剧《皮纳福号军舰》和滑雪度假。过去，我从没觉得手里握着扳手很舒服，也从没因柴油发动机带来的乐趣而激动。

在这儿，我本以为自己拥有的一切都处于平衡状态。我们生活在天堂，不是吗？现在我认识到，伯纳德已经远远超越了我。他全权负责确保一切正常运转。他了解我们的用水权，认识我们的沟渠，在离维修人员数小时路程远的地方，一个人进行着修理。结婚二十年后，我们变得不如以前那样总是黏在一起，对此也逐渐地漠不关心。我们的生活需要新的变化，把我们从各自的路上拉回来，让我们再一次变成一个团队。北京到巴黎拉力赛似乎正是这样一个机会。那时，我们无论如何也没想到，接下来一年半的准备工作会差点儿拆散我们。

汽车的麻烦

　　在我们被准许参加北京到巴黎拉力赛后的一年半的时间里，我就像生活在迄今无人知道的但丁笔下的地狱一样，被迫一遍又一遍地修理汽车发动机。即使到现在，我也不知道是我犯下了什么样的原罪让我如此痛苦。

　　在比赛真正开始之前的十八个月里，我们最大的乐趣就是研读老爷车网站，寻找适合比赛的汽车，这无疑是一种标志。可以选择的汽车有成千上万种。对从小就摆弄汽车的伯纳德来说，这是他逞能的好机会。为了缩小搜索范围，我们一致同意我们的车必须是美国车。"而且，还得好看，"我说，"是坐在里面让我们感到自豪的车。"这样一来，我们的搜索范围并没有缩小，至少在我看来是这样的，因为所有"二战"前的汽车都非常棒。有二十世纪三十年代最受好莱坞明星们青睐的优雅帕卡德、受盗匪宠爱的非凡的凯迪拉克，还有细长的福特汽车 A 型车，在大萧条时期这款车曾拉着移民们穿过风沙侵蚀区。一辆希斯巴诺·苏莎吸引了我，但是不在我们考虑范围内，因为它过于昂贵，同时又非常漂亮，我们两个都无法想象驾驶着它走那么难走的路。

一天早上，伯纳德把我叫过去，我靠在他肩膀上看电脑屏幕。"我们需要的是这个，"他指着一辆体态丰满随时都可能裂开的汽车说，"这款车很野，但是很漂亮。难道你不这样认为吗？而且跑得快。"他接着喋喋不休地讲了发动机的各种细节，而我根本就听不懂他在说什么。

　　让伯纳德非常动心的一九四〇年的通用汽车拉萨尔双门跑车，拥有很多优点，其中最重要的是一个分成两片的前挡风玻璃、浮桥挡泥板和前面高大漂亮的喷泉式散热器护栅。在开阔的路上，北京到巴黎之间应该有很多这样的路，汽车可以轻易地跑到每小时七十英里。它虽是旧车，但也够新，找备件不会太麻烦，这一点倒是能帮上我们的忙。最妙的是，这个品牌是因法国探险家热内－罗贝·卡瓦利尔（拉萨尔先生）命名的。说它是命运、好运也行，或者因缘也罢，它都完美地再现了我们即将完成的这次驾驶的性质以及我们自己的双重国籍。的确，伯纳德十三年前加入了美国国籍，成为美国公民，但是在心灵深处，他的嗓音，当然还有他的胃，证明他仍然是一个不折不扣的法国人。

　　单是购买这辆车就几乎花光了我们所有的银行存款，接下来伯纳德把让拉萨尔为拉力赛做好准备还需要做的事情打了出来。我做的与比赛相关的第一件事，如果没有意义，至少是有帮助的：阅读伯纳德列出的单子，检查拼写错误。这就好像我们最初在公司一起工作的那些日子一样，就这样我很快就四处找活干了。"我们得给它起个名字，"我宣布，"你驾驶着它从北京到巴黎时，得给它起一个像这次史诗般旅行一样好听的名字。我们总不能就把它称作'汽车'吧。"伯纳德朝我甜美地微笑了一下，表示他不理解我的意思，但也不会反对。

　　提出这样的建议证明我又开始妄想了。过去，我都没能够给自己最后一条小狗起名字。但是我说服自己，汽车知识的缺乏和晕车会消失的，因为我有这样的意志，而且需要的时候，我还要成为"勇气妈妈"呢。为什么不会也擅长取名字呢？

"达德利？吉夫斯？戈弗雷？"因为这是一场英国拉力赛，我的注意力都在英国名字上了。

"太假，太呆板。叫莫莫怎么样？或者兰斯基？我知道了：疤面人！"自从伯纳德发现，我们的拉萨尔曾经出现在电影《巴格西》（一部美国电影，讲述了黑道杀手巴格西·席格与维琴妮亚·希尔的恋情，及建造美酒笙歌的豪华赌场的故事）中，他就一直不停地拿二十世纪四十年代的拉斯维加斯开涮。

我转移到文学作品上寻求灵感。"好吧，比尔博怎么样，你知道的，电影《霍比特人》里的？"伯纳德不知道。"他喜欢冒险，是个探险家，还是个暖男。这完全适合我们的车。"他没有任何反应。我继续找伯纳德可能更熟悉的文学作品，像莎士比亚的经典著作。"很好。西哈诺如何？"

他用"堂吉诃德"反驳了我的提议。

"太夸张了，而且疲劳的时候说起来费劲。达达尼昂？"我提议，用我们最喜欢的火枪手的名字，"勇敢，忠诚。"

"可能吧。但是我不是特别喜欢。荷马怎样？那个伟大的民间流浪歌手。"我们两个同时摇摇头。

"情况越来越糟，而不是更好了。我喜欢罗密欧这个名字，但是不太适合，是吧。"伯纳德接着说，"朱丽叶？"

"当然了！"拉萨尔体态丰满，曲线很美，十分妩媚动人。她不是匪徒，也不是男管家。她是一个女人。"我想我们有头绪了。但是我们的汽车不能叫朱丽叶。朱丽叶最后死了。有点运气不好的意思，你不这样想吗？"

我们给我们的啦啦队发邮件，看看是否有人能想出比我们想的更具创意的名字来。之后的几个星期里，不断有人提出新的名字。有很多是冒险家、探险家和有魅力的姑娘的名字，我们尝试说这些名字的感觉。有雌雄同体的希拉里，珠穆朗玛峰的征服者，或者可以想象，美国第一任女总统勇敢地前往没有人曾经去过的地方。还有——宝贝，这个名字让我们觉得，对以后要经历的严酷环境来讲，它显得不够成熟。一天，我收到了伯纳德四个姐妹其中的一位的丈夫发来的邮件。"考虑一下罗克珊娜，"他写道，"她是亚历山大大帝的妻子。在波斯语中，这个名字的意思是'发光之美'，而且你们的汽车显然很美丽。她还有陪伴丈夫打仗的勇气，而这也是你们想要你们的汽车拥有的品质。"不用别人告诉我，这也是我自己想拥有的品质。

我们采用了罗克珊娜这个名字。

罗克珊娜是一九四〇年夏天在通用汽车公司生产下线的。当时它被喷成不显眼的鼠灰色，可是涂在挡泥板四周的铬黄足以让整个城镇都黯然失色。里面是硬衬垫长座椅和手摇车窗。方向盘有盛婚礼蛋糕的盘子那么宽，仪表是圆形的，读起来很容易。它似乎被施了魔法，迷住了它的主人们，他们把它当成宠物而不是交通工具来溺爱。

二〇〇五年七月，罗克珊娜走进了我们的生活，那时它已经有六十五岁多了，刚刚跑了两万九千英里。如果我们仅仅是做短途旅行的话，它是再完美不过的选择了。可是，穿越戈壁可不是星期天去公园兜风。得把这位贵妇人转变成《古墓丽影》中美丽优雅的劳拉·克劳馥，不管在怎样困难的境遇下都能生存下来。

伯纳德一生都着迷于汽车和汽车发动机。年轻时手头没有多少钱，他重新组装了一辆雷诺，给它取了一个富于法国人的幻想的名字——米老鼠。随后他像着了魔似的参加了法国的冬季汽车比赛，比赛中，赛手要连续二十四小时驾车通过结冰道路上的耀眼的积雪，就是为了好玩。甚至在罗克珊娜到来之前，他脑子里转的都是完成从北京到巴黎的比赛需要给罗克珊娜准备什么之类的想法。我们的谈话里出现了诸如双燃料泵、专用制动油管、超大型油箱、防拖底改造等概念。罗克珊娜到后，他的清单很快就列了密密麻麻的两页纸。

罗克珊娜的轮胎壁是白色的，酒红色的喷漆富有光泽，这让我想起了一个歌舞杂耍演员。它就像是一个久经考验的表演者，立刻成了我们的掌上明珠。我们向别人炫耀它的美丽，带朋友去兜风，给它拍了好多照片留念。我们俩被我们自己拥有的这么美丽的东西弄得神魂颠倒。然后，我们就开始考虑，如何把它改造成在艰难道路上跑数千英里还能生存的汽车，这是一项巨大工程，伯纳德以前也没有做过。随着比赛日期的逼近，我隐约可以想象到比赛的盛大场面，一切都是那么新鲜，充满各种可能性。

我们对正在做的事情感到异常兴奋，每一位签约受雇来帮助我们的人也都很兴奋。他们全部都是这行或那行的专家，对刹车、布线、油耗、发动机、齿轮变速箱很熟练。最好的是，他们都在位于科罗拉多州东部平原边缘的格里利镇工作。格里利这个地方有很多好处。这里不但有州立大学的一个系部，还有改造旧车所需的各种汽车修理店或供应店。但也有不好的地方，其中一个就是，这里有一个庞大的肉类包装厂，空气中到处弥漫着从那里散发出的恶臭味。还有一个不幸的事：从我们住的地方到格里利要三小时的时间。这点让我们很犹豫，但所有技师的店彼此相距很近，只有几个街区远，我们最终一致认为，与此相比距离就不算什么问题了。另外，我们也没有别的选择。我们镇上只有一家汽车修理店，那里只有一位兼职技师，在割晒干草期间，他是根本不来店里的。

在伯纳德带领这些技师组成一个团队时，我研究了各种经典汽车杂志，订阅了被经典汽车迷们奉为圣经的《海明斯》（*Hemmings*）。我满怀激情地给那些老年绅士打电话，让他们给我找拉萨尔和凯迪拉克的配件，其中一位绅士家的后院里，就堆满了二十世纪三十和四十年代生产的原始车轮，另一位专门清除那些汽车化油器上的污物。每一位都心甘情愿地与我谈上几小时，很多人则做得更多。他们对这个拉力赛做了一些研究，记下我的名字，对罗克珊娜也产生了强烈的个人兴趣，这辆车很快就会带着他们自己精心保存的火花塞冲入蒙古，甚至更远的地方。特别是有一个叫鲍勃·库珀的人，他始终如一地帮助我们。伯纳德告诉我最近需要什么，我只需给库珀打一个电话，他就会像变魔术般地在某个地方找到它，那一定是个很大的五金店，里面保存着他一辈子收藏的拉萨尔和凯迪拉克的零件。鲍勃会设法找到每一样东西，从调光开关、制动系统垫圈和原装的拉萨尔外反光镜，到前轮轴承，甚至是后轴。快递员给我们送来各种各样的包裹。我们一个接一个地打开，惊异于六十年前生产的小零件竟还能在布满灰尘的车库架子上找到。那是一个充满刺激和满足的时刻，就像我们小的时候跪在圣诞树前，撕开一年一次才等到的礼物包装一样。

很快，几个月过去了。我们发现，被派来改造罗克珊娜的技师们对饮酒与做梦更感兴趣。残酷的事实真相是，计划图被啤酒浸湿了，上面的百威啤酒污点弄脏了写着截止日期的那一行文字，不过至少还能看得清是什么。我们开始害怕见到每一位技师，时刻准备着听到他们说没有完成答应我们的事情。在刚一开始时我们和这些技师所迸发的热情逐渐消失了，就像一场夏日罗曼史一样短暂。伯纳德时不时地就会被激怒，生气时把火儿全发在我身上，主要嫌我不和他一样常去格里利。他非常需要这些技师，因为我们没有别的选择，所以他不会让他们知道他有多苦恼。在他们眼里，他总是很温和，对每个人都很友好，熟悉罗克珊娜需要什么，有时候还能就它的核心零件问题与他们当中最好的技师平等地进行讨论。然后，他一回到家，就开始骂骂咧咧、眉头紧锁，对我挑三拣四，还用其他方式让我明白，他出门的时候我却留在牧场对他是多么不公平。

我也感受到围绕汽车改造这件事逐渐产生的不平衡，可我好像帮不上什么忙，我学习汽车机械的想法出现的同时就消失了，现在，实质性的忙我一点儿也帮不上。这辆车成了伯纳德一个人的问题，我却待在家里担心，我一辈子也就这点儿本事。我们两人之间的关系越来越紧张，终于有一天，伯纳德爆发了。"你整天什么都不做，"他朝我大发脾气，"你怎么就不做点儿事，把所有的活儿都推给我一个人？"他把我推到一边，气冲冲地摔门而出。他从来没有对我发过如此大的脾气，也从来没有对我说过那么伤人的话。但同时，我明白他是对的。二十年前与他结婚的那个女人现在到底怎么了？那时候，她可是要抓住每一个机会去学习不管是多么陌生的新东西的。我希望有一次机会，能让伯纳德看到，我并不是浑身都是缺点。的确，这些缺点是存在的，但是他一开始喜欢我的那些优点也存在……尤其是，我希望我们一起参加拉力赛，再一次肩并肩地成功完成一个史诗般的项目。因此，我对他说，从现在开始，我会和他一起去格里利。那时，他充满悔意。"对不起，"他说，"你不必去。在那儿你也帮不上什么忙。""我知道那是你的想法。过去一年来你一直这样说，看看我们都变成啥样了。我能帮上忙。我确定有我能做的一些差事，我可以拿取零件，把东西拿来，这样你就可以空出手来做只有你能做的事情了。"

"不，不。你就待在家吧。"

"我不会再待在家里了，我要和你一起去。哪怕是你在外面做事情时我就坐在宾馆房间里，我也认了，但我想这种情况不会发生的。"于是，我们开始了对罗克珊娜最后阶段的改造。即便是暂时出于礼貌才这样做，毕竟我们两个又在一起了。

为了表明要亲自改造罗克珊娜的良好意愿，我们决定必须离开山区牧场上可爱的绿草地和清澈的小溪，搬到格里利假日快捷酒店，那里到罗克珊娜停放的仓库只有十分钟的路程。仓库以前储存过豆子，地上铺的是空心砖。星期天晚上，我们咬牙长途驾驶来到格里利，在那里尽可能多待了些日子，然后又一路飞奔，回到山上吸一口新鲜的空气。生活变得紧张别扭，但是现在无法回头了。我们已经报名参加比赛了，现在需要一辆汽车来完成这次比赛。

让人高兴的是，我们逐渐喜欢上了这个假日酒店。习惯了在牧场骑马和其他户外活动中瘦瘦的我，却很快就喜欢上了他们这里的含糖热肉桂面包。他们每晚提供的软软的巧克力笑脸饼干很诱人。连着有好几个星期，我们都被分到同一间客房。我期待酒店接待人员亲切的招呼，每次她都是在看大学课本，几乎不用抬头就跟我们打招呼："又来啦？"我们对酒店里的一切都非常适应，甚至尝试着要把家里的床垫也换成和酒店一样的品牌。

在这几个月里，为了完成工作，我们说尽了好话，有时还要额外付费，要不就是亲自动手干。我们努力让每位技师都能及时完工，好腾出下一位技师需要的时间,有点儿像把一群野猫集中起来。"求您了,"我们请求布鲁斯,一位发动机大师,"您能把那些新的赛车级活塞装到我们的发动机上吗?我们得用它检查一下散热器是否合适。""拜托了,"我们又甜言蜜语地哄散热器店老板,"可以把散热器弄好吧?我们需要它来查看风扇能否正常工作。""求求您了,"我们接着恳求喷漆设备专家,"可以尽快完成底盘喷漆吗?我们需要装上发动机、散热器和风扇。"

我觉得自己要疯掉了,刚开始我还强行忍着,后来便越来越不耐烦了。我很想杀死这些"可爱的乐于助人的"技师,他们主要的罪行就是总有其他工作要做,就是没有时间做我们的工作。幸运的是,伯纳德是个天生的外交家。每当我自尊心受到打击,说些难听的话时,他总是用他那舒缓的法国口音将我刻薄的攻击掩盖过去。可是每天早上,在燕麦色的富美家假日酒店的早餐桌旁,我在剥香蕉皮他在用勺子舀草莓酸奶时,这位善于解决问题的从容不迫的男人对当时的情况也生起闷气来。他是一个天生的完美主义者,现在却对自己不能让每个人按照许诺的那样做事感到愤怒。

我们不再谈论深奥的思想、当地政治,或者像要不要为拖拉机买新附件这些牧场上世俗的问题,而是谈论到哪里去弄到一个六十年前生产的备用启动马达,或者找谁来改装刹车盘。和他谈论汽车问题时,我往往提不出什么见解来,所以,大多数时候这些交谈是单向的,伯纳德深思熟虑后讲出来,我点头附和。但我仍然很自豪自己能在需要的时候说对一些事情,虽然这些东西我压根儿就不懂。我们现在的朋友只剩下汽车配件店员了。他们完全了解罗克珊娜,我们和他们也混得很熟,不用看他们身上穿的什么衣服就能叫出他们的名字来。

我们把罗克珊娜带回了家，这比预期的时间晚了六个月，但离拉力赛规定的装船日期还有几个月。到此时为止，我已经完全变了。以前的我，自信、坚决，曾陪丈夫完成近百万美元的交易，并成功经营自己的公司；而现在的我，双眼皱巴巴的，一脸的冷酷。在我们开创软件翻译公司，再到做企业领导的那些年里，我已经学会了长时间工作。作为公司的最高级销售主管，我很自然地带头说服新客户与我们签约。客户不高兴时，也是我来进行安抚。我们所有的工作，从投标到工作结束，都很有压力而且日程紧迫。然而，在牧场上生活了七年后，我不再能对付那么紧张的生活了。现在的我，已经不能适应日复一日的压力和变数了。几个月来，在与罗克珊娜相关的失望打击下，我筋疲力尽了，动不动就心烦意乱。虽然如此，罗克珊娜的回家仍无疑给我带来一阵愉悦。碰巧的是，我们的护照，还有去俄罗斯和中国的签证也到了。北京到巴黎拉力赛再一次开始显得真实了，现在我经过放在餐厅桌子上的那些地图时，不再转头，而是又愿意看着它们做梦了。

　　另一件让我们头晕的事是，我们买的特殊帐篷到了，它的设计很独特，能够在两秒内直立起来，不用的时候可以折叠成一个直径三英尺的平盘。这款帐篷在美国买不到，因为它使用的布料达不到美国FDA（美国食品和药物管理局）的防火标准。然而，我们直接忽视这一限制，利用一个绝佳的内部人员——伯纳德在法国里昂的姐姐，给我们买了一个。买这个特殊帐篷所要的小聪明让我们俩很是沾沾自喜。在蒙古境内，我们将会一路露营，有人说这将是比赛最难走的一段。想到不管多晚到达都能摸黑搭上帐篷，我就感到些许宽慰。没有什么比能很快睡觉让我更高兴的事了。

　　收到帐篷的那天，我们把它拿到房子里最空旷的地方——入门处，从包里取出来。正如所说的那样，两秒不到它就自动打开了。接下来，根据文字说明和看视频，我们花了一小时的时间琢磨：怎么转，怎么弯曲，然后怎么用其他方法把它折叠成较小的扁平形状，放回袋子里。

"我觉得我们应该好好练习一下，"我对伯纳德说，我们两个擦着额头上的汗，"要不，就得把说明抄下来，放在我们会记得的地方，这样每天早上才能很快收拾好它。"

"这个不难，亲爱的。我想我已经知道是怎么回事了。"伯纳德夸口，又把它打开了。

"不，不是那样的。是这样。"

"给我读说明。这儿该怎么办？"伯纳德深呼了一口气。他弯着腰，帐篷夹在两膝之间，手臂抱住按说明本应被折叠成一个圆形的柔软拉杆。

"我觉得你错了。看上去不对头。"我把说明书拿到他几乎贴到地面的脸前。伯纳德摔倒在地上，帐篷飞到空中，又跌落在他身上，成为一个美妙的穹顶结构，我确信在戈壁滩上有这么个东西我们会很感激的。现在我们的处境很荒谬。我们连一顶帐篷都搞不定，怎么就能相信自己能够完成那复杂的汽车改造呢？我们商定暂时不管门口已撑开的豪华帐篷，休息一下，喝点杜松子酒加汤尼水。每天我们俩都会轮流单独去想法弄清楚怎么折叠，直到两人都能够在五分钟之内把它弄平，并且把它放到包里。

整个汽车改造项目真是可恨，但这顶帐篷乍看上去绝对吸引人。为了确定装有新型双油箱的罗克珊娜的耗油量，我们开着它平稳地走了很长一段路。最好走的路是长达十六英里的从牧场到镇上的这段。我们开到镇上，又返回来。一遍又一遍，我们走过雪地里的干草堆，经过用光净的柳树搭的台子，还有一边迈着沉重的脚步去舔食矿物饲料一边呼呼喘着热气的黑色奶牛。当油箱还剩四分之一的油时，我们就去镇上的加油站加油，记下又加满油后的油量以及走过的里程数，然后又重复我们平稳的短途巡回。

在我们生活的这个地方，有一条伸向远方的双车道公路，路上没有几辆车，但即便如此也没用。我们驾驶着罗克珊娜走不了几百英里发动机就会失灵。一天前，伯纳德又在说发动机不对劲儿了。我断断续续地说了一些这可不是什么好事等不确定的话，伯纳德把护目镜调到更舒适的位置。"哦，很可能是里面还有问题。"他向我保证。第二天，问题更明确了。发动机发出不正常的颤动声，一会儿像感冒时的咳嗽声，一会儿又像人临终时发出的喉音。

我发疯似的给布鲁斯打电话，他是我们的发动机大师。按照他的指导，我抬起引擎盖，伯纳德发动发动机，然后我把半罐"好朋友"去污粉摇晃着倒入汽化器。发动机汩汩地噼啪作响，好像在说："好吃，我喜欢这个东西。"我感到了一丝希望。"这个似乎起作用了。也许，我该把剩下的全倒进去？"我朝伯纳德喊道。

"对。不。哦，对。好吧，嗯，是的，倒吧。"我没想到对机械上的问题他会如此犹豫，这一点足以让我迟疑不决。我们俩都绝望了。到目前为止，什么都不管用，所以以为什么不能相信一次这一罐白色粉末呢？我把剩下的都倒进去了，很快发动机活过来了，简直是奇迹。我盯着引擎盖朝伯纳德微笑着，就在这时，发动机熄火了，永远地熄火了。

我们有这些优秀的技师，可他们为什么一次又一次地修不好我们的汽车，这让我很困惑。肯定有别的什么问题，但是是什么呢？我是坚定的无神论者，这让我在困难的时候不能求助任何神灵，伯纳德也很坚定，不再信仰天主教，所以遇到问题他也帮不了忙。还有，有时候事情变得很没有指望，我不得不想别的办法，这次就是这样。

称它是启示也好，绝望也罢，但我是这样断定的：罗克珊娜，在我们为它装上了能买到的最好的零件后，现在要罢工不干了。我认为这个结论很合理，因为我相信它这样做有充分的理由。它一生都娇生惯养，从来没有去过乡村俱乐部或者加利福尼亚中央海岸的葡萄园。几个月来，它听到的是人们一直在谈论它将要去的所有地方。显然，它被自己听到的东西吓坏了。绝望中，它想尽一切办法，故意破坏对它的改造。如果我是它的话，我也会这样做。即使我不是一辆车，也希望我能够做同样的事情。就是说，想办法破坏这次旅行，不让它发生。我的意思是，从它的角度来看这件事。我们究竟为什么相信，它就能够完成从北京到巴黎拉力赛这种可能很折磨人的长途跋涉呢？它没有选择。它要么是让自己受到严重伤害，无法再前行，要么就在瘫痪的地方永远地待下去，把恐惧远远抛在身后。

剩下的时间不多了，我们不能再浪费了。我去了罗克珊娜被拖去的那个修理车间，向店员点了点头，就径直穿过一个边门进到后屋内。我绕过二十来辆被不同程度拆卸的汽车发动机，和平常一样吸入润滑脂和溶剂的油性香料味，心中希望这次不会让我窒息。我赶紧走出后门，咳起来。从那里穿过由铁丝网围着的长满杂草的窄窄的混凝土院子，能看到一条名叫巴斯特的比特犬。它的工作就是吓唬陌生人，而且它做得很好。现在，它朝我扑过来，摇着尾巴，爪子用力挠着。我不喜欢发动机，不过我很喜欢巴斯特。

打开通向旁边屋子的门，这时我要勇敢地面对嘲笑了。"对不起，"

我对俯身在罗克珊娜上的三个技师说，"请让我单独在这儿待几分钟，好吗？"我还能怎么说呢？说罗克珊娜和我需要一点儿说悄悄话的时间？不出所料，他们偷偷地看着我，眉头紧锁，极力压制想问我为什么或者警告我不要打扰他们工作的欲望。我是汽车的主人，不需要征得他们的同意。我只要他们走开。

要试图与一辆汽车谈心，人们应该怎么做呢？我双臂搂着它的引擎盖，用力抱了一下。我轻轻地抚摸着它的挡泥板，开始安慰它。"你不用担心，"我小声地说，"我们不会抛弃你的。"我停下来，等着，心怀一丝希望，它会向我发出某种信号。罗克珊娜没有转身朝我伸出湿鼻子来感谢我对它的关怀，它也没有晃动行李箱。

当时的整个场面，即便是现在，我也还是感到很尴尬。我观察了一下自己，对自己看到的东西很不满意。虽然我生活在牧场，但骨子里还是一个城市女孩。我的衣橱里摆着丝质衬衣和系带凉鞋；我喜欢歌剧；喜欢美容；我能分得出普通辣椒和烟熏辣椒。到底怎么走到今天这一步的：在一个到处溅满油污的维修店里，在从常年经废气熏染而变得模糊不清的窗户透进的光线下，向一辆老爷车诉说着喃喃情话？当然，这不可能就是我的命运。我奋力向前，因为我就是感觉自己在做的事情对我们的成功很重要。"看看，为让你更强大，我们都做了些什么。你可以完成这次旅行的。而且我发誓一路上我们会和你形影不离的。"为了说服它听我的，我最后说，"相信我！我和你一样不希望你崩溃。因为如果你崩溃了，我就会被困住了。我不喜欢被困住。求求你了，"我恳求道。"和我一起加油。我保证你会没事的。"

我停止了说话，一切照旧。我没有看到它有一点儿放松的迹象，没看到它呼出一点儿废气，也没听到一丝轮胎下沉的声响。只听到店里头顶上加热器呼呼响的声音。不管怎样，我坚信，在甚至没用扳手也没弄脏手的情况下，我已经把罗克珊娜修好了。四月六日那天，它来了，就在我们牧场总部的雪地上，刚喷的油漆闪闪发亮，白色的数字"84"贴在车门上，车门旁边就是美国国旗，伯纳德的名字写在驾驶员那侧，我的名字在乘客那一侧。它的里面塞满了东西，它被擦得铮亮，就等着被装运到中国了。

我学到了什么

在那一年半的时间里，除了修车，我还做了很多其他的事情。我们收到拉力赛组织方寄来的通知文件几个月后，我下定决心，我应该对自己在这次比赛期间要做的事情有更多的了解。我买了一本通知文件中提到的册子，组织方声称它会解释拉力赛汽车领航员想要了解的一切问题。这本小册子只有薄薄的十六分之一英寸厚，很小，装在口袋里刚好。米黄色封面使它看上去无足轻重。它那么小，里面的描述也很粗浅，倒让我认为事先不需要了解什么，领航员要做的事情也比我想象的要少。下面就是我第一次读这本册子时得到的信息：领航员就是坐在拉力赛汽车乘客位置上的人。他或她要照着路书向驾驶员解释下面要走的路。"有什么大不了的！"我想，"组织方会给我路书。我念给伯纳德。就这么简单。"我把册子扔到书桌角落里，很快，它就被埋没在一堆更需要紧急处理的拉力赛文件里了。

一年多以后，那本薄薄的黄褐色小册子又露面了，就像一个体态臃肿的暴徒挣脱了黑暗湖底的混凝土系泊一样。这时离我们去北京还有六个星期的时间，我打开册子，翻到第一页，仔细阅读。我翻了一页，又翻了一页。此时，我看到了伯纳德，便朝他晃了晃手中的册子。

"他们一定是在开玩笑，"我说，"你知道吗？我得记录一整天内每段里程所用的时间，还要读地图，操作 GPS，听指令，还有，里程数还要精确到百分之一，免得我们忘记。"

"当然知道了。我想我一年前就跟你说过了。"

"你的意思是你说的领航员也要负责任那句话吗？我当时以为你那样说只是为了让我感觉好受点儿。"我真想钻入地下，呼啸一声变成"路跑者"，撒开丫子在滚滚尘埃中一溜烟地逃掉。"我知道你很清楚怎么做所有这些事情，但我一次只能勉强做一件事，有些事我根本不知道怎么做，比如怎么使用 GPS 和这个短距离里程表。让我同时做这么多事，我办不到。""我们要练习练习。我们现在带着 GPS 出去怎么样？我会告诉你怎样做。"伯纳德的实用主义让我很恼怒，尤其是在他很平静而我很烦躁的时候。

在牧场前面来来回回开车跑了一小时，我了解了一些基本知识。可第二天早上起来，我就全忘了。第二天我们再出去时，我特别尴尬，不敢告诉伯纳德，那样他得再给我从头解释一遍。这次，我把我需要做的事情都记了下来，便于提醒自己。但是，在接下来的早上再看这些笔记时，我又不知所云了。

"还想再出去吗？"他问我。

"不了。不用担心它。"我向他撒了谎，"我想我已经明白了。"尽管我们结婚很多年了，我还是不能忍受让伯纳德知道我的脑子就像筛子一样，连自己二十四小时之前写的东西都看不懂了。我把 GPS 拿到办公室，想着没人的时候边看笔记边摆弄摆弄它。打开 GPS，我眼睛紧盯着屏幕，那里仍然是一边空白。后来，我想起来，既然 GPS 代表的是全球定位系统，它就只能在户外才起作用，才能扫描到卫星信号。我把这个讨厌的小东西收起来，同时藏起了我的无能，模模糊糊地指望在我最需要的时候，伯纳德给我的指导会像魔毯一样浮现在我的脑海里。

把这本小册子读得都卷了边，我终于明白了一些重要的事实。例如，我了解到长途拉力赛是一项特殊的比赛，部分是公路赛，部分是耐力赛。我弄明白了，计时会从早上所有的参赛者跨过起点线的那一刻开始，一直到我们当天结束时穿过终点线为止。对我们而言，这就意味着在七千八百英里的路上，时钟会一直嘀嗒不停地催促我们，而我们要在三十天内走完这么远的路，中间只有零散的五天休息时间，用来修车、放松或者观光。比赛希望我们每天走二百五十英里左右，对此我并没有感到不安。它所要求的平均速度就是保持每小时三十五英里左右，相当于在一个大型购物中心停车场上巡逻的速度。

当时我并不认为这会是个问题，因为我故意跳过了"平均"这个词。它让我联想起数学，而我一直觉得数学让人心烦。文字类问题让我头晕眼花，解决带有未知因素的问题则让我头疼。因此，为方便起见，我干脆忽略这个词。我脑子里想到的是，我们以稳定速度沉稳行驶，这也是最适合老爷车的方式。我们会在七小时内完成一天的行驶里程。这对我来说还可以忍受，尤其是慢速行驶会让我有更多的时间欣赏风景。这一切都是积极的。

北京到巴黎拉力赛是由一家英国公司组织的比赛，如果你认为英国人都是汽车爱好者、对他们的汽车充满激情，并且对驾驶汽车充满热情，这就很好理解了。我是第一次接触拉力赛，而这时英国人会把他祖辈的老宾利汽车开出来，结果在远离闹市的地方被困在崎岖的道路上，为了摆脱困境而搞得自己浑身污垢、筋疲力尽，但是晚上和朋友喝啤酒或威士忌时还会开怀大笑，这是他们最喜欢做的事情了。在北京到巴黎拉力赛参赛者名册中，有将近一百个英国车组（或者有些人称作的"团队"），少数来自其他国家的团队，再加上九组美国团队。

虽然所有团队会走同一条路线，但是他们驾驶的汽车千差万别：有些有近一百年的历史，其他的只有六十年；有些配有强大的十二缸的大型发动机，其他的则只有四缸的小型发动机。为公平竞争，我们被按照汽车类型分组，同类车之间进行竞争。车的类型有："二战"前汽车（一九二一年前生产的汽车）；复古车（一九二一至一九四〇年生产的汽车）；经典车（一九四〇年到二十世纪六十年代初生产的汽车）。每辆汽车都分配有一个数字，这个数字和一号车后面的参赛者出发时间距离一号车出发时间的分钟数是相对应的。我们的数字是84，这意味着我们的出发时间总是在比赛开始八十四分钟后，或者说每天在第一辆车出发后将近一个半小时的时候我们才能出发。我觉得这样也挺好。我想在等待时还可以多睡会儿，或者可以参观当地的村子。

组织方从二〇〇四年开始，就一直在汇集整理我们要走的路线的所有细节，他们亲自走过每一寸路线，记录每个参考点或者路标之间的距离，精确到小数点后两位数。我本以为路线就是起点，过了起点就得靠我们自己探索了。事实并非如此。发给我们的路书就是要我们不折不扣地遵守的，就这么简单。在全程七千八百英里的路途中，我们不能脱离规定路线，不准抄近路，不允许擅自行动，得知这些让我很烦恼。对某些人来说，这才是表现拉力赛的独特和吸引人的地方。我们都签了君子协定，保证我们会完全按组织方规定的路线走，按他们规定的速度和时间行驶。当然了，一路上让我们偏离目标的诱惑确实很大，这也是为什么他们在沿线设点的原因，一天当中我们必须到这些地方的工作人员那里签到。

在公路赛中，各车组在预定路线上进行比赛，秒表计时，但是跟NASCAR（全美运动汽车竞赛协会）汽车赛和F1（一级方程式）汽车赛不同，在这两个比赛中汽车是绕同一个轨道行驶的。早上，我们会在起点，也叫主要时间控制站，开始一天的行程，每分钟出发一辆汽车，所以不会发生直接的碰撞。我在小册子里看到，如果一个人由衷地喜欢拉力赛，也可以称起点为MTC（Main Time Control 的首字母缩写，"主要时间控制站"）。我马上采用了这个首字母缩写，这让我感觉自己像运动员并且了解拉力赛。为节省时间，我还自己创造了一个词，把读起来很耗时的多音节的 Peking to Paris 缩写成 P2P。

一旦驶离 MTC，我们将会行驶在正常道路上，每辆汽车要在规定时间内走完同样远的路程，从 MTC 到第一个时间控制点之间，再到后面各控制点之间的距离，直到最终到达当天的完成时间控制站。我琢磨着每天终点站的最时髦的缩写一定是 FTC（Finish Time Control 的首字母缩写，"完成时间控制站"）。在每个时间控制站都有一位工作人员，他的任务就是登记每辆汽车。到达后，我要将微型芯片时间卡交给工作人员，他用一个手持设备扫描芯片，录入我们的汽车及其到达时间。在离开时间控制站再次上路时，工作人员还会重复同样的事情。所有工作人员都有一个高度精确的同步时钟。每天结束时，每辆车完成当日规定里程所用的时间会被记录下来。最后谁在最接近指定时间数内到达终点巴黎，谁就会获得总冠军。在每一类型汽车比赛中，也都会有金牌、银牌和铜牌。这听起来相当简单。但当我得知还会有惩罚时，便觉得一切没那么简单了。

作为领航员，我的工作就是确保我们的手表和工作人员的时钟保持一致，并且要准确到秒。我还得操纵车里的距离测量仪器。我有一个精确到百分之一英里的测量里程的专用电脑，每天早上我都要对它进行设定，确保上面显示的里程数和路书上的完全一致。路书本身的设计似乎就是针对我的，让我精神崩溃：书上满是密密麻麻用数字、文字和图片的方式写满的里程和细节描述，我不知道怎样才能都弄明白。

比赛路线分成若干日阶段，或者路段。为避免哪个胆大的人可能提前离开路线，比赛开始前两天在北京我们将会拿到P2P的路书。因此，我们都来不及事先学习，我没时间了解路书长什么样儿，也不能事先熟悉那些用来表示路标和方向的神秘符号。

比赛对我的能力和准确度的要求，比我预想的要多得多。如果到得太早，我们会被扣分。偏离路线、迟到，或者彻底错过时间控制站，还得扣分。如果我们的汽车出现了机械故障，或者只顾交谈而错过了出发时间，扣分更多。每天结束时，如果我不能够在 FTC 关闭之前将时间卡交给工作人员，那么所有的努力就会付之东流。如果我们迷路了，或者路上出了严重故障，我们的名次就会越来越靠后。甚至我们摘得金牌或其他奖牌的希望都有可能完全化为泡影。

为了活跃气氛，我们会进行计时赛。听到这些对比赛的描述，我吓坏了。进行计时赛的路段不长，但是路上会有很多棘手问题来挑战驾驶员的驾驶技能，比如发夹弯（也叫急转弯），路上会有沙砾、小山，以及其他大量的东西，来考验驾驶员对汽车的操控。计时赛的目的是要在最短的时间内（监测时要到百分之一秒）以最快的速度跑完规定路线。我知道一路上伯纳德会一直脚踩油门。我不知道的是，在我们以每小时六十英里的速度行驶时，如果前面有什么情况，我要能事先迅速告诉他，好让他及时做出反应加以应对。我可以想象到这样的一个情景：伯纳德飞过沟渠、梆梆地碾过树桩、因我的指令延迟而使他刹车太迟，结果导致汽车三百六十度大转弯，最后在一团尘埃旋涡中停下来。

为及时救助撞车中受伤的参赛者，不管是在计时赛还是其他时候，都将会有一名医务官带着装备齐全的救护车陪我们走完整场拉力赛。这可能让很多参赛者很放心。对我而言，在我的医学字典里唯一最重要的词就是"止痛药"。我从来没有想到过在拉力赛中还会发生毁灭性的撞击。人开车时为什么鲁莽地把那么漂亮的老爷车撞坏呢？或者换句话说，如果你坐在这样一辆车里，难道不会小心翼翼地驾驶避免撞车吗？需要救护车的那种痛苦不是我内心可以接受的风险，它超出了我的忍受范围，为此我陷入了焦虑。这种焦虑状态，在我发现自己穿上婚纱身体鼓得像大鸭梨那次起到现在，还是头一回。为此，我好几天都没睡着觉。

还有五位技师和他们的移动修理车，他们的任务是修补那些被撞得粉碎或者处于类似情况已无法应付艰难路况的汽车。伯纳德是我认识的最好技师了，而且考虑到他要亲自监督我们汽车的修理过程，我觉得我们不会有什么事的。可是，他不能按自己的意愿更换或安装零部件。与所有其他汽车一样，用拉力赛圈内人的深奥词汇来说，我们的汽车必须要通过"车检"。车检时，每辆汽车都要接受检查，确保没有经过未经授权的改造。这一工作是由 FIVA（法语首字母缩写词，"世界老式车辆联盟"）派来的一个代表来做的。P2P 比赛章程规定，每一个汽车主要部件都必须是汽车生产出来时的原部件。如果汽车是转子制动，可以装上新的制动器，但必须是转子制动器，不能装盘式制动器。如果汽车配的是内联V-6型发动机，那么它就只能与配用同样型号发动机的汽车比赛。为了安全起见，可以做一些改进。安装防滑板来保护车身下部是允许的，同时为行车电脑必需的十二伏电子器件重新布线也是可以的。所有人都可以在汽车顶盖上安装翻车保护杆。

"可以装翻车保护杆。"我告诉伯纳德。随后，我就陷入悲观的想象，我们在比赛开始前一天车检时，FIVA代表会只消瞅一眼罗克珊娜，就把我们打发回停车场。

各种各样的规定、定义、章程和要求并没有让我感到些许安慰。相反，我感到很有压力。我打开了盛满各种信息的潘多拉盒子，这揭示了一个问题：除了地图以外，我对领航员使用的每个工具都不熟悉。坐在乘客位置上我知道该怎么做，但是遵守比赛章程？我连这些章程是什么都记不住，怎么遵守？单是想到现在我这个领航员的地位与伯纳德驾驶员一样了，就已经让我很不安了。我就像一只走投无路的野兽，这种感觉让我恐慌，而当我恐慌时，我就无法像伯纳德那样工作和解决问题。就像车灯前的小鹿一样，我内心充满了紧张、害怕和焦虑：我停下脚步，呆若木鸡。我如果能够离开这条路，早就逃走了。我本应该这样做的。

不幸的是，到现在为止，我们并不单是自己要参加这场比赛。还有很多组家庭和朋友也加入了我们，他们和我过去一样对拉力赛充满激动和兴奋。事实上，因为他们不必做任何比赛的事情，我敢说他们甚至比我还要兴奋。每当我想到要躲闪快得像飞驰的子弹一样不可避免的东西时，他们就会制止我，说不要瞎想。我的姐姐、我姐姐的儿子，以及她的丈夫早就订好了去巴黎的机票。在我的两位法国表兄妹的帮助下，他们计划在我们和罗克珊娜到达巴黎的第二天，为我们举办一个主题为"欢迎大英雄得胜归来"的聚会。伯纳德所有的四个姐妹及她们的家人，也已经通过网络通话和邮件告诉我们，要欢迎她们亲爱的弟弟了。他在巴黎的儿子和在日内瓦的女儿再加上他的四个孙子孙女，也会随叫随到，他儿子还准备在我们冲过终点线时为我们录像呢。我在以色列的表兄也很着迷于这件事，答应要带着他的三个孩子到那里。来自英国、维也纳、瑞士和美国的朋友们，也要都带着配偶和孩子，喜迎我们的到达。如果我现在退出，我的失败就会弄得像在圣坛前被抛弃的新娘一样，人人皆知的。那种羞辱将是深刻的，而且，我也赔不起所有的机票钱。

然而，个人蒙受羞辱还不是最坏的情况。与我的另一个小问题——晕车相比，让我的支持者们失望这件事，就显得黯然失色了。我从小就晕车，这是大家都知道的。我的法国母亲和奥地利父亲，在阿尔卑斯山度过了他们的青年时代，对户外运动充满激情。每逢周末，他们就带上我们几个孩子徒步到卡次启尔山旅行，去佛蒙特州滑雪旅行，去长岛的海边远足。一大早，我们就会用头一天晚餐剩下的黄油、冷烘肉卷、牛排或者鸡肉，还有很多脆的生菜做三明治。我们把黄瓜、胡萝卜和甜椒切成一片一片的，便于咬碎。苹果擦得光亮，饼干包在铝箔里。我们一家人都喜欢野餐郊游。在开往山坡或者山道起点的很长一段上，我和姐姐会全神贯注于玩愚蠢的汽车游戏来消磨时间。我们会一边拍手一边唱儿歌，猜测前方大钻机有几个轮子，搜索其他州的车牌，和父母玩我们最喜欢的文字游戏。回家时天快黑了，我们双腿蜷缩仰面坐着，从各自的窗口看天上的卫星和流星。我们很喜欢一起待在后排座的感觉。但是当我尝试着读书时，我就开始反胃了。

玩文字游戏，很好；读书，坚决不行。

随着年龄的增长，小时候的一些问题都解决了。这个晕车问题一直伴随我长大，但也不过是小麻烦而已，直到遇见伯纳德。在我们刚结婚的那几年，我们住在科罗拉多州波尔德山里，我和他经常一起开车，走七英里路到城里上班。去的时候是一路下坡，车子要绕过很多个发夹弯才能到博尔德峡谷的路口。刚上车时，我们还像幸福的一对，快乐地一起去上班。可等上车后，事情就变得难以想象地越来越糟。首先，他要更换我小心调整好的座位，这样他可以双手抓住方向盘，就像F1赛车手那样：左手放在九点位置，右手在三点位置，双臂自然舒服地弯曲着。我们从三千英尺处开始向下冲时，伯纳德开车的样子就像在驾驶着一辆法拉利，我们能够感觉到发动机发出的声音和车下砾石嘎吱嘎吱的声音。

在那些开车去上班的日子里，我总是怀着美好的想法。"放松，"我默默地强迫自己，"看远处。"但是坐在那样颠簸的车上，我眼前的地平线也是倾斜的，我不得不像仪表盘娃娃似的摇头晃脑。我的大脑试图调节眼睛所见和身体所感之间的矛盾。这场仗是必败的。虽然我的内耳严重失衡，越来越恶心，但是我仍然努力地保持头脑清醒，以不致失态。

"你拐弯时能不能不开那么快？"我一边礼貌地问伯纳德，一边在座位上擦着满手的汗水。

"别担心，亲爱的。你的车子能应付得了。"

我根本不用担心车子。因为，尽管很不舒服，但我知道伯纳德有像计算机一样精确计算速度和距离的不可思议的能力。一个能够倒车时都不回头看的人，显然有能力操控向前行驶的汽车。胆汁升到我喉咙里了，我必须开门见山了。

"我不是担心车子。但是我可能要吐了。马上。"

"什么？！"伯纳德会惊呼，像从来没有体验过晕动病的人那样表示怀疑，"你觉得不舒服？"

伯纳德满怀自责，接下来会开得非常平稳，感觉就像车里装满了生鸡蛋。然而，他隐藏不住他的懊恼，给他带来满心快乐的汽车运动竟然会让我感到不舒服。因此，第二天又重复同样的情况。我觉得，伯纳德是希望通过让我多坐几次这样的车，我的晕动病就会好了。但是，这从来就没有管用过。

当我们要参加拉力赛跑完七千八百英里，我要整天拿着地图把路书的指令念给伯纳德这一切定了之后，我们不得不面对这个问题了。

"我们该怎么办呢？"伯纳德会首先发问。

"你指的是我、汽车、我在车里会不舒服，还有如果我看书情况会更糟吗？"我极力掩饰我的紧张，但效果很糟。

"试试飞机上人们用的那种穴位按摩带怎么样？"

"我试过了，你忘了？不管用。"

"东莨菪碱（可用作镇静剂）呢？你知道，那种抑制恶心的皮肤贴？"

"我也试过了，六年前我们坐小飞机那次。即便只用了四分之一贴，我都恶心了好几天呢！"回想起来，还不如不用这种皮肤贴好受。

"哦，"伯纳德没有办法了，"茶苯海明呢？"

"可以。但是一路上我会睡着。如果我一路上老打盹儿的话，我还算什么领航员呢？老实说，我想我已经试过所有办法了，没有一个管用。"然后，我们会四目相对，谁也不说话，心里想着同一件事：

如果我不能在移动的车子里看书，我就参加不了比赛了。

"我想我会处理的。我们到时候且看情况怎样吧。"说这些时，我没有多少底气，但是我也不笨，我只是尝试着像伯纳德那样现实积极。

北京：镜头三

　　比赛开始前在北京待着的那几天，就在我自得其乐时，即将到来的比赛总会见缝插针，挤进我的脑海，然后我脑子里想的就都是比赛的事了。就像被卡的唱片一样，我在心里一遍又一遍地想着"如果……会怎样呢？"这个问题。过去一年半的经历告诉我，如果一件事进行得很顺利，那就意味着要发生什么不好的事了。所以，即便我可以说罗克珊娜一切都还好，我总是得加上一句"眼下"。

　　伯纳德生病了，干咳。我们把这归咎于空气污染。北京是世界上最大的新兴城市。每天都有一千二百辆新车驶入城市街道，更加剧了交通拥堵。无论走到哪里，都能看到巨大的螳螂似的起重机在空中抓挠。刚建了一部分的摩天大楼的脚手架就像体外骨骼一样，被笼罩在一片棕色的烟雾毯之中。感谢上帝让我在科罗拉多生活了那么多年，我才能眼看着充满雾霾的米黄色天空，无数次地回忆起那里的蓝天。还有这里的太阳。燃煤电厂为这座贪得无厌的城市提供电力，灰白的太阳被从那里冒出来的滚滚浓烟所笼罩，看上去倒像一个透明的盘子。

　　如果不是因为空气污染造成的，我想他的干咳应该是对我持续的紧张不安的一个反应。他从来没生过病，他现在竟然生病，简直不可思议。另外，阿司匹林对他不起任何作用。至于我，也因为污染感觉不舒服，但这却能让我暂时摆脱紧张焦虑情绪，这种情绪自从我们把指南放在房间里，与其他二百五十名驾驶员和领航员一起，去参加拉力赛正式发布会那一刻起，就困扰着我。就是这儿了。主要事件就要上演了，就在此地，在这个没有窗户的酒店宴会厅里，矮矮的舞台前陈列着一排排的硬椅。接下来我们要进行三小时的赛前培训。"集中注意力，迪娜，"我训斥自己，"这些东西很重要。"

然而，还是有一个问题。我的脑子里充满了各种想象的问题。实际上，只有三个问题，但是每个问题都有多种排列组合，因此，任何事实信息都只能挤进角落里，而这些角落我却是更愿意留给"我下次修脚的预约时间"这类重要信息的。我担心"我们会彻底迷路"，苦恼"我们的汽车会出故障"，恐惧"我会得慢性腹泻"。慢性腹泻恐怕是最糟糕的问题，我蹲在毫无遮挡的戈壁滩上，裤子褪到脚踝处，眼前浮现参加比赛的老爷车。然而，不单是这，我还曾见到组织方人员都开着崭新的鲜红色四驱丰田卡车。他们的汽车里还有空调。我开始怀疑他们知道我们所不知道的路线。我还忍不住想，也许我可以说服他们当中的一个和我做个交易，前提是他们觉得坐在罗克珊娜里比我觉得更有趣。

拉力赛的医务官员首先拿起话筒。他非常详细地讲了路上可能遇到的各种健康风险，这让人心里很不安。当他宣布在什么时间我们可以去他的宾馆房间寻求帮助或者拿点药时，我们才感到些许慰藉。我又看了一遍我们急救包里的东西，安慰自己说有这么多东西我会很安全的。包里装满了各种治疗我能想到的疾病的药物，还有一些其他的。

光是抗生素，我就准备了五种，可以应对一切情况，从胃病到眼病和牙病，再加上皮肤病。为防止我们白天忘了喝水，我还准备了五包水和盐，还有一些做各种手术时省下来的肌肉松弛药和麻醉性止痛药。我甚至还带了吗啡片，这些药片是我的狗狗患骨癌时医生为它开的。至于治疗感冒和割伤的药，足有超市里一个架子上摆的那么多，包括各种止痛药、大大小小的创可贴、斜纹棉布和水疱药，还有润喉片、治牙痛用的丁子香油、止咳糖浆和可的松止痒软膏。这些才只是用于轻微身体毛病的。对严重疾病，我准备了很多的纱布压力垫和固定纱布用的胶带，缝合伤口用的专用镊子、止血剂、一个套管和两包静脉注射溶液，以及，谢天谢地，万一我需要吸氧时用的无菌防毒面罩。如果我被困在戈壁，这些东西足够我开一个乡村诊所了。

然而，让我不安的是那些镊子，它们总让我想起拔刺时我疼得往后退缩的样子。这个医生真的指望我冲过去为重大事故中痛苦的受害者缝伤口吗？幸亏，他减轻了我这一最大烦恼。"如果你们第一个到达事故现场，我要你们第一时间把你们的药箱拿给我，"他说，"这样，除了我的，我还有你们带的东西。我不想吓唬你们，但是汽车有可能会被撞得粉碎，到时候到处一片混乱，不可能找到药箱。还有，哦，他们可能也不能告诉我药箱放在哪里。"

"好吧，这下解脱了。"我心想。

技师们解释了对崩溃的汽车进行鉴别归类的登记程序。据说贝蒂是这群人中最好的技师，她留着一头灰白短发，很慈祥。"我们会每天晚上在酒店的停车场上开业。到蒙古时，你们会在营地的外围找到你们的货车。你们只要过来，告诉我们问题在哪里，我们就会记下来。我们共有五个人，因此我们应该能够解决你们抛给我们的任何问题（东西）。哦，但是请你们不要真的朝我们扔东西。"所有人都笑了，但笑声中透着紧张。"我们不喜欢这样，尤其是在我们连续工作三十六小时牵引受损汽车的时候。"考虑到很多疲惫的驾驶员会吵闹着要求帮助，他们这些人以前都参加过比赛援助，决心要做到公平。我是初次参加这类比赛，我相信他们所说的话。只是后来我才认识到，我心目中的 P2P 与现实差距有多么大。

接下来，赛道工作人员给我们大概介绍了计时赛、时间管控、赛道控制，还讲了一天结束时在 FTC 处要做的事情。听上去就和我那本可怜的小册子上写的一样，它可能就是他们写的吧。不甘示弱的路线检查员首席的话让我措手不及，因为虽然我会读他用的那些词儿，但我根本没能一下子弄明白意思。"把你们的 GPS 拿到那张桌子那儿，"他指着后门说，"我们要下载航点，协调整个行车路线。航点有两千多个，但是如果你们买的 GPS 是我们推荐的那款，就一点儿问题没有。"我们没有。我们买的是不同款的 GPS。因为我近视，所以我们买了一个大屏的 GPS。我的一只眼睛有炎症，而且戴眼镜只会落灰尘、弄脏甚至是损坏，所以我决定戴隐形眼镜。而现在，我的视力可能不是主要的问题。"别忘了带上路书！它们是盛开的郁金香，里面标记了所有的管控点，当然了，还有里程的增减。我们还给你们提供了一些额外的信息，当地的历史、休息时可以参观的地方，甚至还包括一些我们最喜欢的餐馆，等等。"这一切都是我的职责。已经在北京了，我仍然隐约希望自己只是和伯纳德一起参加这次比赛。

以上这些东西我都不熟悉。由于罗克珊娜的改装预计要花六个月的时间，我们进行比赛前练习的计划也泡汤了。现在离拉力赛正式开始只剩两天的时间了，可我对自己应该做什么还一无所知。我没有进行过任何练习，也不曾瞅一眼路书。最糟糕的是，我疲倦的大脑从来不曾想过这次拉力赛有哪些要求。当然，我明白"路"和"书"的意思。这是我从那本比赛小册子上学来的。关于"急救箱"和"汽车故障"，字典上给出了清楚的解释。我不需要更高的学历来弄懂这些词的意思。几个月来，我感觉自己一直在玩一种叫作"专心"的心理版汽车游戏。在这个游戏里，我翻开一张卡片，卡片上有我认识的与比赛有关的词语，然后寻找另一张卡片，这张上面会解释这个词语和我们即将做的事情之间的关联。到现在我还没有找到匹配对卡片是什么样子呢。

所有这些都让我非常不安。更糟糕的是，不称职的似乎只有我一人，因为我看到周围的人都在点头，有些甚至还敢大声笑出来，对像计时赛这么基础的东西都要进行解释，似乎很不屑。我们刚到北京的时候，我就觉得一切都是那么陌生，可现在我简直觉得自己是到了火星上。与周围的人相比，我完全就像一个外星人，不知道怎样才能像他们那样走路或交谈。这种情况若不是危言耸听，至少也让我感到羞辱。

我们坐在那里，烦躁不安，这时一位穿着整洁的法国男子走近话筒。他的定制西装胸前口袋里露出一块淡紫色丝绸手帕，让他看上去更具一种不容置疑的权威。这个男人是检验经典汽车真实性的仲裁者，他来这里是要解释验车事宜的。就是比赛前对汽车进行检查，证明每辆车的零部件都是汽车建造时所使用的。"验车者"这个词听上去很古怪，还有点复古的味道，尤其是从一个傲慢的法国人嘴里说出来的时候，我必须强忍着才不让自己笑出声来。我转向伯纳德，低声说："他只要说'我们会对你们的汽车进行彻底检查'就行了，不是吗？"伯纳德朝我"嘘"了一声，让我安静。他自己的口音也是如此，这让他有着天然的同情心。后来他又讲了如果验车通不过就不能参加比赛这样的小事。

一个背有些弯的大肚子男人从椅子上费力地站起来，走到话筒前，此时人群停止了躁动。他的平直的头发紧贴在头上，领尖钉有纽扣的衬衫皱巴巴的，从裤子里溢出来。这人就是本次比赛的英方组织者，他是资深的赛车手，参加过很多次残酷的拉力赛，同时也经历了很多次汽车事故，这一点可以从他僵硬的走路姿势上得到验证。他的一双小眼睛里透着精明，在开口讲话前，他先默默地扫了一下人群，大概有一分钟的时间，然后才说道，"你们每个人必须要想一想你们来这儿干什么来了。"他停顿了一下，"你们是不是要争取拿到金牌，而且从这里到巴黎的每天早上出发时你们都会全力以赴？如果是这样，我向你们致敬。"他的声音听上去很傲慢且咄咄逼人。"不过，如果铜牌你们可以接受，那也没什么。也不算什么憾事。这就是我们为什么做这些铜牌的原因。"他为自己讲的笑话大声笑了起来，似乎将裤子向上提了提，但也可能是他在用手搓疼痛的后背。"我们建议你们和自己的队友讨论一下这个问题。一定要在如何进行比赛上达成一致，因为拿到铜牌只是意味着你们在北京打卡，到圣彼得堡再次打卡，在巴黎穿过终点线。所以好好讨论讨论。现在就做决定，不要等路上遇到麻烦了再下决心。"

他听上去好像在嘲笑我们。我觉得脸上一阵发热，料想着组织者会随时指向我。"你！"他会喊道，然后把我拽到台上，在那里他将揭露我的骗子身份。我知道自己确实是骗子。我没有时间弄懂计时赛和满是指令和符号的路书，从来没有充分了解机械学，以便在遇到发动机问题时成为伯纳德称职的搭档，我对 GPS 的理解也是最肤浅的，至于其他的，我就是一个被凶猛的海浪抛下海去的水手，在深海里挣扎，希望有人，任何人，会来救我。

我妈妈以前常说我是一个乖乖女，总是大人让做什么就做什么。她错了。我觉得这是盲目的母爱才让她有这样的看法，而不愿意承认我总是和她争论，并明显地不按她要求的去做。事实上，做些与别人要求相反的事情，总是让我获得一种怪怪的满足感。我喜欢不遵守规矩。小时候有一次聚会时，我意识到手中的塑料匙可以弯曲，我就用它当弹弓，把巧克力冰激凌射到当天过生日的女孩子脸上。上大学时，其他人由于晚上参加太多聚会而不得不考前开夜车，我则在十点就开心地上床睡觉了，因为我的学习任务早就提前完成了。此时此刻，组织者让我们就如何完成比赛做出决定，这个命令我愿意服从。这是我一直在寻找的救生索。我转向伯纳德说："铜牌。"几乎是同时，伯纳德说："金牌。"就坚硬的金属而言，就是这样子的。对我来说，这只是一次旅行；而对伯纳德来说，这是一场比赛。我想的是完成这次旅行，他想的则是赢得这场比赛。

我交了些朋友

为了分散注意力，我四处寻找和他人交流的机会。在我们住的酒店里庞大的会议厅进行过大型发布会后，每个人都在寻找他们认识的人。他们彼此挥手、张开双臂拥抱、大声打着招呼、热情地拍背。像地面的鸟食器一样，每张咖啡桌都吸引了来来往往的人群，所有人身体都向前倾，轻吻脸颊，在做这些的时候，他们红色吊带上的黄塑料P2P标签晃来晃去地发出噼啪的响声。除了马蒂厄，我们不认识比赛中的任何人，然而，除了两年前在科罗拉多遇见后来往过几封电子邮件外，我们并没有多少接触。即便如此，我还是利用这一微小的联系线索，为自己虚构了一个有利于自己的故事，以为一旦到了北京，马蒂厄就会把我们纳入他的麾下，把我们介绍给他已有的交往圈子。马蒂厄向我们热诚地打了个招呼，就跑去拥抱他的小团体了。除他之外还有五个人，他们六个人三辆汽车形成了一个团队。从他们离开时那种轻松自在的样子，我猜他们都是好朋友。我还注意到他们没有邀请任何人加入他们。

就在几个月以前，我还觉得P2P是伯纳德而不是我的梦想，我就为自己布置了一个秘密任务。在伯纳德参加 P2P 来考验他的耐力和驾驶技能时，我会用它作为一次浸浴疗法，在一个月内让成百上千的人围在我四周。通常情况下，我喜欢孤独，可是暗地里却渴望成为人们关注的中心。如果事情进展符合自己的意愿，P2P 结束之后，我会摆脱隐士般的生活倾向而获得新生，回到家时我会是一个不但走完了七千八百英里路程，而且还会像鲑鱼游回到它的出生地的溪流一样去寻找自己的圈子。对我来说，这种性格重塑似乎是很值得的。

而此时，我在孤独地四处游荡着，很高傲地回避着从和我没有任何关系的人群中传过来的阵阵笑声。这种感觉与我三十五年前在高中舞会上的感觉一模一样。一旦有了这种感觉，想起这次经历就让我觉得自己不堪一击，就像昨天刚刚发生的一样。我可以想象自己靠在健身房染色的白渣砌块墙体上，盯着附近的一把空椅子，希望用心灵感应告诉任何一个可能注意到我的人，告诉他我发现了这把椅子的详细结构，真的很令人陶醉。然后我坐在椅子上，将我的注意力转移到裙子上的褶裥，小声对自己说："无论谁都不会想和一个失败者跳舞的！"

"慢慢来，"现在我鼓励自己，"你有伯纳德呢。"他在我旁边走着，身体健壮，衣着整洁，他的棕色头发剪成只留四分之一长的短寸头，从我们认识起就留起的刷子般浓密的胡子，则弥补了头发少的不足。我们两个人个子一般高，五点六英尺，因此当我们漫步在陵墓般的大厅时，我们的步伐很容易一致。我们在很多方面都很相像，但是到寻求他人支持时，我们俩就完全相反了，因此在这个问题上，我不指望从他那里能得到多少帮助。我们朝电梯方向走去，回到自己的房间。

我们洗了一个泡沫浴后，整个人变得精力充沛，然后我们漫步到所在楼层的完全现代化的休息室，想着找些小吃和点心。登记的时候，我注意到几个佩戴着 P2P 徽章的人躺卧在淡黄色的转角皮沙发上。他们在全神贯注地以独特的英国方式互相侃着奇闻逸事，低调地讲述着一个比一个越发令人毛骨悚然的故事，用较为温和的语言详细叙述着令人兴奋的冒险故事。这些人都是我的竞争对手，数量还不算多。我该说点什么。但是说什么呢？"嘿，我是迪娜，拉萨尔的领航员？"这样说太愚蠢了。我没有说话，但在我和伯纳德往开放式酒吧走去的时候，我特意从他们侧面走过，眼睛却不看他们。

"这位漂亮的女士！"一个带着短促的英国口音的男性声音响起，"让我为你买一杯香槟喝吧！不过最好是你给我买一杯！"看到有一瓶打开的香槟，我抓起酒瓶子和几个酒杯，然后转身朝向发出声音的方向。这声音似乎是和我年纪相仿的一位男士发出来的，他有一头淡灰色卷发，脸上有点儿肉嘟嘟的，还算可爱，但不英俊。他的一只胳膊随意搂住一个娇小可爱的女士，冲我打情骂俏，然后又开心地转向那位女士，挤了挤她的肩膀。"看啊，曼迪！那位美妙的女士给我拿香槟酒来了。"他边说边朝我们顽皮地笑了笑。我们都笑了起来。休息室的酒饮是免费的。

我在他们对面坐下，倒满酒杯。"干杯，"我说，"我是迪娜。"我把我的 P2P 徽章给他们看了看，证明上面是我自己的名字。"这是伯纳德，我的驾驶员，也是我丈夫。"

"别坐在那儿！"这位男士说道，声音低沉浑厚。我不知道这位男士除了感叹句外还会不会说其他的。但是居然有人跟我说话，还是位看上去真诚友好的男士，这令我感到宽慰，唯恐我的宽慰表现得太明显而让人觉得讨厌，所以我选择了沉默。"来，坐在我旁边……你不介意吧，伯纳德？"我还没来得及换位子，他就已经抓住伯纳德的手，把他拽到他旁边的沙发上了，还用一只胳膊给了他一个熊抱。"你们是美国人？我喜欢美国人。你们开的什么车？"他在极力模仿影星约翰·韦恩。

"我们有一辆一九四〇年的拉萨尔。"伯纳德开口说，声音深沉、热情，还带着法国口音。男士突然打断伯纳德，现在他的说法方式又变成了莫里斯·切瓦力亚（演员），"啊，美国车，但是'拉萨尔'是一个法国名字。你说你是美国人，但从你的说话方式来看，我觉得你是法国人。真聪明！真让人迷惑！这次比赛我也开一辆美国车。"说到这儿，他停顿了一下，然后又接着说，"一九二七年的雪佛兰 75 跑车。"他还拍了拍他的徽章以示证明。

就这样，我们交到了朋友：罗伯特，像一条活蹦乱跳的小狗，用他充满友爱的热情招呼着所有的来客。曼迪是他的妻子，尽管有时候更像一位骄傲的主人，充满爱意地拉着拴狗带，但从来不会用力。罗伯特又向我们介绍了其他人以及他们的汽车。有一位叫拉尔夫的，瘦得貌似只由韧带和肌腱组成，像一个金属衣架，一对棕色眼睛在本·富兰克林眼镜后面打量着我。他的手划过几乎全秃的头，朝我微笑了一下，露出了一口坏牙。"组织方不想让我参加。他说我的车底盘太低。道路崎岖不平，会把它磨坏的，我绝不会让这样的事发生。你们等着瞧！我要证明他是错的。"

还有尼克和西比尔，两个人都是高个儿，尼克有一头白得异常的头发，西比尔则长着同样醒目的一头黑发。我们还认识了他们的朋友，卡罗尔和罗宾，以及迈克尔和索菲。他们的汽车都是二十世纪三十年代早期制造的，都是带有踏板、辐条轮、泪滴形大挡泥板的艺术品。他们所有人都站起身来和我拥抱。这一切就像有人挥动了一下魔棒，而我就在魔法之下从打扫灰烬的灰姑娘一下子变成了舞会上的公主。

罗伯特很乐意和我们分享他的成就。一九九七年他是英国航空公司的飞行员,负责将很多首次参加 P2P 的参赛者送到北京。那时候,他就发誓一定要亲自参加比赛。现在他来了。"伯纳德,"他说,估计伯纳德不到医生图表上说的男人平均身高,"你有没有计划再长高点儿?"说完他开怀大笑起来,没有人认为这是冒犯,尤其是他自己还不到 NBA 球员的胸部高呢。

其他人开始谈论最近每个人都驾车去了哪里,话题从我这里转移到其他地方了。很快,人们的谈话内容充满了"记得什么时候""你做什么了没有",以及"你见过什么没有"这些问题。当人们开始谈论汽车的时候,伯纳德恰如其分地插进话去了,因为汽车和发动机的用词是通用的,大家都能听得懂。我倾听着,不时地点头微笑,体验着那种群体归属感。我的面前一片光明。从一个人都不认识,到现在一下子认识了八个人,对这些人,我可以不必介绍自己就问:"今天过得怎么样?"我确信他们也会回以同样的问题。毕竟,他们都是英国人,也就是说他们都是有教养的。

曼迪转向我:"你浏览过路书了吗?"

"没有。应该看吗?我们要后天才开始比赛呢。"

"哦。它对你熟悉这次拉力赛的指令风格有帮助,记一些笔记……"

"笔记?要记什么?书上的信息不是已经很完整了吗?"

"有一点我是确定的,以前的路书信息确实很完整。但是现在路况可能会有一些变化。组织方会派先遣车辆比我们提前二十四小时上路。每天结束的时候,他们会向在后面和我们在一起的裁判秘书汇报路线修正情况。这些情况我们第二天早上才能拿到。知道原始路线是怎样的，感觉会好一些，这样你就能很容易清楚哪里做了改变。"在发布会上没有人提到这一点，我的胃又开始不舒服了。它开始挤成一个球，威胁着要把我刚刚狼吞虎咽下去的美味小点心都喷射出来。

"先遣车辆？我以为他们是去核实我们酒店的预订情况的。"

曼迪笑起来，接着忍住笑。"你以前用过路书吗？或者以前参加过比赛吗？"她尽可能亲切地问我。好吧。终于，我的肮脏小秘密彻底暴露了。

"哦，我是第一次参加，我不知道我该做什么。"我告诉她，像少女般满脸通红。我沉默了片刻。紧接着，我觉得这样我就显得更无能了。我冒冒失失地接着说："我知道，这听起来很糟糕。之前我们曾经计划参加一次简单的比赛来着。你懂的，就是为了练习。我也应该有时间熟悉一下怎么用 GPS。但是……"我的声音越来越小。

"我们俩晚饭后会个面，"曼迪说，"我带着你看一遍。别着急！"虽然我们是同龄人，但她像妈妈拍小孩子一样拍拍我的胳膊，安慰我说，"你会弄明白的。我们都是这样的。"

"该吃饭了！"曼迪的丈夫罗伯特喊道，"有人要北京烤鸭吗？"

我们换到附近一家当地人喜欢去的餐馆，围坐在一张直径十英尺的餐桌旁，桌子中央是一个同样巨大的转盘。其他人点了北京烤鸭，附带鸭汤和烤成古铜色的鸭皮，吃的时候放在涂有又咸又甜的海鲜酱的两个小圆饼上。我点了一份香脆鸭件。名字很吸引人，但听上去怪怪的。其他人点的一盘盘堆满晶莹多汁的鸭肉和装着翡翠绿葱的银器端上来了。等我点的菜上来时，只见一堆油炸的鸭嘴和骨头，闪着金黄色的油亮。伯纳德皱了皱鼻子，"你不会吃吧？"他问道。

"为什么不吃？菜单上有这道菜。这里肯定有人觉得它很鲜美。

另外，为了做你们要的烤鸭，一只鸭子被屠杀掉，你不会希望它身上剩下的东西被浪费掉吧，会吗？"我仔细打量着我面前的这一堆，很开心地意识到没有人会主动要和我分享。不管怎样，我以前吃过烤鸭。为什么不尝试点儿新鲜东西呢？

找到罗克珊娜

　　罗克珊娜很幸运。三个月里，她舒舒服服地待在横穿太平洋的集装箱里，休养恢复，那个集装箱相当于一个豪华游轮，接下来两个星期则会待在北京的一个温控仓库里。而我就不一样了。自从她被装运后，我都一直处于不断的焦虑之中。焦虑什么？对第一次参加这种比赛的人来说，一切都会让你焦虑。因为如果伯纳德不在眼前，任何其他可能的灾难都会引起我的注意。

　　然而，即便是最顽固的自寻烦恼的人也明白，她最终还是要开始工作的。去迎接罗克珊娜的日子到了，上帝保佑它会毫发无损地到达酒店。去仓库要四十五分钟的时间，组织方好心地为我们提供了几辆大巴车作为班车，对此我却一点儿也不感激。我宁愿不惜一切代价推迟把罗克珊娜带回酒店的时间，努力证明我一直在讲的：我没有任何领航能力。我们坐第四辆车离开了酒店，这就把必须把罗克珊娜接回来这一不可避免的事实又往后推迟了一小时。我在检验下个月要穿的衣服：有八个口袋的砂色工装裤，裤腿往上卷起，露出我的白色棉袜，一切是那么迷人。我穿着那件我最喜欢的淡紫色短袖衬衫，上面多出两个口袋。脚上穿着结实的鞋子，以防万一真的要步行到乌兰巴托。总体效果是衣服口袋很多，宽松下垂，显得我很干练。这没有提高我的虚荣心，可是确实让我感觉自己很能干。

一年半来噩梦般的生活该有个好的结果了。不过当我们进入几乎空空如也的大仓库时，我又动摇了，觉得一切都是那么不可靠。要是罗克珊娜在装运过程中受到损害怎么办？如果它根本就发动不起来怎么办？虽然我是个自寻烦恼的人，但我还没有失去最基本的精明。我意识到，这是一个评估这次比赛或者以后类似比赛的最好机会。我们到达仓库时，四分之三的汽车已经被取走了。我大步走过抛光混凝土地板，鞋跟发出咯吱咯吱的声音，我惊叹于我身边这些汽车的完美。这里就像是一座博物馆，我脑海里紧接着闪过一个想法，要真的是博物馆就好了，那样我就不必坐上其中一辆车并指引它跨越半个地球了。"哦，看在上帝的分上，"我喃喃自语，"镇定。"然后，我看见它了，停在两辆年份相似的汽车中间。我狂喜得无法自抑。我的心脏跳动得非常厉害，那时我突然希望装在行李箱的急救箱里有心脏除颤器。如果我们不能把它开出仓库而不得不再把它装运回国，那该怎么办呀？什么事都没做就回去，我会很丢脸的，或者更确切地说，我会因没有能力做任何事情而感到丢脸的。

伯纳德重新接通了电池，在安静的仓库里的巨大回音中，我听到了他打开点火开关时发出的咔嗒声。油门快速进油，罗克珊娜发出隆隆的声音，发动了。伯纳德冲我淡淡一笑，又歪着头去听发动机的声音。我高兴地都想发出尖叫，跳着舞四处乱跑起来。然而，我抑制住了这种解脱的快乐，走到汽车乘客座位的一侧。我多么希望我能简明扼要地用恰当词语来描述当时整个的重大场面。几个月以前，我一点儿都不敢想象我们能到达这里，更不用说要开车穿越北京了。我强迫自己张开嘴，却蹦出几句再平庸不过的话来。"如此，我猜就是这样了。"我装作平静地说，"该上路了，亲爱的。"关于非常时期的事情就是这样。有时候你唯一想做的事情，就是让这些重要时期变得很平凡，平凡到你不必去解决所有可能发生的各种奇怪事情。

　　罗克珊娜顺利地驶出了仓库的两扇大门。"左转到出口，"我满怀自信地说。这是我在拉力赛中的第一次指挥，所以我灿烂地微笑着，以求有好运气。我镇静地指挥着，就像我每天都在指挥一辆将近七十岁的老爷车进入中国的路面上一样。我的声音很平静，听不出半点自我忘形。我必须使劲抑制自己喊出来，"我作为领航员第一次发出了指令，我说对了。"这样做是不合时宜的。我清楚我不可能弄错，因为仓库门外边有一位工人站在那里，手指向左边。他身边是仓库里的其他中国员工，他们穿着不合身的裤子和仿制的耐克鞋，开心地笑着，挥着手，手举手机为面前经过的一辆又一辆外国车拍着照。他们很为我们高兴，数月来，我也第一次感到放松并享受那一刻。

　　离开仓库，我们行驶在一条路面破损的街道上，路两旁是一家家没有特色的灰色仓库和运输设施。那些种在隔离带上被忽略的小树，看上去像刚刚跑了马拉松一样，疲惫无力地与污染的空气抗争着，显得无精打采。还没走出三个街区时，我们经过停在路边的一辆真正的老爷拉力赛车旁。我有一种不祥的预感。我们还不知道谁驾驶着那辆车，所以我所能做的只有为驾驶员和领航员感到难过。他们站在方方正正的黑色一九〇九福特 T 型车旁边，引擎盖被掀起时里面冒出的蒸汽把他们的脸笼罩住了，第一次"享受"路边温泉浴，以后路上可能还会有很多这样的温泉浴。

我们俩坐在车里，都不说话。伯纳德精神高度集中。从他眯着的眼睛到脸上平静的表情，再到他每隔几分钟晃动肩膀的方式，我看出来，他在对罗克珊娜发出的每一个汩汩声和砰砰声进行分析。就这样，有时候他的双手就像电线传感器，敏感得能够探测出操纵罗克珊娜时的一切，并把这种感觉从方向盘传送到大脑；他的一双耳朵就是数据收集设置，能够分辨出发动机发出的每一个错误声，就像表演者弹奏贝多芬奏鸣曲时，我这个训练有素的钢琴手能分辨出他弹奏的每一个错误音符一样。我只有在前面有转弯时才打断他一下。

组织方提供的指令里说附近有一家加油站，我们开进去排在其他三辆赛车后面。和所有其他汽车一样，罗克珊娜的油箱里一点儿油都没有了，在被用皮带捆住装进跨太平洋私人海陆集装箱以备装运前，里面的油就被清理空了。在加油站服务人员加油的时候，驾驶员和领航员们也忙碌起来，神情中流露着坚定，检查着发动机，拉拉把汽油罐安全固定在脚踏板上的绳子。"一路走一路学吧，"我告诫自己，开始把背包里所有的东西都拽出来，打开红色和黄色巨型塑料夹放在防晒伞上，准备将来收纳收费单和小额货币，把多余的钢笔放在车套里，把地图整理好放在杂物箱里。与此同时，加油站的服务人员们也空前地忙了好一阵儿。他们好久都没有卖过这么多的汽油了，所以没有一个人闲着。考虑到加油的都是老爷车，他们都争先恐后地争取操作汽油泵，对他们来说，这是一种荣耀。这里的服务空前的好。

一位车组人员拿出厚厚的一沓明信片，开始分发给不知是从哪里突然出现的一群中国工人，因为这条路上很明显没有商店或商铺。他们伸长胳膊，急切地用手抓住明信片，一遍又一遍地翻看着。人们用手指着什么，开心地笑着。有些人还拿回明信片要签名。从某个人肩膀望过去，我看到明信片上印有车组人员画的一辆黑白色老爷车，这车就是他们的座驾。

"该死的，这个主意太棒了！"我心想，多么希望自己也想到了这样的好主意。他们很轻松地印了一千张让所有年龄段的人都高兴的明信片，足够分给路上将遇到的每个人。我也带了礼物，是一些我认为小孩子会喜欢的小毛绒玩具、颜色鲜亮的太阳能充电塑料计算机和很多钢笔。当时买这些东西时，我自以为很聪明。而现在我只觉得很尴尬。我也不知道我们会被围观。如果我们第一次停车时遇到的人数预示着什么的话，我的装礼物的包不出几天就会变得空空如也。最糟糕的是，我没有想到为成年人准备礼物，也没有想到他们会很高兴得到来自远方国度的小东西。我所有的赠品都是中国制造的。

回到北京的环路上，我做的每一个动作对我来说都是巨大的成就，不管是重新回到座位上，摇下车窗，整理领航员用的一套东西，还是搞懂回酒店的指令。甚至，我都觉得我这种强烈的自我意识有点儿近乎荒诞，所以我把注意力转移到我们经过的几辆动不了的赛车上面。经过 T 型福特车后，我意识到，我们的汽车不但没出现故障，顺利地往前行驶，而且我们的行李箱里还装满了这些车组人员可能需要的各种工具。我摇下车窗喊道："需要帮忙吗？"说完，我忽然很感激两个事情。一是车窗升降摇柄没有掉到我手里，二是他们都回答说"不需要"。因为，尽管我们可能完全能够开着罗克珊娜穿过北京快速流动的车辆靠边停车，可是那样我们就得沿着公路迂回一英里。事实上，汽车在离我这边车门几英寸的地方嗖地冲过去，如果我这时伸出胳膊示意后面汽车让我们先通过，我的胳膊瞬间会被撞碎的。所有东西的速度都那么快，这让我很紧张，但是我发誓不发出尖叫，我做到了。

这是一个重大胜利。伯纳德开车时，我会发出尖叫声，这表示着我和伯纳德之间最大的不同，同时也表示我们是完完全全不合适的队友。拉力赛已经在一点儿一点儿地削弱我的性格，撕开一个个口子，如果不是我感觉它们暴露了我的本质还不至于那么疼。当然了，我们两个可以彼此做出妥协。毕竟，我们都是成年人了。但是，通常在一些小事情上，比如怎么摆桌子或者什么时候把砧板上的面包渣清理掉，我们会产生分歧，这时候，我会耸耸肩说："哦，当然，我会把那个给你。"因为这话并没有什么真正的意义。遇到重大事情时，我们之间就会发生激烈冲突，比方说，伯纳德有时候很偏执地想纠正一些事情，而我则认为够好就可以了。我做决策时往往比较间接，且充满幻想，他的结论则一定要基于理性分析的坚实基础上。我喜欢一下子得出结论，而他假若有什么问题想事先考虑清楚，他就会完全彻底地考虑清楚。我考虑问题时总是患得患失，这有时候让他歇斯底里。他必须要经过深思熟虑才决定的方式让我焦躁不耐烦。我们两个彼此不兼容的最可怕的一面，可能就是伯纳德的超级自信，这也是他为什么能够喜欢不确定性的原因。我和他正好相反，这也是不确定性让我的肩膀紧张得僵硬和出现难看的皮肤皲裂状况的原因。虽然我总是急切地对新事物跃跃欲试，但我也只是在能够很好地感觉到未来发展是什么样的时候才这样做的。我不需要知道以后即将发生的事情的详情，只要能让我保持平静，就足够了。

　　如果有什么不确定的事情，也是未来几年要发生的事情。为了报名参加P2P，我编造了一些故事，因为同意做某件自己并不了解的大事情并没有让我感到那么兴奋。除非我自己去想象创造一些充满美丽与光亮、友情与成功的情景，否则我没有办法挺过可能发生各种事情的三十五天的。我们的朋友们都知道，在自我控制方面，我和伯纳德会处不来。他们已下了赌注，赌我和伯纳德在罗克珊娜那小小紧凑的空间里，究竟能和平礼貌相处多久。当然，他们只是在半开玩笑，可我却很赞同他们。一生中曾经有很多次，我极度渴望成为负责人迪娜，渴望改变事件的可预测过程，尤其在我们反反复复驱车下山去工作的日子里。我感到快要受到"恶心的挑战"了，我想马上就让伯纳德停车。我不再想忍受突然的转向和制动了。我想下车一个人走到我们的办公室。但是，我没有这样做，因为更强的理性占了上风：这样会毁了我的鞋子。关于拉力赛，我不用担心鞋子的问题。长时间的完全与世隔离，仅这一点就让我甚至在白天都做一些不愉快的梦。在这些梦里，我站在汽车外边，紧握拳头，沮丧地哭泣着。我的四周则是满眼坚硬砾石的一望无际的大平原。伯纳德坐在车里，也是沮丧得满脸凝重。但他没有哭。后来他就开车走了。我们的汽车会在一股烟尘中消失在远方的地平线上，只剩下我跌跌撞撞地徒步穿过戈壁滩。只有我一个人。

因此，几个月前的一天，在我们的汽车没有出现故障之前，我提出了这个问题。

"你知道，伯纳德，"我用温和得让人觉得不是什么严重问题的口吻，平静地开口说，"如果我一直担心每次犯错你就会冲我发脾气，或者更甚的是，你会非常愤怒地从我手里抓走 GPS，然后告诉我你自己做，我就不能参加这次拉力赛。"伯纳德的眉毛动了动，他每次想努力地保持耐心时总是这样的，但他只能强忍住发火的冲动。"还有你被惹恼时，眉毛疯狂地扭动的样子。"我听到我的声音变得尖锐起来，这也是我在觉得自己在帮忙可伯纳德却看不到时经常的表现。

接着，我开出了我的条件："我希望在七千八百英里的路上，你开车时要和其他汽车保持安全距离，不会让我感到不舒服、紧张害怕。所以我们想个办法吧。"他的眉毛一动没动。

我们达成了协议。伯纳德保证不会无奈地叹息，也不会生气地从我手里把路书、地图和 GPS 猛拽过去，来自己搞清楚我们应该去哪里。我发誓要在他开车的时候相信他的判断，相信他开车的方式是绝对正确的。我还保证控制住自己不像平常那样发议论。这也是我为什么在比赛刚开始一小时不要惊声尖叫的原因了。

在去酒店的路上，我们两个都表现得很好。我专注地看着里程表上显示的里程数，读着路书上的指令，努力找到路书里提到的建筑物、立交桥、公园、铁路道口和出口，以免错过了。为确认听到的内容正确，伯纳德重复我所说的每一条指令。在接下来五个星期内，我们每天都将重复由"向左""向右"以及"直走"组成的对话，这些足以分散我们的注意力。很快我们周围的汽车就变得模糊了。这本路书很实用，尽管心存疑虑，我还是准确无误地把一条条指令飞快说出来。我们就跟在另一辆拉力赛车的后面，但这丝毫没有影响我的自豪。如果愿意，伯纳德可以跟在这辆车后面，但是我很清楚我给出的是正确的方向。

到了酒店，虽说单凭我们的汽车，我们是显然要停在戒备森严的拉力赛车场的，但我还是向守卫闪了一下我的徽章。在他将安全防护栏抬起时，我想："我们赢了。就在此时此刻，我们赢了。因为到达巴黎终点时的感觉也不过如此。"罗克珊娜能够奔跑，我们回到了酒店，我们俩还在一起没有分开。

我还奢求什么呢？

三、二、一
北京—长城—大同

五月末，一个潮湿的灰蒙蒙的清晨，一百二十七辆华丽的老爷车静静地驶出了酒店停车场，开始了它们长达七千八百英里的旅程，罗克珊娜就在其中。事实证明，我根本就不必担心车检的问题。组织方希望每辆车都通过。有几辆雪佛兰范吉奥跑车，车身看上去像是沙丘汽车的车身，他们都接受了。还有一辆汽车的备胎坑系着几个硬纸板，大概类似于规定中要求的必备挡泥胶皮，他们也准许了。

黎明前的北京平静安谧，路上没有川流不息的汽车，到处空荡荡的。一小时后，我们到了八达岭——人们最喜欢参观的其中一段长城。在离长城还有几英里远的地方，我们就可以看见群山交错的斜坡上蜿蜒曲折延伸着一条山脊线，山坡上披着一层低低的绿色灌木。曾经一度达到九千英里长的万里长城中有几段是在公元前二百年以前建的。虽然长城的很多地方都已经随着岁月的流逝而坍塌毁坏了，但八达岭长城凭着离北京近的优势，获得了很多基金来进行大的修复。长城由巨大的米黄色石头砌成，不再仅仅是防御外族入侵的围墙。它宽二十英尺，能够容纳五匹马在上并驾齐驱。现在长城上没有马，只有成千上万的游客攀登在从射洞到烽火台的路上，他们不时地停下来拍照或者购买便宜的纪念品。

按照路书上所要求的那样，我们停在了一个有着华丽雕刻和彩绘的大门前面的广场上。门很高，比我的房子高出两倍多。从前，这些镶嵌着红玉般大铁钉的庞大木门会打开，让皇家马车进出。现在，这些门要作为P2P起点线的背景，所以在前边拉了警戒线，不允许靠近。这扇门很高大，停在它下面的数百辆老爷车显得异常矮小，这正好彰显了我们这次比赛的宏大气势。我们到达时，已经有一条弯弯曲曲的绿色绸缎做的长龙在那里了，这条长龙两只水球般大小的塑料眼向外鼓出来，在广场上扭动着。它像蛇一样游行在人群中，向小孩子们抛着媚眼，好色地摩擦着女性们的大腿。穿着淡黄色丝质睡衣戴红色面具的踩高跷的工人，随着钹、鼓和小提琴各种乐器响起来，在高跷上一点一蹦，单脚僵硬地跳着。我意识到自己想象中的电影预告片变成了现实，心脏也随着鼓手们的节奏紧张得快速跳起来，感觉要跳出胸腔。通常我会因预见到了未来而祝贺自己。但是这次没有。如果这个幻想变成现实的话，那么接下来的事情，我一个人被丢在戈壁滩上的事情，可能也会变成现实。那就太糟糕了。

我完全靠着意志的力量，把手放在门把手上，打开了门。温和的阳光成功穿过厚厚的被污染的空气，使得这个白天很温暖。我漫步在舞龙的附近，挑衅他展示最狠的本领。我拍了一些照片，站在满脸喜气洋洋的参赛者身旁，希望自己能够感染上他们身上的那种无忧无虑。我焦虑得浑身僵硬，只有在舞龙和踩高跷的人们摘去面具休息时，我才稍微放松了一点点，这时候我看到这些人才只是学童。不论是这个舞龙表演还是中国人，都是保存完好的一个民族的一部分。

通过扩音器，组织方通知所有汽车十个一组进入比赛起始区域。在 83 号汽车开到起点线时，我开始紧张得呼吸困难起来。即便这时候还能够活动，但掉头是不可能了。85 号汽车紧紧地跟在我们的后保险杠后面，罗克珊娜从不擅长大转弯。这时，我听到"84 号，请到起点线这里来"，电视摄像机在转动，格子旗被举了起来。我看到旗子慢慢地落下来，慢得我都能看清旗子移动引起的每一个波痕，伯纳德轻轻地按下加速器，罗克珊娜在大门下开始移动。我受不了了。我感到自己被撕裂了一般，简直难以相信我们已经上路了。我怀疑我们不能够成功到达巴黎，但是至少我们将完成部分赛程，不管这段赛程有多短。我朝伯纳德弱弱地微笑了一下，擦擦眼睛，然后告诉他向右转。

行驶了一百八十五英里后，我们到达拉力赛的第一个时间控制站，这时罗克珊娜遇到了大麻烦。跟在一辆缓慢行驶的卡车后面爬山坡时，它的温度计指针徘徊在红线上，发出警告。这是一个不好的信号。我们走得很慢，散热器里根本一点儿风都没有，无法让发动机冷却下来，再有几分钟显然就要爆了。我们勉强把它开到停车区，时间勉强够用让赛道工作人员在我的时间卡盖章，以示我们在可接受的到达时间内到达了。伯纳德打开引擎盖，宣告为散热器充气的风扇掉下来了，阻挡了空气进入散热器内。为什么这么快就掉了呢？因为安装的时候前后弄倒了。

我拿出工具袋、毛巾、螺栓和螺钉，这些我在几个月前都小心地打包并贴上了标签。我很高兴带了这些东西，可是老实说，我们非得这么快就用上它们吗？其他车组人员在旁边转悠，向我们投来同情的目光。大多数人则毫无必要地兜了个很大的圈子绕过我们，似乎担心离我们太近会让他们染上我们的晦气似的。汽车没问题的那些人，可以利用这个休息机会去参观附近浑源县的悬空寺。这是一个建在悬崖峭壁上的精致建筑群，现在里面还有一些和尚和一千四百年前的佛像。罗伯特和曼迪已经上去了，或者也许是我认为他们去了，因为他们的汽车就停在我们旁边，但他们不在。只有西比尔和尼克停了下来，对我们表示同情。伯纳德已打开引擎盖看哪里出了问题，尼克和伯纳德待了一会儿。他们两个很专注地往里看了一会儿，不时指指这儿指指那儿，有时拧一下零件看看是否松了，同时还轻声交谈着。西比尔拥抱了我一下。"我们走了，亲爱的，"她说，"好兴奋啊！"只要西比尔在我身边，我就会感觉好一些。

"然而，这并不是一个很好的开始，"我说，"我们已经遇到了汽车故障……"

"啊，不用担心这个。不久每个人都会遇到这个问题的。不管怎样，男士们会处理好的。"西比尔向尼克和伯纳德点点头，伯纳德现在已经小心翼翼地把松了的风扇从罗克珊娜的散热器前面提起来了。

参观悬空寺的时间限定为一小时，也是给我们修理车的时间，一小时后，我们就得再次打卡返回路上了。为了得到金牌，一天当中，我们必须要在指定时间段内到达每个时间控制站。目前，伯纳德夺金的劲头比我得铜牌的想法还要强烈，所以我们必须准时离开和到达，这很重要。比赛第一天就被罚会令人沮丧。

伯纳德决心满满地干了起来。他一会儿痛苦地做鬼脸，一会儿费力地拔出什么东西来，一会儿又把什么零件重新装上。我除了给他找特定尺寸的螺栓或擦拭套筒扳手外，别的也帮不上什么。我纯粹就是一副没有脑子的手。我时不时地看一眼上面的那个寺院。深灰色的崖面，看上去就像千百年来被手工打磨的一样，我很好奇宗教建筑为什么常常建在人们不容易到达的地方。从我的位置往上看，寺庙小得就像一个玩具，走在连接建筑群的狭窄木栈道上的拉力赛车组人员看上去也很小。向我要螺丝刀的叫声将我拉回炎热的地面。伯纳德冒着汗，而我则到处闲逛，努力装出一副正在忙着身边这一严肃工作的样子。

没什么事可做的我又有了新的担忧：伯纳德一路上可能要承担比我多得多的工作。改装罗克珊娜的体验，让我对失去平衡的事情非常敏感。显然，让汽车跑起来很重要，我想我做的任何事情都不能与之相比。递螺栓、扳手怎么可能重要呢？我努力赶走最近老是影响我做事的这种烦人的不胜任感，但是太晚了。我的脑子里已经贴上了一个记分卡，不断地比较我和伯纳德，他做了那么多事情，而我才做了那么点儿。此刻，我给他和我的成绩是1∶0。我已经欠他的了。

四十五分钟后，很显然风扇还是安不上去。伯纳德绕着汽车踢了一圈，以平息他的愤怒。"一个钉子不见了，"他对我说，"当时肯定是安得松，从酒店出发到这里的路上掉到哪儿了。"

"没什么大不了的，"我安慰自己说，"我们带了上百磅重的备件。肯定有钉子。"

然而，在这被我分类、标记、放进袋子并打包的上百磅重的备件和多余零件中，竟然没有备用小钉子。没有风扇，要让发动机保持冷却只有一个办法了。伯纳德把风扇扔进行李箱，把罗克珊娜引擎盖上的侧面板拆下来，安放在前排座位的后面。现在大部分发动机就暴露在微风中了。伯纳德拿掉面板的办法很有效，但是没有了这些面板，罗克珊娜造型优美的线条就变得笨重，不那么性感了。

过去几天里，通过对百辆有余的拉力赛车的审视，我意识到罗克珊娜这辆对我意义特殊的汽车，与许多比它更古老更迷人的汽车相比，显得没有它们那么酷。组织方似乎也被那些敞篷汽车迷住了，那些车有辐条车轮，备胎绑在踏板上。他巴结那些车主，和他们聊天，对我们则是不理不睬的。

然而，这些事中没有一件让伯纳德苦恼，他有重要的事情要做。他没有工夫琢磨谁在和谁说话以及为什么这样。这样也好，因为等伯纳德把引擎盖盖上、我们坐上车，只剩下几分钟的时间了。"时间刚好。"我们打卡驶出时间控制站时，赛道工作人员说。我告诉伯纳德向右转进入主路。我们要从单向入口匝道驶入同一方向的繁忙三车道，这很明显，领航员没有必要给出指令。但伯纳德还是老样子，重复了我的话："走右侧入口匝道，进入主路。"

终于，我们进入了乡村，穿行在错落有致地散落在石质山地的小城镇。看不到几棵树，但是有很多的煤矿。我并没有看见煤矿，但是我可以从两件事判断那里有煤矿：我们经常行驶在与柏油路交叉的落有碎煤块的路面上，装满煤的卡车从看不见的煤矿那里驶进公路，车的侧面因为撒上了煤灰渣，看上去黑乎乎的。天空阴沉沉的，空气中混合着煤灰和戈壁滩的沙子，我吸了一口，很呛人，努力吸入尽量少的空气。从山上下来到达一个镇上，我看到了看起来像核塔的三座建筑，上面的混凝土不像我想象的那样原始。每一座塔都被乌黑的物质弄黑了，下了车，我可以看到散落在底座周围的混凝土块儿。从塔上凹凸不平的地方很容易判断混凝土是从哪里掉下来的。我看了看路书，上面说这几座塔是一个路标，在这儿我们要走右边的岔路。我们要经过这些塔。突然灵光一闪，直觉告诉我要救自己，就必须在经过它们时屏住呼吸。天知道这样能不能让放射物不进入我的身体。

不久以后，我们遇到了一辆出了故障的当地卡车。这是一辆大车，球形的驾驶室上涂成罗宾鸟蛋蓝色，底层两边有木板，长得能装下一辆小汽车。它的轮胎结实得足以承受住一辆坦克的重量。司机正在用少得可怜的几个工具修理卡车，他的助手则在煤气炉上用一个小壶热着食物。他们从车架上扯开一块油布遮阴。我清醒地认识到，在修好车前他们要在这里露营了。为确保不溜车，他们在每个车轮下面都垫上了煤灰砖块大小的石头。好办法，我心里想。但有一点儿小小的不足。我开始注意到路中央的几块大石头，那是已经修好开走的卡车留下的。在去往酒店的路上，我一直在仔细地瞅着路面，看有没有石头障碍物，思索着要是罗克珊娜出问题，会不会得不到路边救援。

　　幸亏，从浑源到大同的大部分公路和高速路一样好走，我们要在大同度过第一个晚上。即便在这样一座陌生的城市，找到我们下榻的酒店却是很简单的事情，因为它就坐落在主广场附近。这是我一生中获得的最重要的成就之一，但是我们没有时间庆祝。"哦，伯纳德，我们成功了！"这是我唯一能想到说的话，我已经很疲惫，没有力气兴奋了。

　　"太棒了，亲爱的，"他对我说，"我的小领航员！"他捏了一下我的手。从某种意义上讲，他这样做有点虎头蛇尾的意思。后来，我们两个再次似乎觉得共同跨过了一条看不见的线。没到大同时，我们渴望参加拉力赛。现在，我们正在参与其中——我们在比赛中。一日之间，一年来压在我肩上的很多小麻烦已经过去了，我活下来了。我们的汽车出过一次故障，可是伯纳德想办法让我们又上路了。即便不轻松，但至少我正确地用上了这本路书和所有导航工具。他没有冲我发脾气，我也没有喊叫。我们到达正确的酒店，在那里等待我们的有房间、沐浴和晚餐。我们真的在路上了。

一天内看多了工业发展带来的一些丑陋的东西，到了酒店，看到狭窄的碎石路两边地上种的整齐的天竺葵和矮牵牛花，很是让人耳目一新。那天晚上我们开车进来时，迎接我们的那个场景在今后还会重复很多次。尽管大门处有表情严肃的持枪警卫，数百名当地居民还是进入了酒店的院子，现在则在四处闲逛欣赏着这些汽车。

伯纳德下了车，就马上到技师们的分流中心，看他们是否有合适的钉子能把风扇再安上。我感到无比满足，就像我刚刚游过了英吉利海峡一样。我抓起时间卡，走进酒店大堂，到FTC处签到。我到的时候，那里已经有很多拉力赛队员了，他们都非常愉快，因为他们和我们一样完成了第一天的行程。已经签完到的曼迪正在接待处，等着拿房间钥匙。他和罗伯特的车号比我们靠前好多，我知道他们除非路上遇到麻烦，不然会比我们早到的。我高兴地朝她挥了挥手，她也朝我挥挥手。"曼迪，"人群很嘈杂，我不得不大声喊，"我们到了。还有，我没出错！"

"真为你高兴！"她回喊道，"我就告诉你没那么难的。"

我的卡片扫描显示我们的第一天结束后，我加入了正在排队拿钥匙的曼迪。"今晚我们一块儿吃晚饭吧，"我对她说，"你不会相信路上我们发生了什么事。你们的汽车还好吧？"

"罗伯特在外面检查，但你知道，那是他喜欢做的事情，即便没有什么要检查的。"

"是的，伯纳德也一样。我们七点会面怎么样？"

签到后，我回到罗克珊娜那里去拿我们的包。一对年轻夫妇带着一个小男孩朝我走过来。他们围着罗克珊娜走，从开着的车窗往里窥视，自始至终在赞许地点头。他们像欣赏那辆汽车一样看着我。男士拿出相机，羞涩地指了指我，然后又指了指他的家人。"照相吗？"我问，双手在裤子上蹭了蹭，"当然可以。"我挪开身体，以便他能拍摄到罗克珊娜的完美曲线，但是他示意我向前，到他妻子和小孩那里。那位站在罗克珊娜一边的女士挨着我站着，把小男孩举到她臀部高度。她刚刚有我的肩膀那么高。我们转向照相机。我的长辫子松开了，几绺头发到了嘴里，衬衫也是脏的；她身上穿的是一件薄印花衬衫和一条白色紧身裤，直溜的黑色短发整齐地别着两个发夹，脚趾上涂的是几乎相配的深红色。她的丈夫向后退了几步，然后蹲下身，朝我们用中文喊了句什么。我们咧嘴笑了。

进入中国乡村

四子王旗

　　中国是一个充满惊奇的地方。驶进赛段控制站，类似于时间控制站，只是没有任何时间上的要求，我们确认了自己已经到了，随后进入一家提供火锅（蒙古火锅）服务的小餐馆。一进去，我就被散发着肉和香料香气的蒸汽团团包围了。这时候正是午餐时间，餐馆里挤满了人，他们很有趣地用筷子把肉和绿色蔬菜快速地从汤碗里捞出来送到嘴里。所有的塑料桌子旁都坐满了人。我们在椅子间慢慢侧身走着，直到发现两个空位子，我们向已经在那里吃上了的几位中国人同桌点点头。

　　我挥挥手，设法叫来一位满头是汗的女服务员。我指了指我们同桌面前摆的东西，她点点头，胳膊画过一个优美的弧线，离开了。她要再次找到我们一点儿都不难。我们是这里唯一的两个白人，其他人都是拉力赛车组人员，而且已经都吃上了。我转过身来，才意识到她刚才的动作不是什么当地的礼貌手势。在我身后是满墙的架子和箱子，里面塞满了各种蔬菜、鱼、家禽、猪肉、羊肉和牛肉。

　　我数了数有四个区域，每一区域很可能有五英尺宽，被八个高达房顶的架子隔开。每一格架子上挤满了装有原料的箱子；地上还有十六个箱子。我看到像是苦味的绿叶蔬菜，还有橙色和象牙色的各种大葫芦块儿。当然了，也有我们熟悉的标准的中国蔬菜，比如绿豆芽和白菜，就在很多我不认识的各种卷心菜和芽菜旁边。那里有根菜、藤豆、各种海草，还有我根本不了解的东西。有一个区域是各种各样的豆腐，靠近只有面条的区域。接着还有海产品区域，那里有很多盆带壳的软体动物，各种鱼片（整鱼片或者粉状鱼片，有新鲜的，也有晒干了的），当然还有大大小小的对虾。各种弯弯曲曲的油炸东西蜷缩在一对鸡腿旁边。绵羊羔肾旁边是一堆鸡冠花一样的东西。

女服务员去厨房为我们端新鲜汤锅了，我趁机观察了一下别人都是怎么吃火锅的。人们拿着空盘子，成群结队地走到摆放着原料的地方，回来时盘子里则堆满了精选的食物。我看着他们把各种食物放进空碗里，将热肉汤浇在上面，待一两分钟等这些东西煮熟。然后他们就开始吃。当他们的盘子里没有可以煮的东西时，就起身再取些来。在我看来这是中国版的自助沙拉吧，只是这个更让人有食欲。

我们的女服务员回来了，端着我们俩的清汤锅，还有几个很重的白瓷盘。这意味着我们该拿着盘子起身了。像要饭的一样，我们走近了那面墙。伯纳德找着他熟悉的东西，回来时盘子里只装了一点儿芽菜、绿菜、卷心菜和虾。我则是把看到别人拿的东西都取了一些，盘子上堆得满满的。我对本地烹饪感到极度兴奋，想一一尝试，但是我还没来得及再去取食物来煮，伯纳德已经在看手表了。这次只是一个赛段控制站，所以我们不必在规定时间内打卡，但是必须在指定时间到达当天的目的地。昨天，我们的汽车已经出了一次故障。天知道罗克珊娜要面对的下一个问题会是什么。我的理性告诉我返回路上是明智的，但是我的胃在祈求我留下。结果是，我的胃输给了我的理性。

很快，矿业城镇离我们远去，我们颠簸在农业区狭窄的乡间小路上。垂柳枝的绿色帘子里透过丝丝亮光，轻柔地扫过我们的挡风玻璃。我们缓慢地向前行驶着，不时地因为当地水利工程而需要绕短道停顿下来。车窗开着，不时有唧唧的蛐蛐叫声和偶尔的禽鸣声飘进来。我们走得很慢，我闻到温暖的空气，里面散发着老肥、刺鼻的浓烟和干草味。我热爱农田。在离家这么远的地方，看到其他人如何在土地上工作，我真的很快乐。我们走得离人们的房子很近，这些房子其实就是棚屋，屋墙是未加工的树枝做的，屋顶则是用茅草搭建的。猪在院子里停下了拱土，耳朵充满好奇地竖起来，长长的嘴巴在我们慢慢经过时一直朝着我们。

桥涵工程使得路上有数不清的断口。没几分钟，我们就会从硬路上跳到被车碾压得很厉害的土路上去，这些土路把我们带到新的桥涵经过的地方。黄色的灰尘飘进车里，罗克珊娜猛然震荡几下，我们又驶到了硬路面。一路上很单调沉闷。我们左侧有一个干涸的河床，似乎其他厌倦了没完没了的颠簸弯路的团队在上面走过。"我们试试那个，"我向伯纳德建议。我是领航员，所以我们是否可以抛下指定线路应该由我来决定，"看上去像和我们的路线要平行走好一会儿呢。我觉得我们应该没问题的。"

现在是播种季节，按理来说，这个河床应该有水的。但是，干硬的路面看起来干透了，一滴水也没有。一个正在赶着牛队犁田的男人抬头看到我们，吃了一惊。他擦了擦双眼，也许在疑惑是不是自己被太阳晒得产生幻觉了（又或许我们经过时他恰好因为沙子眯了眼）。其他拉力赛车看到我们在这条新路线上走，也跟上来了。这是我觉得一群人集体行动最让人陶醉的一面了。后面的人们不知道前面的汽车是否走对了路。他们只是想暂时逃脱独自一人正确理解路书的责任，放松一下。仅仅是看到我们做出了选择，不管是什么选择，他们就心甘情愿地跟着我们走了。虽然我想喊他们回去，但是"我们也不知道前面会到哪里"，我决定让他们跟着。这样，罗克珊娜赢得了一次领先的机会。

"你知道，伯纳德，"我说，"这种事情，在河床上开车，正是我在报名参加比赛时心里想做的事。"

"我明白。这要比我们走过的那些大道有意思多了。我甚至不明白他们为什么让我们走那么无聊的路。"

"我们为什么不多走一些这类的路呢？你知道，在拐弯时把车开到小路上，看看那里有什么。或许我们会遇到当地人。我们可以在某个人家房子前面停下，他们来看罗克珊娜时，会和我们说话。"我有点儿谨慎地向伯纳德推销着我这个想法。据我所知，伯纳德一心要拿金牌。耍赖也许可能会彻底打消他的念头。

"也带着跟在后面的所有车吗？"

"不，我们会让他们先走。我宁愿我们自己走。"比赛才进行一天，我就已经感觉到不自在，不想和这么多的人在一块儿了。伯纳德还不准备接受我的建议。

"但是我们仍然得在每个时间控制站签到。"他说，似乎我已经忘了这一点。

他说得有道理。我们现在是在参加拉力赛。有那么一瞬间，我多么希望比赛已经结束了。我抛开了这种想法。"当然。如果我们有足够的时间，也就是绕几个弯的事。"我最后说，"我会保证在到控制站之前我们能重新回到主路上。"可是我并不清楚我如何能做到这一点。

　　盘算好了，我们停下来，想着其他的汽车会超过我们。可是，他们也停下来了，很显然他们认为我们在讨论什么策略，等我们决定了再跟着我们走。过了几分钟，还是没有人动，我将胳膊伸出车窗挥手示意他们先走。等他们都安全地走到我们前面去了，我便开始寻找机会溜走，开始我们的探索。

　　接近一个城镇时，我看到左侧有一个岔道，一条看上去很完美的小路。小路被两边密密麻麻高大的芦苇和杂草遮住了，只能看到一小段距离。仅这就很诱人了。我们有大把的时间闲逛，因为路书上说到我们住的酒店只剩下六十英里的路了，而且还是公路。"伯纳德，这条路看上去不错。我们从这下去，看看能发现什么。"

　　伯纳德刚要按我说的去做，这时我们看到一名警察就站在路中央。他身穿带有金色流苏的白色制服，戴着一顶带有一条红丝带的白色尖顶帽（大盖帽）。尽管看到我和伯纳德做出的奇怪的动作，他仍然直视前方，脸上毫无表情。"怪了，"伯纳德说，"他似乎在这里挡着，不让人走这条路的。或许有官方车队要从这条路上走，他们在这里是想疏导交通。"我们继续往前走，寻找下一次机会。下一个岔道上也站着一名警察，他的双手戴着白手套，僵硬地垂在身体两侧。在一个环道处，还有一名警察。到处都是警察，他们肩膀后挺，双脚像生了根，挡住了所有主路上的岔道。在交通环岛的每个出口，都站着一名警察，还有一位站在中间，伸出一只胳臂，戴着白手套的手指指着允许我们走的那个出口。似乎中国官方已经取消了较早前做出的让我们随便走的承诺。每隔几英里就有一名卫兵，伸着胳膊指向允许我们走的唯一道路。

他们的帮助还是有好处的。过去两天里，我每天早上都要和其他领航员一起排队，急于得到一份当天的路况修正记录。每天一早得知我要去哪里，仅这一件事就让我很有成就感。每次画去一个航路点或者指令意味着我又完成了一条指令，不用再担心会指错路，意味着四英寸厚的路书又翻过一页了。不能说我现在作为一名女领航员变得有点儿骄傲了，但我至少有些自信了，不像刚开始时一点儿信心没有。当然，得感谢那些戴白手套的警察给我们指路，我现在才一点儿不用担心。每次当我稍微犹豫，我只需看一眼那个手指，我就会回到正确的路上。

这些卫兵的存在告诉我们要进入城镇了。好像我们是什么名人似的，还有庆祝活动。我们沿着这些大街走的时候，路边站满了欢迎的人群，劳动者们也向我们举起他们沾满泥垢的黑手。妈妈们自豪地凝视着被她们高高举起的小孩子，像是在说："你们有漂亮的汽车。但是看我生的这个宝贝。"他们的微笑和挥手让我想到，在科罗拉多汽车大赛车队通过我住的村庄时，我的确切感受是什么样的：我很自豪自己生活在这样一个地方，在这里能够看到这么多的好车经过。然而，我们不被允许在这里停车，我只能向他们挥手致意。

中国的乡村和我想象的差不多：不大的农场、原始的房屋和古老的树木。城镇和村庄就和我事先想象的不一样了。从我们开车经过时看到的不多的东西来看，看不出它们哪里是很繁华或者是具有个性的地方。在一个又一个城镇里，公路两边都丢了很多垃圾。周边煤矿飘过来的烟尘盖住了一切，只看到有一道道黏糊糊污垢的门窗，甚至脚下的垃圾都变黑了。各种食物皮、塑料袋里掉出来的一条条的东西、玻璃瓶碎片、报纸，还有其他任何没用或不能再利用的东西，在地上形成黑黑的一层，车开得不快的人们可以在上面走，很安全。路上塞满了行人、摩托车、推着手推车的男人和骑自行车的女人们。他们站成一列，进进出出矗立在道路两旁的各种商店。不管是理发店、水果店、餐馆，还是家具商场，所有商店都一样大小，大约十二平方英尺。也许这种平均分配空间的做法是毛泽东时代留下来的。在我看来，这很令人窒息。毕竟，如果需要扩展业务但又不可能获得更多空间，谁还会有动力去建立自己的企业呢？我在北京看到的繁荣和不懈进取的活力，还没有影响到这个地方。虽然每个人都有一部手机，可是他们生活中其他的东西似乎还停留在过去。

我们猜想批准拉力赛的北京官方，肯定很懊悔让这么多的外国人看到中国乡村如此落后的状况。所以，为了安抚那些发牢骚的人，又或许为了保住自己的饭碗，他们在路上安置了警力，以确保比赛顺利。我觉得我要窒息了，至于是为什么，是那里的烟雾还是这种对个性的压制？我说不清楚。

天寒地冻
四子王旗

快要到我们晚上过夜的地方时，我们进入了内蒙古自治区。从名字看，我以为它是在蒙古，事实上不是。它是中国东北部的一个省份，差不多在北京的正北方向。在中国境内还有一天，之后我们就进入外蒙古了，听上去似乎也是在蒙古。事实上也是这样。昨天看到的小山、农场和煤矿，都不见了。取而代之的是暴露在风中的平凡无奇的平原，这些平原夏天一定是绿草如茵的大草原。现在，经历一个漫长寒冷的冬天之后，原先可能长草的地方已经变成了一片片褐色的草茬。眼前一片棕色草茬儿构成的风景没有让我着迷，但是那时我还不知道，与以后遇到的景色相比，这里简直可以说得上是热带丛林了。在这儿，路两边都是一些沙丘。沙丘上面站着一些恐龙铜雕像，和活的恐龙一样大小。

"伯纳德，这是雷龙，"我喊道，好不容易不用单调地重复"向左"和"向右"了。"嘿，那个是三角恐龙。"我的确了解一些恐龙知识。很快，我们正经过侧卧的暴龙和剑龙。刚开始我还以为它们可能是在睡觉的恐龙，后来我才意识到它们是被迎面而来的狂风打败了，虽说这些恐龙脚的直径有二十四英尺长，狂风显然还是把它们刮倒了。就在前面，是一个彩虹状五色拱门，跨越整个六车道的公路，上面飘着密密麻麻的中国国旗。我们到了中国恐龙中心地区，那里曾经发现过恐龙化石，现在每年还有恐龙化石发现，这些发现在不断地改写恐龙历史。事实上，这里发现的恐龙很小，只有古生物学家才会觉得它们性感和令人兴奋。那些小恐龙没有一个有铜雕像。两英尺高的飞蜥蜴雕像不但没有雷龙引人注意，还会很快就被不断扩大的沙丘埋没。伯纳德将车缓慢地开上软路肩，这样我就可以进行拍照了。我还在试图调整位置时，一阵风吹过来，差点儿没把车门从我手里拽出去。我整个人靠在门上才把它关上。我像螃蟹一样快速跑着拍摄了一条仰卧的速龙，又像鸭子一样摇摇摆摆地回到罗克珊娜这里。任何把恐龙整个推倒的狂风，都值得也赢得了我的尊重。

离边境越近，我们遇到的人长得越不像中国人。在我眼里，他们长得像脸颊红润、脸庞宽阔的蒙古人。当然了，他们就是蒙古人。因此，在中国的最后一个晚上，我们睡在蒙古包里——"帐篷"营地，在这里我记住了"帐篷"的专有名称是"蒙古包"。中国是世界上拥有人口最多的国家。这种特殊的蒙古包营地往少了说可以容纳三千五百名假日来这里狂欢的人。这种感觉就像整个芝加哥人同时入住同一家酒店一样。起初，我还很纳闷，这个地方怎么能吸引那么多人来。人们为什么来到这个总是刮风的草原，睡在地上粗糙的床垫上，顶着强劲的大风去淋浴房用桶里的冷水洗澡？很显然，中国的假日狂欢者们喜欢当蒙古乡下牧民，营地主人告诉我们旺季的时候这个地方人满为患。我突然有个想法，这和我在家时的情形很相似，扮作乡下牛仔已经成为度假产业的一个重要部分。美国人去牧场度假，整整一个星期内睡觉时盖着粗糙的毛毯，骑马时马鞍硌得屁股疼，由于对马过敏而打喷嚏并吃太多的豆子，这些不只在电影里才能看到。中国人和美国人的共同点比我想象的要多。

让很多其他车组羡慕的是，我们分到了一个"新式的"蒙古包，有一张床和一间单独浴室。拉尔夫那天晚上分到了一个真正的蒙古包，他让我参观了一下。那是一顶只有一间屋的圆形帐篷，泥土地面上放着铺盖卷儿，一个烧木头的炉子和几个公用浴室的淋浴间。"也许你想和我交换？"他冒昧地问，"真正体验一下？"

"谢谢你。不可能。"我毫不犹豫地回答他，后来我才发现我们混凝土做的仿真蒙古包，虽然有坚固的墙壁和瓷砖地板，但是根本就没有取暖设备。

晚饭前在停车场，我看到我们的新朋友爱德华多和弗兰克林。他们站在自己的汽车旁，手叉着腰，低着头沉默不语。他们两个是一对奇怪的队友，爱德华多是一个好大喜功、桀骜不驯的阿根廷人，弗兰克林则是一个挑三拣四、爱发脾气的美国人。此时，弗兰克林在后悔决定让爱德华多负责汽车的事情，因为爱德华多买的这辆生锈的一九七三年的老福特，状况很糟糕。在买车的时候，爱德华多很可能被汽车新安的黄色真皮座椅和象牙色软顶所吸引，忽视了已被腐蚀的车底和磨损得厉害的发动机。从远处看这辆车非常潇洒飘逸，但走近了看就不是那么一回事了。他们对我们说，那天下午早些时候，他们不顾一切地阻止了汽车里的油汩汩地往外流，满怀希望地想着在我们刚刚经过的脏兮兮的城镇的小巷里把它修好。他们想办法让路上的卫兵相信了他们需要帮助。他一放过他们，一群迫切的行人和推车小贩就护送着他们去了后街的修理摊位。

弗兰克林讲了修理工如何花了几小时把福特车拆掉，这儿焊焊那儿焊焊。简直是奇迹中的奇迹，他竟然想办法把它修好了，走在路上的时候路上只有一些油滴飞溅出来。一小时后，又不行了，不过他们刚好到了晚上住的酒店。在那儿，从附近机修工摊上讨要来的五夸脱汽油毫不客气地溅到停车场上。给我们讲这些的时候，弗兰克林露出了郁闷的微笑。

"你们两个如果和我们一起吃晚饭，我会很高兴的。"他说。这时我开始意识到，制作晚餐计划是拉力赛仪式的一部分。领航员们想找机会弄清楚，在过了第三个挨着小加油站的环道后的那个铁路交叉口向左转，究竟是个人犯的错误还是路书的错误。我们还想寻机说一些除了"向右"或"直行"之外的其他一些话，更不用说也想和连续几小时与你在同一辆汽车上的驾驶员之外的人说说话。驾驶员们需要和也许能帮助他们的人们探讨一下机械问题，分享一下他们积累的智慧，或者，如果实在没什么的话，表示一下同情。所有人都想和其他人坐下来，分享一下他们的专业知识和他们的幽默感。

即便组织方为我们预订了每晚的晚餐，我们似乎还需要事先安排和谁一起就餐。这又让我想起十几岁时发生的一件事。这次是去参加一个周六晚上的约会游戏，这让我痛苦地想起那件让我败得很惨的事情。我对弗兰克林的邀请表现出的极度快乐，令人可悲地证明了我还没有自己所希望的成年人应有的成熟。

我很高兴弗兰克林想和我们一起用餐。"我们很乐意，"我告诉他，"也许伯纳德能想出一些对付漏油的对策来呢。"

"不，不！"爱德华多插话说，"太令人沮丧了。我们要喝酒，谈女人！"

那天晚上，我和伯纳德发现习惯睡在铺在地板垫子上的民族有什么样的传统了，那个垫子与其说是床垫，倒不如说是裹在床单里的混凝土板。我习惯侧身睡觉，很快，拜身下坚硬的垫子所赐，我的髋骨就火辣辣地疼起来。我翻过来掉过去努力想变得舒服一些。气温急剧下降。我们身上盖的只有一条白床单，伯纳德把他那侧的单子掖到身下，我把我这侧也塞到身下，努力地围成一个温暖的空间。两点的时候，伯纳德咕哝着说："我们车里有睡袋。"

"很高兴它们还在。"我能说的就这些，我白天太累了，外面又那么冷，实在不想去车里拿睡袋。

"这些中国人真坚强，也可以说是疯了。这么冷的天，太荒唐了。"

"你确定这里没有毯子吗？"

"肯定没有。晚饭前我检查过的。"伯纳德把我搂到他那里，黎明前的一段时间我们迷迷糊糊地睡着了。

第二天早晨，我拉开抽屉检查，确保所有东西都重新打包了，结果发现床边梳妆台里安放着两个叠好的可爱的毛绒毯。我的精神记分卡又亮起来了。

边界：一

二连浩特（边界）—赛音山达（蒙古）

P2P 在蒙古境内第一天的开始时间被耽搁了。因为冻得发抖，一宿几乎没睡还睡眼惺忪的我们很是感激中国官场的这种吹毛求疵。有三百人和他们的老爷车要通过二连浩特边界，而此时这些人正在享受着他们的甜蜜时光。他们从来没有被要求一次应付这么多的车，更不用说还是他们从来没有听说过的外国车，像 Sunbeam、意大莱（Itala）、黄铜（Brassier）、拉弗朗斯（La France）、阿尔维斯（Alvis）等。所有驾驶员都受命待在车上，领航员们则拿着汽车文件拥进入境大厅。三个头戴超大军帽的好事的小个子男人慢慢地检查文件。他们身穿白色衬衫，皱巴巴的卡其布裤子紧紧系在纤细的腰部，看上去很漂亮整齐。他们眯眼看看有汽车授权盖印的护照，再快步走去征求一下别人的意见，偶尔和站在面前的人目光接触一下，确认和护照上的照片是同一个人。

我一点儿一点儿地朝前移动着，不停地说着"对不起""请原谅"，直到我找到一个挨着西比尔的位置。"见到你我真是太高兴了，"我对她说，"我不喜欢这么多人，你不得不一点儿一点儿拖着脚走路。"

"我也是，"她笑起来，这是我们发现彼此之间的又一个共同点。自从在北京那天晚上我们认识以来，大多数晚上我们都会见面交换彼此的经历、对当天事件的看法，还有我们设法打听到的关于其他参赛者的八卦，虽然不多。队伍一点儿一点儿地往前挪着，我给她讲了我在纽约生活时的童年花絮，还相互交流了我们关于蒙古的希望和担忧。在短短的三天里，她橄榄色的皮肤已经在露天驾驶中被晒黑了，这让她看上去很迷人。

她给我讲了她和尼克一起参加的那些拉力赛，我向她透露了我对这次比赛的担心。现在，在中国境内好走的部分已经结束了，我能感觉到我肩膀上的肌肉像被雨水浸过的牛皮鞍座那样抽缩了。我们就要离开能给我们提供帮助又很容易识别的路标了，比如建筑物、纪念碑、平整的道路和街道标志。为我们指明方向的戴白手套的卫兵也要留在我们身后了。根据路书，接下来的八天时间里，我们将利用 GPS 航点找路，这些航点是卫星发射的一组数字。路上的路标会变得很少，而且没什么特征，不容易识别，偶尔会见到一根电线杆或者铁路轨道这些唯一的人造物体帮助我们判断是否走对了路。电线杆和铁路轨道不具备最鲜明的特点，尤其是一眼望去几英里内都是这些电线杆或铁路轨道的时候。我所能想到的是，在穿越一望无际的沙漠时，到底哪一个电线杆或者铁路轨道才能帮我们找到正确的路线。还有，我们还要在戈壁滩进行计时赛，到目前为止，虽然我已经明白了这些概念，但是作为领航员，我仍然觉得自己幼稚无知，还不完全确定我是不是想测试一下自己的技能和刚刚获得的一点儿信心。

等待的队列里人们的喧哗声太大了，几个官员喊着让我们安静。

至少，我们从他们严厉的声调和皱眉的动作推断出是这样的。不用说中文时，和我一样的人大有人在。房间里安静下来了，但仅过了一小会儿，人们就又开始有说有笑了，如同管弦乐队在调谐序曲。通常，我这人非常没有耐心，哪怕我前面只有一个人排队我也会急得浑身觉得不舒服。缺乏耐心可以说是我的一大特点，或者更确切点儿说，是我的最大缺点。知道排在我前面的人会先于我做下一件事情，我的身体会做出反应，我会紧闭牙关、肌肉收缩并且呼吸微弱。我的大脑也任性起来，不愿专注于对话，而是盘算着如何偷偷溜到前面去纠正这一不公平现象。我可以说我是不自觉地这样想的，但是我没有这样做。我的不宽容让我感到羞愧。有西比尔陪着我，不需要注意路书说了什么，有生以来我第一次在人群里感到很放松。这一体验对我来说是那么的新鲜，我禁不住瞅着天花板微笑了，惊叹于自己排队等待时还那么开心。在这几小时里，人们相互友好地开着玩笑，这比坐了一整天车后洗个热水澡更让我喜欢。差不多就是这种感觉。

一过海关，我就和伯纳德会合，我们驾车穿过一条无人区，进入了扎门乌德（Zayman Uud），边境线上蒙古一方所在地。这是一个见证奇迹的时刻，我们一年前在家里招待那几位蒙古科学家的时候就对此翘首以待了。我清楚地记得，当我们意识到我们各自家乡的景色是那么相似时，他们和我们一样高兴的情景。我环顾四周，希望看到一点儿熟悉的景色。我尽量把眼前的景色看作是科罗拉多那边的大沙丘国家公园，哪怕是一小片，因为这一地带很贫瘠，没有不时隆起的可爱的圆形细沙丘。地面很干燥，仅有的一点儿湿气让绿草长出散乱的叶片，这些叶片几天后又都将枯萎。毫无理由地，我抱着一丝希望，希望蒙古边境的景色会不同于我们刚经过的中国境内的景色。我希望这是真的，因为我早就渴望见到我熟悉的景色了，这种景色让我感到愉快，让我感觉很舒服，那种我到别人家里闻到咖啡、巧克力和肉桂味道时得到的舒适感。我把失望搁到一边，只想着又和伯纳德团聚的美好感觉。在我前面还有数千英里的蒙古的路要走，现在没有理由不相信在前方我会看到与我家乡相似的乡村。

现在我们在沙坑里等着，这是一个等候区，在所有人办好边境手续之前所有团队都要在这里等着。紧张情绪在不断上升，每个拉力赛车组的应对方式也不同。那对金发碧眼的愉快的芬兰人打开了桌子和巧妙地嵌进她们的黄油色帕卡德轿车一侧的储藏柜，我向她们说了句"祝胃口好"。"祝你好运。"她们举起塑料杯，回道。一位驾驶雪铁龙、满头柔软黑发、身材瘦长、穿着 T 恤衫的司机，双臂交叉靠在汽车气囊护舷上，打着盹儿。我溜达着，等着看他完全放松后滚下来。是的，我现在非常渴望找点儿乐子。少数顽固分子还在忙活着他们的汽车，把手伸进一个个小孩子午餐盒大小的工具箱里，这些工具箱装了两个扳手、一些螺丝刀和各种各样的备用螺母和卡子，挤一挤还有装下一个花生果酱三明治的地方。为了那个特殊的时刻，不是他们很可悲地准备不足，就是我们可以卖给他们我们准备的上百磅的工具、备件以及大大小小的螺母或螺栓中的一些，大赚一笔。

我和伯纳德不累不饿，也不想再次检查罗克珊娜的发动机。我们要做的就只剩下调整我们的速度了。这一次，我和伯纳德一起担心起来了。在中国的时候，我们是走在铺好的公路上，这是组织方的好心，让大家测试一下自己的汽车，确保所有部分运行良好、牢固、防尘。除了那次不幸的风扇掉落事件，罗克珊娜保持得很棒，在伯纳德临时拿掉它的侧板后，它仍然很冷静、镇定如常、泰然自若。

蒙古的泥铺跑道，预示着可能会出现一些全新的问题。考虑到在平坦的道路上汽车风扇还被撞掉了，一旦我们进入真正凹凸不平的路上，所有东西都有可能散架。我脑海里出现了这样一个画面：踏实勤劳的罗克珊娜的车门、挡泥板和引擎盖左右飞离，把座位上的我和伯纳德暴露在外，骑在裸露的底盘上前行。我现在还有别的烦恼。我们正在走进更为广阔的地域，这里很空旷，没有村庄能为我们提供像街道和桥梁这样的文明地标，我意识到我之前对导航的焦虑简直就是自我放纵。在城市里，你总会碰到可以问路的人，哪怕你得用手势语来提出问题。如果你完全迷路了，你甚至可以付钱给出租车司机，让他给你带路。但是，在这一大片毫无特点的单调沙漠中迷路，你找谁帮忙呢？

几小时后，所有的汽车都到了。我们注意到有些驾驶员在加快发动机转速。一号车，一辆一九〇七年的意大莱，噼里啪啦地开到位于起点的桌子旁。看来，这辆巨人般的古老汽车是标准的旗手。除此之外，它有一个比法拉利 F1 赛车还要大的发动机，高达四十五马力，功率相当于一台吹雪机。它就是一个夹在车轮、挡泥板和踏板上的硬壳，上面密密覆盖着链条、杠杆和其他机械器件，后来的汽车都是将这些藏在引擎盖或者车身下面的。这车很笨重，驾驶起来很复杂，这让我不得不认为如果他们能做到，我们也能应付罗克珊娜。驾驶员和他的妻子是很安静的一对，这时已经就位。他们都戴着服帖的皮头盔、眼罩，穿着高过膝盖的花边皮靴，早上冷时穿的罩衫，脖子上围着一条围巾以便灰尘扬起时遮鼻子。他们检录完毕，紧接着一阵砰砰作响，他们向着沙漠出发了。自此，发令员每一分钟落一次白旗，一辆又一辆汽车驶入远处的荒原。

在八十四分钟的等待时间里，我们两个都被前途未卜的利齿撕咬着，感觉时间很漫长。我们都沉浸在各自的幻想中，看到70号车到达起点时我们都大吃一惊。"快呀！伯纳德，我们得排队了。"我喊道。我们从白日梦中回过神来，很快又检查了一遍，确保没有东西落下。我坐上车，抓起时间卡，系上四点式安全带。"路书准备好了吗？"伯纳德叫喊着问，嗓门由于紧张和兴奋高起来。

"当然准备好了。我是领航员。别担心。"我撒谎道。

伯纳德点火发动汽车。汽车发出的声音像沉重的脚步声。他又试了一次。第三次。罗克珊娜发动不起来。一时间，我以为它是不想进入戈壁滩。但绝不是那样的。罗克珊娜不会那样对我们。肯定出问题了，但没时间找原因了。我们必须到达队伍中，否则就没机会了。这意味着我们会被调到队伍的最后，等其他车都走了我们才能走。这还不是最糟糕的，但是我们会被罚很多分，这很可能让伯纳德永远失去夺金的希望。一阵激动之下，我跳下车，肩膀顶住伯纳德旁边的挡泥板，腿脚踩在沙子里，使劲把罗克珊娜推上斜坡，朝发令员处走去。其他离出发时间还早的车组也来帮忙。罗克珊娜有一辆小型装甲坦克那么重，绝望之下，我用尽吃奶的力气使劲推它，我燃烧的热量等于在体育馆里鹦鹉螺环形道上跑整整一圈消耗的热量了。当时我还有这个想法，要是国内所有曾告诉我会每天阅读拉力赛报告的人，醒来就看到报纸上"拉力赛车组人员被汽车压扁"的标题，将是多么令人不安。

"我们的发动机发动不了了！"我喊着对工作人员说，"我们怎么办？"我是一个不幸的领航员。就在我刚刚开始对时间控制程序感到有些信心时，我们的汽车罢工了。

"把它推过来，"回答很冷淡，"只要过了起点线，就算你们已经准时上路了。"这似乎有点儿不严肃。我心目中的拉力赛是关于汽车奔跑的比赛，而不是推车的比赛。算了，不要介意这些老套的假设了。这是他们定的规矩，不是我的，此时我很高兴这些规则于我们有利。

赛道监控人员在我的时间卡上签了字，白旗落下，我们推着罗克珊娜过了起点线，继续缓慢前行，一直到旁边被废弃的加油站的混凝土遮篷下面才停下。我们就是这样在蒙古开始我们的比赛的：步行。

时间一分钟一分钟地过去了，其他的汽车出发了，从我们身旁隆隆地开过去。我兴高采烈地向他们挥手，内心深处却感觉像被搓成了两半。我不知道伯纳德究竟有多大把握把罗克珊娜修好。或许，他是在测试自己看他能做多少，只是没告诉我罢了。要是他修不好怎么办？每一辆从我们身旁经过的车，都将在我们之前到达营地。我刚刚开始觉得自己在这群人当中拥有了一点儿舒适的空间，可现在他们都超过我们了。此时此刻，我唯一希望的就是和他们一样，和所有这些三百来人一样。十辆汽车开过去了，伯纳德从引擎盖下大叫道："好了。小问题，真的。变速器的一个联动装置需要调一下。很快就会修好。"听到这个，我放松地呼出一口气，在这之前我甚至没有意识到自己一直在屏住呼吸。"你太了不起了！"我喊道。他刚才说的问题对我来说一点儿都不重要。他说能修好才是最重要的。又有五辆车过去了，这时我们也上路了。

我坐在座位上，非常开心，我们不用再耗费时间，不用在不提供任何服务的荒凉边境站修理罗克珊娜了。我们现在确实已经在蒙古境内了，这个地方的人口规模和布鲁克林差不多，面积却相当于得克萨斯、加利福尼亚和蒙大拿三个州之和，再加上西弗吉尼亚州作为额外奖励。现在不管是我们想还是需要，都已经不能回头了。组织者曾经说过，我们一旦离开中国边境，中国是不会让我们当中的任何一辆汽车再进入其境内的。三天来，让这些外国人在他们的公路上乱糟糟地行进，似乎已经是他们可以忍受的极限了。

在蒙古境内，刚开始我们走的是混凝土板路，给人一种现代和安定的感觉。和许多第三世界项目一样，这个项目从未完成。不是资金花完了，就是资金流入了承包商的腰包，现在只留下一堆八英寸厚的细骨料混凝土堆在沙子上。由于这些地方的人比汽车多，这条路已经变成了人行道。看上去好像蒙古一半的人口都在朝边界蜂拥而来，这些人很可能是搭便车刚从乌兰巴托到达这里。他们穿着朴素的 T 恤衫、宽松长裤和宽松的人字拖鞋，手里拿着布包或塑料购物袋，穿行游荡在我们周围，就像一群热带鱼穿过珊瑚礁一样。

我们进入了蒙古，对我来说，这是一件值得认可的重大事件。我已经习惯了在中国每个加油站时，急切激动的人群围观我们的汽车。我胳膊伸出窗外挥舞着，有些人也回以同样的手势，但大多数人则只是走过去。突然，一声巨响，紧接着又是一声尖锐的响声。我本能地弓起背。我上小学时学校里有六十名小学生，对学校的防空演习很有经验了。我现在就像一个不折不扣的鸭子，两只膝盖托着头，两只胳膊捂住所有的东西。"那到底是什么？"我从两个胳膊肘之间喊道。这时伯纳德也喊起来："石头！有人朝我们扔石头！"我抬头望了一下，只见伯纳德那边的挡风玻璃上出现了好多裂纹，像一朵花。伯纳德继续开车，只给我一点点时间找到元凶：一群可爱的头发蓬乱的小男孩，手里拿着石头朝我们嘲弄地挥着。他们在大笑。"慢一点儿，伯纳德。我得出去。"伯纳德知道我当时很不理智，没必要和扔石头的小孩子一般见识，所以他没有听我的。相反，他开得更快了。我朝他大喊着要他停车。他不理我。我还没来得及摸到安全带锁扣，这些小孩子已经淡出流动的人群，看不见了。

　　当罗克珊娜从混凝土路面驶入通向沙漠的沙道上时，我意识到我肯定脆弱得很可笑。像小孩子扔石头恶作剧这样的小事，充其量挡风玻璃被损坏，这与可能的汽车故障相比简直一点儿都不重要，而我却是那样的失态。如我所料，伯纳德一如既往的平静。"算了吧，"他说，"已经过去了。或许我们到乌兰巴托就可以修了。"我需要的是同情，可他很实际。我低下头，怀着受伤的自尊心，捡起我腿上的闪闪发光的玻璃碎片，这是从挡风玻璃上被石头尖砸出的洞那儿溅出来的。从开始到现在三天了，这时我恼火得想尖叫。不是因为挡风玻璃被砸，而是因为那一年半的时间，那段时间我们为把罗克珊娜打扮得漂亮、惹人注意所付出的所有努力。如果我愿意承认，还有我为了瞧得起自己以及为把我们两个变成密不可分的整体所付出的努力。

计时赛
扎门乌德—赛音山达

几小时里，我数着电线杆，跟踪着 GPS 航点，一直到我们到达扎在地里的一面旗子那儿，旗子旁边站着两名赛道工作人员。这里是我们第一次计时赛的起点，我心里非常紧张。这就是下一个三分钟内我们要面对的：路书上的距离单位将是码而不是英里，我真想朝伯纳德使劲地高声喊叫。这不是深刻的哲学对话。一辆行驶在颠簸路面时速达五十英里的汽车，跑两百码只需八秒钟。这次，伯纳德要么明白且能做到，要么我们两个粉身碎骨。

我的自言自语应该是这样的："两百码向左，一百五十码向左，七十五码向左，向左！"说对距离需要集中注意力，这在我结婚时已经做到了，当时我在等着说"我愿意"，同时还得努力抑制自己不能紧张得笑出声来。这回将没有核对事实的时间。这太糟糕了。但好处是也没有还口的时间了，不能像以前那样再问"你确定？"和"你说什么？"了。计时赛时，我可以向伯纳德说任何我想说的。

可以看得出来，伯纳德很激动罗克珊娜要接受考验。过去半小时里，他一直在咧嘴微笑。"别担心，亲爱的，"过了一会儿，他说，"你只要把指令一条一条念给我就行。但是要快、要清楚，还要大声。我们会做得很好。"

"要是我找不到地儿怎么办？"

"不会的。用手指指着，只需将手指在页面上向下滑动就行。"他的信心并没有让我放下心来。

"我还得同时看里程表。有些指令仅仅是符号，我需要时间想这些符号的意思。"我告诉他，往下看路书里还有什么。我使劲咽着唾沫。这也许是我最后一次机会了。

"这些天你一直表现得很棒的。这个没什么不同，就是速度快点儿。我还会把你告诉我的重复一遍的。"

"喂，亲爱的，"一个工作人员把头伸进车窗说，"准备好走了吗？"

"哦，上帝。是的。没有！我不知道。我们要做什么？"我紧张得大口短促地呼吸着。

"我要扫描你们的时间卡，还有伯纳德，等你们前面的这辆车离开，你就到旗子那儿去。"有生以来第一次听到"三、二、一，出发！"我感觉心脏都要跳出来了。伯纳德用力一踩油门，就像一颗炮弹，我们冲过起点线，进入了沙漠。在一团厚厚的粉尘中，罗克珊娜向前冲去。她歪歪斜斜地行驶在卵石上，残酷地碾压矮小的灌木，躲闪电线杆和其他挡在路上的没有生命的物体。我们忽地冲上小山坡，瞬间就像长了翅膀一样飞了起来。我大叫一声，紧接着罗克珊娜重重地落到地上，我嘴里发出窒息一般的"啊、啊、啊……"，我们速度太快了，把其他汽车都超过了。"哎呀，"我们自言自语地说，"真的没想让他们蒙受灰尘。"然后我们欢呼着超过了他们。过了终点线后，伯纳德小心地瞅了我一眼，看我是不是在皱眉头。"伯纳德！我好喜欢这个！"我激动地惊叫着，几天来头一次向他露出最开心的微笑。他也朝我笑了，很自豪于他的车技以及让我如此开心。

我们回到正常的路上，很兴奋，感觉到处都闪闪发光、灿烂明亮。过了一段时间，我们才注意到罗克珊娜没有在平静地向前滑行，而是很不自然地弹跳，就像醉酒的水手踮着脚尖站起来又跪下去一样移动着。每向前挪一下，行李箱都向上翘起而后又颠簸落下来，离地面只有几英寸。这似乎是个不好的信号。把车停到一个灌木丛里，伯纳德躺着钻进罗克珊娜下面查看。一分钟后他又钻出来，拍了拍手上的灰尘，然后后背朝向我，让我扫去粘在他背上的碎屑什么的。他摇了摇头，抬起愤怒的眼睛，这证实了我的恐惧。罗克珊娜受伤了。将后减震器固定在车架上的厚钢架断了。两个都断了。没有了它们，路上的一点点颠簸都会被放大，这样，压力就会传到它的钢板弹簧上去，而这并不是钢板弹簧的设计初衷。其中有一个钢架显然出现了持续骨裂。这还不算是致命的伤，但需要修理，这种修理只能是人站在检修坑内在汽车下面进行。我们继续前行。

"这不应该发生的，"伯纳德说，幸亏他的双脚始终踩在离合器和油门踏板上，没有厌恶地抬脚踢自己。"防震架的尺寸是我自己测的。应该很完美才对。"这时我胃里的蝴蝶已经变成夜行神龙了，锋利的爪子挠着我的心。我们都不想说出来，但是都在想：要是我们能事先试驾一下，我们就能发现这一设计缺陷，就还有时间修理。看样子，剩下的路我们得非常缓慢地向赛音山达的夜间营地行进了。我们的速度降得很慢，慢得我都能数清楚枯黄的草上有几片叶子了。

沙尘暴

赛音山达

离开中蒙边界八小时了，黄昏时我们到达了我们的新家，沙漠中一片四周都是沙丘的浅浅的盆地。一年前组织者们来的时候，这里一定是一片可爱的保护区，适合风和日丽时安营扎寨。可如今，在这个平淡无奇、毫无特色的盆地里，只有一些凌乱停放的拉力赛车，到达这里很是令人沮丧，尤其是热风吹得黄沙漫天。一路上，伯纳德的右眼一直肿胀得睁不开。等我们到营地停车时，他的眼睛都被黏糊糊的东西糊住，睁不开了。

"我带了抗生素眼药水，伯纳德。"我说，以为这样可以安慰他。还没等我掏出工具箱，他就拒绝了我的帮助。我是他的妻子，而他的一个不成文规则是他不能接受我的任何医学建议。"不，不，放下，"他说，"会好的。"此时，第一次计时赛带给我们的快乐早就烟消云散了，我们两个都在努力克制坏心情，所以他这样说我也就随他了。另外，风已经刮得很猛烈了。缕缕细沙掠过地面。像好奇的手指，它们找到密封不好的车门，潜入关得不是很严的车窗里。似乎就一会儿的工夫，狂风刮来了，我们驻扎的这个盆地就变成了一个深坑，戈壁滩上所有的沙子一时间好像都集聚到这里来了。组织方、驻地员工和赛道工作人员们手中的收音机噼噼啪啪地响。他们建议那些还在沙漠中的人就地停下，回到车里躲避漫天飞沙。

我们两个都在想着罗克珊娜的故障问题，找一个车间让人修理还是在这儿就能修好。吹得到处都是的细沙没有打断我们的注意力，但是很显然，现在修车是不可能的。现在，我们对过夜住所的需要更迫切了。"我们把帐篷搭起来吧，"伯纳德主张，"这场沙尘暴好像一时半会儿停不下来。"我似乎看到了我们的弹出式帐篷被狂风刮到空中，我紧紧抓住帐篷的一个角，要把我带到另一个国家。

"好吧。我们这样做。帐篷一弹开，我就打开拉链马上钻进去按住。你来做固定工作。"这样分工，我觉得自己有点卑鄙但又很开心。这样我会受到保护，而伯纳德要去与自然界做斗争。我们打开了帐篷，我立刻钻进去，胳膊和腿都张开，伸到四个角落，伯纳德把帐篷绑在罗克珊娜的侧镜上。我只希望固定镜子的螺母比固定散热器风扇的结实。他从车里抓起我们的水瓶，也进了帐篷，在里面我们蹲下来，开始考虑我们的选择。

"你饿了吗？"伯纳德看看手表，注意到已是晚饭时间。

"饿死了，"我说，"顺便说一下，今天早上我四处走等着比赛开始时，听到组织人员说今天晚上有冰镇啤酒什么的。"

"啤酒？我们去看看是不是冰镇的，给营地工作人员一些道义支持。"这就是我的伯纳德，总是随时想着别人。我拉开拉链时即便我只拉开一条缝仅够我们挤出去，帐篷门帘还是差点儿被外面沙尘暴强烈的热风撕裂。我们像一对沙蟹，从罗克珊娜那里快跑几百码到了餐厅帐篷。一路上我的脸部接受的特殊角质剥落护理不但是必要的，而且是免费的。

我眯着眼睛，看到左侧绿帆布搭的洗手间已经被风吹倒。从它旁边一堆堆绿色的东西来看，这里过去曾经是淋浴室。向右边看，我认出了四十几辆车，其他拉力赛车可能都被困在沙漠里了。已经到了的汽车混乱地停放在这个坑里，好像开到营地就可以放弃任何有序停车一样。这是我们第一次在星光下宿营，虽然现在还不知道我们会不会看到星星。每个人都期待着这次在沙漠露营的冒险经历，但是我发现周围的汽车看上去小得可怜，在吹沙的荒漠里很是无助。那些已经成功地搭起帐篷的车组和我们一样也把帐篷系到他们的汽车上。有几对车组人员似乎放弃了搭帐篷的想法，选择睡在前排座上。

在餐厅里，几名工作人员与支撑杆斗争着，帐篷像嘻哈舞者一样，在尖叫的沙尘暴中旋转着。我们朝黑漆漆的里面窥视了一下，看到一张桌子，桌子上放着几大块奶酪、饼干、一锅炖菜，还有盛着土豆片、黄瓜、莴苣和胡萝卜的盘子。每样东西上面都好像有一层闪闪发光的面包屑。"我的天哪，看上去好美味！"我说，"伯纳德，快看。新鲜土豆。沙拉！还有魔鬼蛋！"我拿起一个锅盖，顿时我的双腿都发软了，"伯纳德，匈牙利炖牛肉。"我深深地吸了口锅里冒上来的有强烈炖土豆、红辣椒和洋葱味的香气。那一刻，我所有的担心消失得无影无踪。晚饭里有沙子也没有关系。我们已经下了车，食物触手可及。

盛满盘子，我们独自在看上去马上就要倒的餐厅帐篷里背风坐下，尽快地把食物塞进嘴里，把吃到嘴里的沙子吐出来。这比米其林三星级宴会要好，伯纳德和我能够安静地分享，消除计时赛后几小时的不愉快心情。我们已经不能让彼此之间产生怨恨了。如果在蒙古境内剩下的日子都像今天这样，就算不抱怨对方，我们将面临的艰难都够多的了。另外，我们没有生对方的气。我们为在装运前没能查出罗克珊娜减震器问题而苦恼。

暴风呼啸着、拍打着，猛烈考验着支撑杆的力量和耐力。它们与帐篷战作一团，帐篷在它们的掌握中挣扎着、扭曲着。显然，在这个餐厅帐篷被刮倒之前，我们仅有几分钟的时间了。我们使劲地大口喝下啤酒，结果更渴了，因为得等好一会儿才能喝到另一杯啤酒。更多的工作人员争着来抢救晚餐，免遭进一步的毁灭。

从现在已经摇摇欲坠的餐厅帐篷里出来，外面一片漆黑，沙子被风卷到空中像暴风雪一般。半小时前我们轻松走过的那段路现在要折回原路已经是不可能了。我的头灯平时亮得可以看书，现在仅勉强可以照亮放在脸前的手。风似乎痛苦地尖叫起来。我本能地要捂住耳朵，不听这高声哀号，可是我需要双手遮住鼻子和眼睛，挡住疯狂地试图侵犯它们的沙砾。在这一片让人眩晕的混乱之中，我觉得自己也仿佛失去控制了。我甚至不知道该往哪儿走，更不用说怎样找到罗克珊娜了。让鼻子里的沙子见鬼去吧，我对自己说，同时抓住伯纳德的手。慢慢地，我们选择了一条希望是通向我们的车和帐篷的路，当我们敢抬起头的时候，眼前是一片黑暗，什么都看不清。在把一切都吹得变了形的蒙古沙尘暴里，我不知道我们缓慢地走了多久或者多远，突然伯纳德注意到前面一个驼峰形状的东西。罗克珊娜在那儿，就在我们离开时待的地方。

安全到达汽车那里，我还得想办法在没有卫生间的情况下，如何在凶猛的风中放松一下自己。这与我后来得知的被困在沙漠中的那一百四十人遭遇的不愉快相比，算是小问题。这一百四十人当中就有西比尔和尼克。我紧贴着踏板，希望我蹲的方向是对的，满怀感激地想着天气这么差不大可能有人会从这儿走。任务完成后，我爬进帐篷，伯纳德抓着我的手，拉着我。我们在那儿坐了一会儿，手仍然握着，越来越大的风声让我们觉得里面安全多了。在我爬进睡袋把耳塞塞进耳朵时，我立刻感到一阵放松，身上也暖和起来。迷迷糊糊的我用手拢了拢头发，发现头皮上有成千上万个沙砾——陪我一路去西伯利亚的小家伙们。后来，我又抓住伯纳德的手，他还在那儿和我在一起，感受到他皮肤的温暖，我放心了。

第二天黎明时伯纳德醒了，他的右眼被一层黄黄的有硬皮的脏东西糊住，睁不开了。夜间不知什么时候沙尘暴平息下去了，我们从帐篷里爬出来时，外面出奇的安静。"我再去车底下看一看。我必须要知道问题出在哪儿，那样我们才能想办法修理。"我漫步走到那个重新立起来的餐厅帐篷那里，看到西比尔正在喝着一大杯冒着热气的茶。

"天哪，你在这儿！你们什么时候到的？"我问她。

"刚才。"她说，向我解释他们遇到了朋友理查德和吉尔，他们的一九二九年宾利汽车出了故障，于是决定留下来在沙漠里陪着他们，以确保他们没事。"太有趣了，"她告诉我说，"我们拿出炉子，沏茶煮汤，还享用了鱼罐头和饼干。"

"你们不担心暴风吗？"我问，对有人遇到困境还如此快乐感到难以置信。

"一点儿也不。有一位工作人员设法找到并告诉我们原地不动。因此，我们知道除了我们自己外，还有人知道我们的下落。风暴消退后，你就应该看见星星了。太奇妙了。"

"西比尔，那你们还能拿到金牌吗？"我问她，我知道尼克和伯纳德一样，也是一心想得到金牌的。不考虑我对这对已经产生的喜爱之情，以我个人浅见，我已经确定他们的一九三三年翠绿色拉贡达汽车是本次拉力赛中最漂亮的。与罗克珊娜更像圣伯纳德犬笨重的身躯相比，它有着灰狗长途巴士那样细长轻量的线条美。它值得赢取一块金牌。

"哦，恐怕没戏了。但是，你知道，没关系啦。现在我们能够放松下来享受比赛了。"

然后，我们看着对方，同时说："也许吧！"

我正要给她讲我们的经历，伯纳德走过来了。这回，我可以清楚地看到他的眼睑又红又肿。我尽量直接地对他说："或许拉力赛医生会给你一些建议。"既然医生没有嫁给伯纳德，我希望他的观点比我的要有分量。我们漫步在营地上，寻找着我们认识的人的汽车，注意到仅有一半的车在风暴来临前赶到了这里。有些人把帐篷搭在车旁，因为支撑杆插的地方不对，帐篷看上去就像压扁的水果。显然这场风暴把所有人一下子击倒了，我们似乎是唯一起床四处走动的一对。也不知道其他拉力赛队员现在哪里，我默默地赞美伯纳德让我们顺利度过了昨天。在营地边缘附近，我们终于找到了医生的车。它的引擎盖撞坏了，挡风玻璃碎了，车顶也是一团糟。"天哪，独眼巨人（希腊神话中居住在西西里岛上的三位风暴之神：Brontes——雷神、Sterops——电神和Arges——霹雳神，他们都属于巨人族，特征是"独眼"，只有额头正中有一只眼睛），希望他们没事。"我说。

"哦，有人支起了帐篷，所以他们肯定没事。"他嘀咕着，没心情开玩笑。

这么早去敲他们的帐篷门帘，似乎有点儿不太厚道。回到我们的帐篷，伯纳德用湿纸巾擦了擦眼睛。等我们最后在餐厅帐篷里找到医生时，他好好的什么事都没有，但是往咖啡杯里倒咖啡的双手一直在发抖，伯纳德抬起眼睛又红又肿的脸，向他寻求建议。"今天晚上我可以给你做进一步检查，"他说话很生硬，听上去很疲惫的样子，要是我刚刚经历了一场残酷的戈壁风暴也会这样的。"在此期间，你如果有抗生素眼药水，可以用一些，给你开药的话也就是这个。"记分卡亮灯了。现在我们扯平了。

放弃金牌
赛音山达—乌兰巴托

　　我们从早餐桌上随手抓了几卷东西就出来了。罗克珊娜要修理，赛音山达这个地方只有一名技师。"84 这个数字真不吉利，"装车时我对伯纳德说，"我的意思是，如果我们每天都循规蹈矩在规定时间离开，我们将永远落后一个半小时。我们六点半就起床了。我们甚至可以七点半离开，如果他们认为这样合法的话。但不是这样。我们得等他们说我们可以走了才能走。"我天生的不耐烦，在路好走时被成功打压下去了，现在又显示出自己的威力来了。

　　"我们怎样才能到达修理店、上路，并在合理的时间到达营地呢？"

　　"这是对的。"伯纳德简洁地回应道，并没有回答我的问题。他在生气，生气自己似乎算错了减震器数据，生气格里利市那些技师因为拖延使得我们无法在出发前对汽车进行压力测试。前一天晚上我们在来营地的路上路过那个唯一的修理店，所以知道它小得像马厩，而且如果破烂的外表能够说明什么的话，它的装备也是最少的。如果我们不是最早到那儿，就可能得等上好几小时，这个唯一的技师才能为我们修车。"如果我们留下来，什么时候该我们打卡？"他问我。

"今天是十点半左右，因为一号车安排在九点。如果他们在这儿的话。"

"那不可能。我们不能等到十点半。我们永远无法既修好罗克珊娜，同时又要完成到达乌兰巴托的赛程。来吧，我们走吧。"伯纳德对客观的比赛规则的恼火，充分说明了他很不快乐。我们离开的时候，MTC还没开门。如果开了的话，我们也可以早点打卡，只是要接受罚分。既然这样，我们就根本不会被记录打卡了。这很严重，因为只有那些每天早上离开时打卡，当然还要通过每一个时间控制站参加每一次计时赛的汽车，才有资格争夺金牌。我为伯纳德感到悲伤。同时我也明白，以牺牲金牌为代价、专心修好罗克珊娜的决策是正确的，也是现实的。从这个意义上讲，这样做也符合伯纳德的做事风格。我觉得暗暗松了一口气，因为不用为了夺金牌争取拥有一些竞争优势了。

在这个特殊的早晨，赛音山达的技师还在睡觉。当然，罗克珊娜的问题只有对我们才是紧迫的，我们沮丧地等了整整一小时他才出现。出来的时候，他还充满怀疑地揉着惺忪的双眼。看着他，我搞不懂他是看到了最美好的梦想还是看到了最糟糕的噩梦变成了现实。就在我们等的这段时间内，又有六辆拉力赛车排在我们后面修理店前的油腻腻的混凝土上。这比他一个月的生意都要多，又或许比他一年的生意都要多。这些车的存在，是我们没敢开半小时车回到MTC准时打卡的主要原因。那样的话，我们就不会排在第一位了。谢天谢地我们起得早，所以才能够让技师优先为我们修车。

伯纳德瞬间就走到了那个男人的身边。经过两人用彼此都能听得懂的有限英语和手势语进行简短的交涉，这位技师走进脏兮兮的店里消失了。只听见一阵椅子刮地声、盒子落地声和叮当响声，然后他回来了。为了让自己有一点点希望，我们转向这位技师，看看他找到了什么。罗克珊娜很沉重，修好它需要某些结实的金属工具。他就像一个小孩主动分享他最喜欢的糖果一样，朝伯纳德伸开双手。在他的手掌里是一些未埋葬的宝藏，一些多年来他省下来的金属料。他的双眼充满希望和歉意。如此，我们了解了在一个马匹多于现代化交通工具（多数是一些小摩托车）的乡下，可供选择的钢料是很少的。

伯纳德叹了口气，笑了。我们都善于读懂对方的表情，他的眼睛告诉我，这些东西没有一个会管用。不过他还是拨弄着这些东西，翻过来，拿起来估摸一下它们的重量，欣赏着它们以给技师一些鼓励，最后从这一堆脆弱的选项里挑了一个最结实的出来。让我们大为吃惊的是，仅仅用一个临时配上我怀疑是磨损电缆线的手工焊接炬，这位技师就比很多美国汽车修理店用上所有昂贵的乙炔装置完成的工作还要多。他修得很彻底，所以花了整整四小时，在这期间，等在后面的六辆车主有的就借了他的工具自行修理起来，也有的放弃而离开了。等他把我们的车修完时，其他的拉力赛车早就都走了。其中包括拉力赛技师们，他们负责查看路上遇到麻烦的汽车，确保每辆车都成功到达当天的目的地之后才能回来。到前面的乌兰巴托结束当天的长途跋涉前，我们还要在颠簸的路上走七小时。现在我们是被独自甩在戈壁滩上了。

驶离城镇，我们寻找着为我们指路的电线杆，看到沙丘上有一辆熄火的拉力赛车。那是一辆湖蓝色的一九三〇年德拉奇 D6L。在它后面还有两辆其他拉力赛车，能够从它们的参赛号看出来。一辆是淡黄色的一九二七年劳斯莱斯 20 旅行版，另一辆是一九三一年福特 A 型。

车队人员在沙地上到处闲逛着，看起来很高兴的样子。他们热心的对象是一辆当地货运卡车，卡车后面有沙丘那么高，有一个至少二十五英尺长的宽货舱，木板板条墙刷成了天蓝色。他们找到了不用自己驾驶就能到达乌兰巴托的办法，为此他们很激动。问题是，卡车司机没有把这些汽车装上卡车的活动梯。聚集起来的镇民们绕来绕去地欣赏着这些汽车，希望采取一些行动。他们分开来，卷起衣袖，以那种男性的方式开玩笑说，他们不认为没有活动梯是什么大不了的事。四人去后面推，两人分别蹲在前挡泥板下面准备往上举，一人跳进卡车厢，抓住一根粗绳子的末端。跟着一声吆喝，他们推着扛着把那辆汽车拽进了车厢。我觉得这也是一种办法。

"伯纳德，到乌兰巴托还很远呢。要不我们也找一辆卡车带上我们？"我说，声音在发抖。就我而言，要有一辆卡车把我们直接拉到巴黎才好呢。戈壁滩那么大、那么荒凉空旷，到处是一眼望不尽的焦褐色，相比之下我却显得那么渺小、那么平凡。我沮丧地大声说了出来，但是似乎这广阔的沙漠越是浩瀚我就越不安。好像只是为了迁就我，伯纳德在卡车旁边停了下来。我们询问要多长时间才能把我们的车拉到乌兰巴托。司机在沙地上画了个一和二——需要十二小时。前提是我们已经找到了搭我们的卡车，因为眼前的这辆长厢车已经满了。这对我来说甚至也太长了点儿。

"迪娜，我们可以做到的，"伯纳德说，"我们会很好的。"我在修理店时就看到过他这种眼神，我知道这并不完全是真的。如果伯纳德可以假装一切都没问题，我也会振奋起来假装没问题。"好吧，"我说，"所以，我们走吧。"

我迫使自己用平静的语气发出指令，来掩盖我的紧张和不安，可是我脑子里总在想着我们单独流落在这一荒凉孤独的地方，驾着一辆跑不快的汽车。我开始出错了。错误越多，我就越紧张。"伯纳德，我想我们已经偏离路线了，"我终于说了出来。说这些话的时候，我不得不吞下我的自尊，这让我几乎说不出话来。四天里我的领航任务都完成得很好，我甚至开始认为，我也许能够完美地完成剩下的一直到巴黎的七千英里了。可现在，我们不得不在一个高处停下来，远处是一片空旷的荒野，除了到那里，我们将不得不驶下坡，坡下都是一些散落的大石头。我清楚自己是头一次穿越戈壁滩，但是对我来说，如果是有人计划好让我们冲过这些障碍下山，这也似乎是不大可能的。似乎是不大可能的。我畏缩了，等待着多年来我和伯纳德迷路的时候总会发生的相互指责爆发。我期待着被严厉地教训一顿：应该早点说，看清周围情况，运用我的方向感，等等。我将无法解释我以为我一直都是在这样做的。

　　"你是对的，"伯纳德说，"看上去不对头。"他很愉快，似乎根本不在意。戈壁滩的奇迹没有到此为止。注意到我因为自己犯的错误很不开心，他开始安慰我。"别担心。你一直做得很好，亲爱的，"他继续说，"我很为你自豪。"他探身过来吻了我脸颊一下，安慰地捏了捏我的手。我把路书和GPS递给他。"你看这儿，"他说，"我们再往回走一点儿就到刚才偏离道路的地方了。"看到他的发现我差点儿喘不上气来。要不是我们停下了，我的这一错误将使我们在错误的方向上越走越远。可是伯纳德并不担心。他看着远方，目测眼前这片荒原。"我觉得我只要开下这个斜坡，我们就能回到原来的路上了。"我觉得自己像个笨蛋，同时也大大地松了一口气。过了一小会儿我也自豪起来。正是我的错误，才让伯纳德有机会走别的参赛队员没有走过的路。

半小时后，当我们经过组织方为我们提供的其中一个固定路标的时候，我确切地知道我们回到了正确的道路上。这个路标是 Lun Bag 村，曾经是苏联在蒙古的最大空军基地所在地。随着二十世纪九十年代苏联的解体，现在村子里已经没有军人了。一些蒙古人搬进了几所被废弃的房子，另外有些人则在破碎的混凝土小屋里搭起了蒙古包。这是一个被人遗弃的一点儿也不吸引人的地方，但即便如此，我还在极力寻找着我能记住的最突出的东西，以后罗克珊娜彻底崩溃时我好步行返回到那里。所见之处全是沙子、碎石、石头和灌木丛，没有一个可以作为地标的。路书上说继续沿这所谓的道路前行，这个道路在我看来连小道都称不上。在我眼里，它看上去就像别的什么人走过时车胎压过的痕迹。命中注定，过了 Lun Bag 不久，我们就感觉到罗克珊娜尾部砰的一声沉下去了。四小时的修理，彻底前功尽弃了。

叹了口气，伯纳德停下车从车里爬出来。在我们周围，戈壁滩上荒芜焦干的小山延伸到无限远，自我们进入蒙古以来一直就是这样的。我一直在徒然地寻找着去年在照片上看到的那些披满绿色的斜坡和葱绿的山谷。连续几小时，我看到的只有褐色的平原，岩石裸露的地表和一丛丛死去的植物。蒙古位于内陆深处，气候干燥。淡蓝色的天空上万里无云。远处也没有午后阵雨。在这毫无变化的干旱的孤寂中，在无情的太阳炙烤和干裂的风的摧残下，我站在车一旁，在广袤的戈壁滩上显得那么渺小、那么微不足道，就像是大象身上的一只跳蚤一样。

伯纳德低头厌恶地瞅了瞅地上的泥土，然后跪下来朝罗克珊娜下面看去。"减震器坏了。"他愤怒地说。接着他跃起身来，快步走到罗克珊娜的行李箱旁，抓起手电筒、一个大扳手和其他工具以及一些纸巾。多年来他养成的对工具的挑剔并没有仅仅因为我们身处沙漠而被忽略。与此同时，我把他可能要躺下来的地方的尖石子和石头清理掉。然后，他背朝地扭动到罗克珊娜下面，检查后减震器的支架，嘴里咕哝出几声低微的咒骂，享用着几百英里内唯一的一个阴凉处也许不是巧合。

十五分钟过去了，一个坏了的减震器被扔到一边，又过了十五分钟，第二个减震器也被扔了出来。"这是我现在唯一能做的了。"他的声音从车身底下传出来，听不太清。为了不把衬衣蹭破，他用肘部和膝盖支撑着身体，一点儿一点儿地从罗克珊娜下面挪出来，把减震器捡起来，转来转去地看了几次。"和上次的毛病一样。"他说。他将它们扔到他的座位后面，双手放在后腰上伸展了一下，然后低下头晃了晃。"哦，我们在这儿没什么可做的了。走吧。"他说着爬回了汽车。

面面相觑是我们能做的唯一交流。我们缓慢地向前走着，伯纳德像对待婴儿一样护理着罗克珊娜的减震装置。亲爱的罗克珊娜可怜兮兮地向左倾斜，无法应付我们放进后备厢里满满的汽车备件和工具，以及它本身的超大型改装油箱。

车里很热，太阳似乎在金属车顶上钻了一个洞，我开始有点恼火了。世界上第一辆带空调的汽车是一九三九年的帕卡德，可是凯迪拉克，拉萨尔的漂亮朋友，直到一九四一年才有空调。罗克珊娜是一九四〇年制造的，它拥有的唯一的空调来自大自然，要开着车窗才有。我这边的车窗摇下来了，所带来的制冷效果就像我坐在四百摄氏度的烤箱里面扇扇子一样。我们向前爬行的速度，足以让一个在糖浆里游泳的甲壳虫看上去像迈克尔·菲尔普斯（美国游泳巨星）。我发誓，当你以每小时九英里的速度行进时，你觉不出有什么东西好像要靠近你。

我们目前速度的唯一好处，就是我们甚至不会扬起一点儿灰尘。每隔一段时间，就会有一辆其他落后的拉力赛车从我们身边呼啸而过，一次又一次地将我们淹没在戈壁滩的粉尘之中。它们一个又一个地消失在成簇的小丘处，此后不久又化作远处地平线上的一缕尘埃，比我们愈来愈接近乌兰巴托，这真是让人郁闷。我们也许永远到不了那里了。

中午，我们俩都快崩溃了，陷入了沉默。灰尘太大我们不敢张口，食物和水上面蒙上了一层风吹来的粉尘。我们都不看燃油表，因为我们清楚到达乌兰巴托之前路上没有加油站。

为对付我的愤怒，我发明了一种消遣方式，叫作汽车拉力赛单人纸牌。在这个游戏里，我禁止自己在规定时间内看手表或者速度计。先是五分钟，后来十五分钟，再后来就是我能够忍受的最长时间。在这期间，我强迫自己想一些积极的事情，比如，我们很快就会到达好走的路上，就可以每小时跑十五英里了。我还想一旦跑到每小时十五英里，我们就会很快到达乌兰巴托，可以不用再坐在车上了。我口里吹着快乐的调子，从头发里把沙子择出来，在落在仪表盘上一长条的沙子上画画，总之什么能分散我的注意力我就做什么。终于，我忍不住偷偷看了看里程表，相信我们已经走了一段令人振奋的距离，结果却发现我们才勉强前进了六英里。这意味着我们还有很长的路要走，而且还要花很长的时间，这让我很恼火，很快我发明的游戏也让我恼火起来。

缓慢移动能放大一切。我每次吸气都是一次长长的内心叹息。太阳好像无法沿着正常的弧度落向地平面。过去几年由于不断使用抗菌婴儿湿巾，指尖变得很干，出了一些裂纹。现在这些裂纹分成了深深的裂缝。最糟糕的是，随着精神头的减弱，我的声音也开始戏谑挖苦我："你不会成功的。放弃吧！回家吧！"这并不是我想听到的声音。我认为这次旅行除了不在车上呕吐外，我还为自己设定了合理的预期目标。好吧，我并没有达到所有目标。可是，这并不是说我应该放弃。虽然我也知道伯纳德本人也犯了一些错误，但是我犯了错误让我很泄气。他犯的是大错。毕竟，让罗克珊娜适合在戈壁滩旅行的责任落在他的肩上。罗克珊娜的减震器两天内坏了两次，这显然说明他的设计有重大缺陷。可是如果他也泄气的话，他是不会表露出来的。我也试着去做，补救受伤的自我，原谅我之前导航时犯的一些错误。认识到彼此都伤痕累累、需要体贴，我们两个现在都很谨慎。

乌兰巴托比萨饼

乌兰巴托

　　我们驶出沙漠时，已是暮色苍茫。还没到乌兰巴托路旁布满简陋小房子的郊区时，我就知道我们快到了，因为我看到了沥青路。走过了几小时崎岖不平的小路和沙地后，我发现硬路面和路标的存在不但很有意义，而且还能给人带来纯粹的快乐。技师现在在离酒店不远的地方，车辆很拥挤，我们也不怕了：如果现在车坏了，会有很多人来帮我们。就是看到拖着行李箱的罗克珊娜，也不能抑制我迈步站在酒店浴室里热水淋浴时的狂喜。我头发上的沙子和灰尘都被冲走了，变成一片褐色最后被吸入下水道，将我一天的坏情绪一起冲走了。随着水咚咚地向下流，我哼起了歌："休息日，休息日，休息日！"此时此刻，我完全沉浸在深深的快乐中，因为我们将在这里待两个晚上，而故意忽略掉闯进我的瓷器店里的大臭牛：出了乌兰巴托，我们还要六天时间才能走出蒙古。

　　洗完澡后，感觉浑身清爽轻松，整个人也可笑地乐观起来，我们俩下楼到了酒店大厅。根据在中国早就确立的常规，大厅是所有人随便走动、与负责咨询服务的组织人员闲聊、查看张贴在红色天鹅绒公告板上的当天结果和第二天开始时间，以及透过大厅玻璃门往外看谁在停车场修车的地方。与过去几天完全不同的是，现在拉力赛成员分成了两部分，有很多参赛者住在另一个不同的酒店。乌兰巴托没有足够大的酒店，能一下子容纳我们这么多人。

我四处寻找曼迪、西比尔和我们朋友圈里的其他人。我迫切地想和他们聊天分享故事，这于我似乎已经成了一种瘾。好像白天遭受的一切苦恼，我只要告诉他们就没事了似的。可惜，我想与他们度过一个愉快的夜晚的希望，在一位工作人员告诉我他们住在另一家酒店时破灭了。当然，我们都有车，街上也有出租车。但是一想到再钻进车里，即便是其他人开车，也让我觉得不愉快。我们四处寻找认识的人，这时看到了马蒂厄。

"伯纳德，"我们站到一块儿时，他说，"你的车怎么样？"他热情地拍了拍伯纳德的后背，给我一个温暖的拥抱。我才知道在拉力赛圈子里，你要想表现出你很高兴看见某人，你就询问他汽车的情况，而不是他们本人的情况。对前一个问题的回答很重要，而对后一个问题的回答则无关紧要。比赛刚进行了几天的时间，但是我已经有这样一个印象：很多人，包括伯纳德在内，认为身体因素仅仅是轻微的不便，他们即使眼睛看不见了、一只腿断了，也会继续开车的。对我来说，马蒂厄似乎就是我们在这次短途旅行中应该好好了解的那个人，可是我们还根本没怎么跟他说过话。所以，尽管我可能会更喜欢他问我们"很高兴见到你们！"或者"你们二位怎么样？"我也愿意接受我所能得到的。

伯纳德把悬架的问题给马蒂厄讲了，我站在旁边，心烦意乱地四处张望，看其他我认识的陷在沙漠中的人现在是否已经到了。马蒂厄低头听着，认真思考着伯纳德给他描述的问题。他露出那种两年前曾让我着迷的笑容，但紧接着就用手抹了一把脸，好像试图摆脱粘在那里的蜘蛛网似的。脸上突然出现一种满是忧虑的表情。"我的散热器问题很严重，"他告诉我们，又用手抹了一把脸，"我担心它破裂了。我明天就得去修。我想我知道该做什么了，可是我需要特殊的工具。我们要去乌兰巴托的奔驰代理商那里。他们在等着我们。"

"你的意思是把车送到代理商那儿是被允许的？"我问道，被这意外的声明拽回谈话。伯纳德看上去也很困惑，但是紧接着又笑了，他猜到他们做了什么了。

"你在家的时候就安排好这一切了。"他朝马蒂厄点点头说道。

"对！"马蒂厄说，"在每个我们会休息一天的地方，我们都给那里的奔驰代理商打了电话，让他们预留出三个服务间，我们每辆车一间。"我对这事很是大惊小怪。在我看来，这和弄本路书副本提前上路没什么两样。我在想着怎样用我最近发现的公平竞争观念指责马蒂厄，比如，不要在还没弄清自己到底需不需要的时候，独自享有最好的服务不让他人知道。他那双很有穿透力的蓝色眼睛朝我们看了看，我又被他迷住了，只听见他说："伯纳德，我们明天早上七点到那里。你也去那儿，可以用他们的升车机，这样你好在车下修理。如果你到得早的话，报上我的名字就行。"路书上说："祝你好好享受休息日！"多亏了马蒂厄，鉴于我们的情况，我们有了可能比参观当地圣地更能创造奇迹的东西了。代理商！真是一个好主意。

走进黑暗油腻的修理间内部，和一位总技师握过手之后，我开始着手清洗汽车，同时伯纳德研究怎么修理，这一切就像回到家里一样。

不用说，我们希望在这里找到替代减震器，所以为什么不相信在乌兰巴托的某个地方就有一个挡风玻璃，其大小和形状与我们正好可以取代的那个裂了的挡风玻璃一致呢？

在这儿和我们在一块儿的，还有制造于二十世纪二十年代的三辆汽车，分别属于马蒂厄和他的队友詹姆斯。早在北京时，就已经开始有关于詹姆斯的传言了。从听到的传言来看，他很可能是参加这次比赛的人当中最有钱的，而且即便是我也能看出来，他驾驶了一辆很特别的汽车。似乎每个人都想声称与他哪怕只有一会儿的友情，但是很少人设法做到了这一点。在我看来，他好像不与人交往，所以才有这些传言。几天前西比尔把他指给我看，现在我才知道，这位我从来没听说过的名人原来是马蒂厄圈子里的。当时，西比尔与我站在那里，努力地不去盯着人家看，就像两个青少年敬畏一个足球队四分卫一样，都被他震慑住了，不敢靠前，更不用说说些什么了。据说詹姆斯的副驾驶实际上就是他的技师，事实上也是他所收藏的数量众多的汽车的总技师。

我去找代理商要一块干净抹布时，走到他们汽车附近，知道了一些我不该知道的事情。伯纳德总指责我偷听别人的谈话，但是我无法控制我敏锐的听力。另外，我也喜欢听别人讲故事。现在，我好使的耳朵又派上了用场。我听到詹姆斯在说安排他的飞机把更多备用零件运到新西伯利亚，以备下一个休息日使用，而下一个休息日离现在还有七天。

听到这个我有点恼怒。拉力赛规则规定，参赛者必须随身携带备件，或者在路上利用能够找到的备件修理汽车。这也是为什么罗克珊娜满载的原因。除此之外，做任何事情都是欺骗行为，都可以作为取消资格的理由。另外，我还感到有点嫉妒詹姆斯的运气，能雇人帮他一直维护汽车保持良好状态，拥有足够的财富能够派飞机把需要的零件运来。我想马上和他交上朋友，希望如果那样的话，他可以把我们需要的零件也运来。关于私人飞机和宾利汽车的讨论并不是我所熟悉的。我们拥有的是一辆价格适度但心爱的旧车，就是买这样一辆车对我们来说都已经很紧张了。我觉得自己没资格跟他交朋友，纵然我想利用今天的机会对他至少说点什么，让我认为我们两个即便不是伙伴，但至少是认识的，我也想不出什么话题来。

"伯纳德，你猜我刚才听到了什么？"我低声道，第三遍擦着仪表盘，他则在对螺栓进行分类。我向他讲了飞机的事。"你觉得我们该怎么做？我们应该告诉组织方吗？还是不管它？但是这样做不公平，不是吗？"伯纳德只是微笑着，对他来讲，这只是另一位参赛者的胆大妄为，在想尽一切办法让自己的汽车跑起来而已。

事实上，我在詹姆斯面前说话时结结巴巴，这无关紧要。大家都钻到了车子里，修理着比我们严重得多的故障，所以人们聊天不多。刚开始的两小时给人很冷漠的感觉，好像每一组都不想让其他人知道他们的汽车损伤得有多严重。后来，我们都意识到必须充分利用这次机会。于是，大家分享使用工具，有人需要某个备件就主动给他拿去，Shop-Vac 真空吸尘器被从一个修理间推到另一个修理间。

几小时后，有人送来八盒乌兰巴托最好的比萨饼，人们的专心工作被打断了。我是在那儿的唯一女性，似乎分配食物的任务落在了我的肩上。"詹姆斯，你要吃些比萨饼吗？"我很紧张地问道，在跟这位尊贵人物说话时，就这么一句简单的话都让我觉得很胆怯。

"哦，当然，谢谢你，迪娜。"他回道。他竟然知道我的名字？

这就是说，我们不在场时马蒂厄已经给他介绍过我们了。也就是说，马蒂厄一直以来并没有忽略我们。我感觉到一阵强烈的团队精神，打开我们的比萨盒，发现一个和真正的比萨非常类似的东西：潮湿的纸板外壳上涂满了泥状的番茄酱，橙色水滴从蒙古版意大利辣味香肠上融化的橡胶奶酪里渗出来。和我一样，其他人也都在看着他们的比萨盒，恐惧地沉默着，就像他们发现盒子里装的不是坏比萨饼，而是蟑螂。后来，好像事先编排好的一样，我们开始动手吃了。随着沾满油的手把一块块又湿又软的比萨饼放到嘴里，人们皱着眉头的脸放松下来了。那些比萨饼不一会儿就消失殆尽了。我们都一致认为非常美味。

美好的一天

乌兰巴托—哈尔和林（Kharkorin）

　　第二天早上一开始就感觉不好。我在酒店大厅的 ATM 机上在取上百万的蒙古货币图格里克，这时弗兰克林摇摇晃晃地过来了。他双臂搂住我，无精打采地抱了抱。"我们要再见了。"他说。他和爱德华多退出了拉力赛，因为他们的中年福特生锈和漏油都太厉害，无法继续前行。一对荷兰夫妇也退出了，他们宾利汽车的整个底盘裂成了两半。这时候，我唯一能说的就是"保持联系"。我们已经修好了罗克珊娜，虽然挡风玻璃没修好，伯纳德已经在外面等我了。我去取我们的包时，感到一阵闷闷不乐。我禁不住想，离开的应该是我，而不是比我富有经验的那两组。可是，我们没事，随时准备再回到沙漠，继续六个晚上的艰难行驶和露营。

　　和前些天早上发生的情况一样，现在不是特别需要我这个领航员提供服务。这是因为 MTC 就在乌兰巴托的苏赫巴托广场。这是一个很大的灰色四边形，周边都是苏联时代的简朴的廊柱建筑。城市的年长者们，为我们组织了一个盛大的欢迎和欢送仪式，似乎乌兰巴托一半的人口都朝那个方向拥去，所以我合上了路书，告诉伯纳德跟着他们走。那天早上很暖和，车窗开着，我可以听到好几个街区之外的礼仪乐队，在演奏切分版的披头士经典和偶尔的苏扎进行曲。转过通向广场的拐角时，我们看到了大练兵场，停在一边的三排拉力赛车看上去就像结构玩具（一套各种形状的零件，儿童可用螺栓等接合零件自由地组合成房屋、车辆等结构）。它们对面，是挂着红色涤纶壁脚板的临时舞台。上面挤满了由喇叭和打击乐器组成的摇摆舞乐队，放话筒的地方站着一位重要人物，正在向聚集起来的人群表示着良好的祝愿。至少，我认为是这样的，因为不但话筒的声音微弱，发音系统因静电干扰噼啪作响，而且那位官员说的还是蒙古语。市民们有的穿着城市服装，有的身穿真丝绣花袍，头戴锦帽，漫无目标地走着。我打开罗克珊娜的车门，有人把一个小孩放在座位上拍照。这次，没有人邀请我加入。

我们进入蒙古才两天时间，但人们光是设法走到这里就已经遭遇了一定损失。到目前为止，一半以上的汽车已经遭受了这样或那样的灾难。很多汽车的轮毂陷进了很深的沙子里，直到一辆更快更结实的汽车把它们拽出来。有些汽车解体了，挡风玻璃和螺栓自杀性地冲到土路上，车门挂在歪了的铰链上，在汽车呻吟着走在被水冲刷过的小路上时，弹簧发出呼哧呼哧的响声。三个车组人员也闹掰了，驾驶员和领航员各自挥舞着单程机票回家了，对拉力赛的悲惨结局表示愤怒。其中，一位领航员干脆抛下了他的驾驶员，让他一个人完成剩下的七千英里左右的赛程。所有人都在抱怨蒙古和他们想象的不一样。似乎没有人能够明白我们如何才能到达俄罗斯，更不用说巴黎了。

我不能说很愉快，但至少还是放松的。罗克珊娜的减震问题似乎解决了，它跑起来又像个冠军了。然而，我们离开乌兰巴托时，最初还很诱人的沥青路变成坑坑洼洼的，由一段段沥青碎石路面连接起来，这是因为常年来往于俄罗斯的运货大卡车才造成了这个样子。我们试了试旁边的土路，发现它们很平坦。罗克珊娜凹凸不平的越野轮胎像吸盘一样紧紧抓住松散的沙砾，我们登上一座小山，再度回到矮草草原上，感觉就像在水上航行的船上。即使眼前是连续的没有尽头的褐色，我也没有丝毫沮丧。虽说路上仍然没有停下来吃午饭的地方，可是除了石头和死草，毕竟可以看到其他东西了。成群的毛茸茸的棕色和黑色的绒山羊，在路边吃草，骑着摩托车的牧羊人赶着它们朝小山方向走去。不知从哪里起来的沙尘暴螺旋一样回旋着，猛然穿过道路朝着地平线疾驰而去。我还没看到一匹蒙古马，但我还是充满了希望。毕竟，这里马比人多，十三比一，如果这是真的，那么我们肯定在某个地方会见到的。

我们很快完成了短计时赛。指令从我嘴里急促地发出，就像打机关枪一样。伯纳德粗暴地对待罗克珊娜庞大的身躯，对它左摇右晃，让它向前冲，在要急转弯时对它紧急制动，离心力的作用使它在我们周围的碎石路上画了一个严重倾斜的曲线。

那天晚上在营地，准时签到后，在组织方总部帐篷里的那个红天鹅绒公告板上，我查看了计时赛的排行榜。我吃了一惊。"伯纳德，"我一边往罗克珊娜停的地方跑去一边喊，"猜猜我们计时赛排第几？"

"我们成绩还可以？"

"岂止是可以。我们排在前十！"

他站起身来，把裤子脱了。多天来我从未见过的笑容在他脸上绽放开来。"哈！"他说。他从来不是一个沾沾自喜的人，但是这个好消息让我觉得自己很健谈。我急切地想找到罗伯特和曼迪以及尼克和西比尔，看看他们成绩如何，还有，是的，必要时和他们分享一下我们的成就。有点扬扬得意对我有好处。伯纳德忙完了罗克珊娜，我也把帐篷搭好了，我们便朝餐厅亭子走去，穿行在一片小小的帐篷中间，每一顶帐篷都像长在布满灰尘的汽车旁边的一个五彩蘑菇。我们经过的时候，人们都抬起头来，有些人朝我们挥挥手，有些人则点头打个招呼。营地上弥漫着一种氛围。我想这种氛围是共同拥有的自豪，这个自豪的一部分是不言而喻的，即我们是共同完成一件艰难事情的一支精选队伍，还有一部分则是来自我们的汽车状况还没有到无法修理的程度。我还不知道大多数参赛者的名字，这在比赛前可能会一直让我苦恼。但是现在，我觉得我有了自己的小家庭。每天晚上，我们都彼此吸引着，分享着彼此的故事，并一起核对第二天的路线。我们会在餐厅帐篷里找到对方，或者，晚饭后在营地周围散步时寻找对方。两个双螺旋把我们大家团结在一起，一个是人们聚成群，另一个则是成群的人聚成一个整体。毫无疑问，我是这个伟大事业的一分子，纵然白天赶路时我会觉得绝望，但到了晚上营地里的友情会将我治愈。

事物的本质

因为有了一些经验和从曼迪那里搜集来的技巧，我现在对这本路书非常热衷。它已经成了我的《圣经》，虽然没穿着红色长袍，我也是它的虔诚的教徒。每天晚上我都把这本书拿到帐篷里，全神贯注地一页页翻看，在重要的路标处用粉色和蓝色的荧光笔标出来，然后要睡觉时才把它放进属于它的那个印有 P2P 标志的红色塑料盒里。我现在不用想就能理解书里的方向符号了。我本能地把目光从路书上移开，往上看里程表后，又回到书上的里程，这一切每天要做一百次，对我们所在的位置和我认为的位置进行一而再再而三的核对。

然而，这本路书并不是什么时候都能救我的。没过多久我就知道了，到了公路上，大自然比任何一个城市委员会的预测更为反复无常。每天早上，我们都有几页经过修正的内容要熟悉。越是深入蒙古内陆，我们要熟悉的变化就越多。沙子淹没了之前还很明显的路，洪水冲垮了桥梁，有走过的新车辙指向了错误的方向，河流太深我们的汽车无法过去。所有这些都需要解释，需要提供另一条路。我和其他领航员一起，一大早就排队领取道路变化的材料，然后在路书上做注释，这样我才会知道原始的指令何时失效，以及何时再回到原始指令。

如果不是还要走那么远的路，所有这一切都无关紧要。不知怎的，我在深入阅读拉力赛前期的建议时，竟没有注意到每小时三十英里的平均速度是成功的机会所在，因为这几乎是可望而不可即的。在路上还不到一个星期，我就不得不把我七小时一天的期望扔到车窗外面，在那里，它们会和我每天在迷人的咖啡厅里享用当地美食的幻想一起败下阵来。我们每天要走十小时以上，还不算除了加油外的临时停车时间。在乌兰巴托这样一个不大不小的城市里，每天结束时，我们还要在拥堵的道路上多走一小时。我已经很疲惫了。再走数千英里的路，很是令人畏惧，我想象不出自己如何才能做到。

另外，我非常清楚，蒙古有很多的自然美景，就在某个地方，这一点让我魂牵梦绕。那几位蒙古博物学家给我看的照片，仍然印在我的脑海里。我想感受一下那些密林的凉爽树荫，听一听奔腾的河流发出的汩汩声，尽情欣赏一下高山上的彩虹色野花。

我们在蒙古走的路就是沙漠，平淡朴素。的确，这个沙漠里确实有生命，但都是些适合生长在沙漠中的生命。我们正在穿越的这块土地自然条件太残酷，那里没有一个村庄。在这片沙漠上，除了沙漠还是沙漠，几乎看不到其他东西，当我们真的看到除了褐色小山以外的东西时，那简直就是伟大的奇迹。

有时候，如果幸运的话，一天会有一到两次，我们会经过一座孤独的毡房，四周是用棍子围起来的凌乱的院子。牧羊犬已经出去了，看门的狗在尘土里打着盹儿。绳子上系着的一块布条在微风中无精打采地摆动着。毡房四周没有看见人，我想他们应该和牧群在一起。放牧一定是在很远的地方，因为眼前我们经过的这块地面上几乎没什么可吃的。这一切已经延续了几百年的时间，除了两个新鲜东西：一个固定在毡房门附近柱子上的碟形卫星天线，两个装好用以提供电力的小型太阳能电池板。

我最喜欢的时刻，是在我们看到寻找新鲜牧草的双峰驼慢慢走过的时候。这些就是我一直叫它们骆驼的那些动物。那些出现在电影《阿拉伯的劳伦斯》里的高大的单峰沙漠骆驼呢？它们不是骆驼，它们是单峰骆驼。车窗外的这些双峰动物才是真正的骆驼，虽然相比一百年前数量少了，但至少它们还没有被摩托化。冬天还未来临，现在正是骆驼脱毛的季节。大片的褐色冬衣现在松松地挂在身上，露出了下面光滑的夏衣，使它们看上去脏兮兮、乱糟糟的。它们优雅地慢慢走着，似乎陷入了深思，覆盖了通向夏季放牧地方的辽阔地面，在这块贫瘠的土地上显得是那样自由自在。轻轻地，它们出现在一座沙山顶上；轻轻地，它们又不见了。

每天早上，我都把我们的快餐口粮牛肉干、高能量小吃食品和饼干分成几份，就好像我们被困在荒岛上一样。鉴于我们缺乏与当地人的交流，我们还不如被困在荒岛上。我往罗克珊娜行李箱里装东西时，四处寻找不会融化的开胃的快餐类食物，在最后一刻我想到了牛肉干。现在我每天都感谢它，因为它经常是我吃的唯一一点蛋白质。我挑出在沙漠中我可能想吃的每一种高能量小吃食品。这些小吃中有榛子、杏仁、咸南瓜子、酸樱桃、蔓越莓干、金色甜葡萄干和微苦巧克力片等。这些巧克力片既让我惊奇又让我烦恼，因为天气这么热，它们竟从不变形。

帮助我熬过改装汽车的那几个月里，我做了很多梦，梦见我会遇见谁，还梦见在中国和蒙古我看到了什么。可眼下，我必须满足于和营地工作人员和村里技师的有限互动。从技术上讲，当然，他们是本地人，但是这些都不是给旅行带来生气的随机偶遇。除了我们停下时围着罗克珊娜的人群外，我还没有跟任何住在这里的人讲过话。我向曼迪和西比尔寻求支持，但他们似乎并不像我那样介意，而且他们也不理解我为何这么在乎。我们来这儿的目的是驾驶汽车，他们说。这是拉力赛，这才是事情的本质。的确如此。

可是我们开车时，我却与自己争论起来。开车本身不就意味着停止吗？如果如此的话，为什么我们总是一味地只开车而不停下呢？我早就开始渴望走走停停地来进行这次比赛了，但现在我意识到，在接下来的三十天里，这是不可能的。我的正常适应能力扬言要抛弃我，让人觉得轻微的怠慢很严重，小问题膨胀成大灾难。

伯纳德一点儿忙都帮不上。从一开始，他就知道拉力赛意味着什么。我假装自己也明白，却忽视了向他询问他是如何看待事情进展的。现在我发现自己大错特错了，我甚至不能向伯纳德解释我的失望。我必须想办法靠自己来对付拉力赛了。至于伯纳德，他的注意力在于如何让罗克珊娜，还有我们俩，到达巴黎，这占据了他的全部时间。

没有麻烦的白天，劳神费心的夜晚

哈尔和林

　　在乌兰巴托完成的修理，能坚持二百三十英里。虽说路上被意外地耽搁了，但这也足够让我们到达蒙古的旧都哈尔和林了，这时太阳仍然高高挂在天上。在沙漠里，我们经过另一辆拉萨尔汽车，它的驾驶员苦心思索着发动机的问题。看到拉力赛车停在沙漠里已经是司空见惯的事情了。开始时，我还以为他们是停下来拍照或者吃东西，但很快我就了解了几乎每个人都是需要修理汽车才停下的。有时候，旁边会停着一辆技师的修理车，为让汽车回到比赛中来所有人都在拼命地工作着。但是，随着故障车数量攀升到两位数，只有屈指可数的几辆修理车，大多数团队则是靠自己在挣扎。在组织方第一天给我们的两个指示牌中，有一个是"紧急救援"（SOS），另一个则是"没事"（OK），这位男士在他的挡风玻璃上放了"OK"牌子。在伯纳德驾车经过时我认出了这辆车。"嘿，"我喊道，"那是古斯塔夫。"伯纳德一个急刹车倒了回去。"哦，算了吧，伯纳德。他们牌子上写的是没事。这是我们头一次这么顺利。继续走吧。"我们是在把两辆相似的车停在一块儿时与古斯塔夫和他妻子握手才彼此认识的。我只知道他们说法语，其他的就什么也不清楚了。

"迪娜，他们也是一辆拉萨尔。我们得看看他们需不需要帮忙。"

两位男士头挨头。我捡起我那一点点法语，古斯塔夫是卢森堡人，可假如说听懂英语的自动力学对我已经算是挑战了，弄明白他们用法语说的汽车术语就是不可能的了。很快，伯纳德从行李箱搜出我们的工具包。"迪娜，你来看看我们有没有四分之三英寸长的螺栓？"他用法语问我。

"当然。我们有好多呢。"我很悔恨自己暴露了只关心自己不愿意帮助遇到麻烦的人的事实，所以我异常卖力地在满桶的备用螺母和螺栓里翻找着，准备给古斯塔夫一把螺栓，来弥补我之前的自私。

我走到这辆被困住的汽车时，心里禁不住拿它和我们的车比较起来。这辆车比罗克珊娜早几年，是一辆漆成亚光黑的敞篷车，哪哪儿都看不出可爱的样子。在我递给古斯塔夫螺栓时，他轻轻地推了我一下，让我看他的妻子，告诉我她只会说法语。她坐在一个古斯塔夫为她支起来的一个折叠凳上，满脸忧愁，因长时间坐在敞篷车里，白皙的皮肤被风吹日晒得通红。虽然我很爱伯纳德，但是三十五天里除了他不能和任何人讲话，也会让我们陷入长时间的沉默。我很理解和同情这位女士。

"你好，女士，"我说，我之所以比较正式地称呼她，是因为她看上去比我大，而且我是头一次和她讲话。我开始喋喋不休地谈论天气的炎热、长长的白天，还有营地的伙食等。她点着头，但是不怎么说话。终于，我找不到什么新鲜话题了，就建议找个晚上我们在一块儿吃饭。听到这个，她面露喜色，整个人有了点精神，朝我凄凉地微笑了一下。"这会让我很快乐的。"她这样告诉我。我决定我乐意偶尔做这位女士的女伴，如果这样会让她感觉好一些。当时，我一点儿都不知道古斯塔夫对我另有图谋。

我们晚上住宿的地方是在一个有固定蒙古包的旅游营地，让人激动的是，我们不用从车里把折好的帐篷拿出来了。这里是真正的蒙古结构，中国境内的都是仿蒙古的。走近时，我们经过一座有年头的寺庙——额尔德尼昭，这是蒙古第一座佛教寺庙。这里过去曾住着一千名和尚。和众多古代遗址一样，它也遭受了岁月的摧残，更不用说二十世纪三十年代斯大林大清洗运动的蹂躏了，在此期间，除了三座原有的百年寺庙外，其余的都被毁掉了。高大白墙上的一扇华丽木雕门开着，能看到里面留下来的古老建筑的庄严和美丽。我们开车经过时，我第一眼就瞅见了两个身穿栗色长袍、脚上是卡骆驰鞋子的和尚，他们故意在废弃的四边形地上大踏步地走着。我们很想去拜访，可是我们必须在终点时间控制点签到，不然会被罚分，因此我们没有停下来。虽然我们已没有可能夺取金牌和银牌了，这两项奖励都要求每天在指定时间在MTC打卡才行，可是我们仍然尽可能地努力遵守拉力赛规则。这让我觉得更有体育精神，尽管从组织方似乎要解散我们的方式来看，我猜想只有我们才这样认为。

我们现在到了山上更高处了，一条小河流过我们营地周围的田野。虽然这里的景观还不是我想象的那样欣欣向荣，但是令人心旷神怡的新鲜空气让我很乐观。我们将罗克珊娜停在分配给我们的蒙古包前，那里甚至都长着绿草呢。更多的汽车到了，人们组织了一场比赛，展示当地蒙古摔跤手们的技能。在拉力赛车组围成的圈子里，两个身材魁梧、橄榄色皮肤、穿皮革内裤的男人，在下午的寒意里昂首阔步走上来。突然，他们旋转着快速向对方冲去，然后扭打在一起，直到一方把另一方摔倒在地上。被摔出去的那位重新跳起来，同时获胜者趾高气扬地绕着圈子走着，拍着胸膛，两只拳头胜利地在空中挥舞。我们大声呼喊着，表示赞成。

由于一时的精神错乱，一位拉力赛驾驶员拉开裤子的拉链。他跳着脱下袜子和裤子，走进圈子里。我几乎要避开眼睛。与他对手黝黑的皮肤与光滑隆起的肌肉相比，他的身体显得苍白而且肌肉松弛，身上很快起了一层鸡皮疙瘩。他看上去很滑稽，但是我们所有的人还是对他大声呼喊表示鼓励。那位蒙古摔跤手表现出了良好的主人风度，三十秒后才把他摔倒在草地上。现在他苍白的肩膀上沾上了绿色的污点，但他还是站了起来，像矮脚鸡一样跳着准备再试一次。我欣慰地拥抱了伯纳德一下，既因为我们两个今天晚上都来了这里，又因为我很高兴伯纳德不是那种跳起来就去与蒙古摔跤手争斗的人。虽然我认为如果真是这样，他也一定能赢。

另一件高兴的事在等着我。就是我们开进来时我看到的一个淋浴房，房顶上安装着一个大型热水箱。因为当时想着如果让其他人先去我可能会交上一些朋友，又发现我的毛巾落在行李箱里了，所以我去得晚了。等我走进浴室时，显然没有人觉得很拘束。滚滚热水扬起的醉人蒸汽足够让我醉了，参加拉力赛的其他五十七位女士当中，多数人都已经享用了这一乐趣。有生以来，我很少这样迅速地脱下衣服。我抓着不大的旅行毛巾盖住我那更小的前胸，把满是灰尘的工装裤放在长椅上，沿着黏糊糊的走廊，惊慌地跑到小隔间里。

到现在为止，我还在浑身发抖，从不合适的门里吹进来的北极风，让我更冷了。"忍一忍，迪娜，"我对自己说，"马上就有热水了。"

我转向水龙头，等着。一些温暖的水滴从喷头那里流下来。这种期待真是折磨人。我看到过有一个重力输送管通向我在的淋浴房位置，所以我知道从房顶水箱流过来的水能够到我这里。为了不浪费一滴水，我蹲在锈迹斑斑的喷头下面屏住呼吸。我听到了伴随着水管呜呜声传来的汩汩水声。好迹象！我把水龙头调到我希望是完全打开的位置，结果，我一下子就被冷水淹没了。

我喘息着、咒骂着，让水溅在身上，以消除累积的灰尘。我能做的只是冲洗身上骤起的一堆鸡皮疙瘩。"谁会注意到为了别人的淋浴快乐而牺牲了自己呢，"我责备自己，"你这个白痴！"我又加上一句，以让自己记住这个深刻教训。不到一分钟的工夫，我就出了浴室，踮着脚尖快速穿过冰冷潮湿的走廊，到了女换衣间，身上还潮乎乎的就穿上了满是灰尘的衣服。碰巧，我刚出女换衣间，就看到伯纳德也从男淋浴房走出来了。只是，他的皮肤是温暖的粉红色，而我则被冻得皮肤发红。我们彼此看了一眼。"什么也别问。"我说。他一只胳膊搂上我的肩膀，我耸耸肩，生了好半天的闷气。

天快黑了，一位当地的牧者赶着十匹蒙古马来到营地，这是我见到的第一个牧群。它们都还很小，大大的脑袋，粗糙的鬃毛，背上装上了马鞍，准备好被人骑了。与我在美国家乡的结实的美国夸特马相比，这些充其量也就是一些好斗的小马驹儿。不过，我还是无法抑制住自己的欣喜，身边终于有了马儿。首先，我转向伯纳德。"你也来吗？"我问，希望这次旅行中和他一起经历一些与汽车无关的事情。

"不，骑马是你的最爱。我在旁边看你骑。给你照相。"如果他是在为刚才他用了热水的事做弥补的话，我接受了。

蒙古语里面有一句老话："没有马的蒙古人是没有翅膀的鸟。"

那天晚上，天上的金星很亮，几颗傍晚的星星也在闪闪发光了，我跨上一匹强壮的栗色小马，沿着绿色一路小跑下去。它的步伐起伏不定，很难控制它。可能是科罗拉多的马语和蒙古马能听懂的语言不同吧。混合着尘土的温暖的小马汗水和我脸上感觉到的新鲜空气让我渴望回到家乡。还有，在遥远的蒙古，坐在马背上是多么有诗意的一件事情，我立马就只考虑让马儿一路小跑，管他什么讨厌的道路和混淆的航点。伯纳德的身影慢慢远去，最后变成黑暗田野上的一个小点。我很兴奋天地之间只有我和小马。直到后来，我不那么兴奋了。他的身影在黑暗中越远，我越觉得自己丧失了亲人一般，似乎我的一半被撕裂下来留在了后面。天越来越黑，我慢跑了一个不规则的圈儿，然后就往回返了。伯纳德看到了我，胜利地高高地举起双臂，小马被牵走了，我沉浸在他的热烈拥抱之中。

和多数拉力赛消息一样，一个非正式消息说，那天晚上安排了一场有娱乐节目的特殊晚宴。所有人都要参加。多亏了一位慷慨的参赛者，利用他的人脉为整个比赛队伍搞来了成箱的酩悦香槟酒。这一举动振奋了我们的精神，我特别期待着与伯纳德和朋友们一起喝酒。我翻遍了罗克珊娜，找出一些宝贵的牛肉干和一些补充能量的黏甜柠檬棒，来额外款待朋友们，心想他们肯定会很惊奇。因此，我满载着这些东西，走了很长的路才到餐厅，一路上享受着稍微有点潮湿的洁净的夜晚空气和脚下带有弹性的绿草。我享受着这天地间只有我一人的难得机会。在我绕道走时，看到一个我之前没有注意到的漂亮小蒙古包。就像是在童话里一样。窗户里灯光闪烁，我还听到不时被尖锐的笑声打断的低声说话的声音。"啊，一个秘密的发现。"我想，心里已经在盘算着在这个难忘的夜晚结束时和伯纳德一起来这里了。我拉开门，往里看了看，满指望看到一群当地人围在一个服务员周围。蒙古人很好客，我确信我会被邀请进去喝一杯。可是，我看到了马蒂厄和他的同伴坐在装饰豪华的蒙古包里，桌子上放着开了瓶盖的葡萄酒，一位蒙古歌手在为他们表演。他抬起头来，看见了我，詹姆斯也看见了我。在乌兰巴托我们一起修车后，我觉得我已经了解詹姆斯了，或者，如不是"了解"，那么至少也是熟悉，因为他看到我时有时候会点头招呼。虽然，我也注意到有时候他看见我并不点头。我已经忘记了后面的情节，我认为这不是他摆架子，而是他被自己汽车的问题分散注意力了。虽然，因为他有自己的技师，我想象不出他的汽车会有什么问题。

"现在我的机会来了，"我想，"詹姆斯很显然是一位慷慨体贴的人，因为他就是那个让大家都喝上香槟酒的人。"我期待着他挥手让我进去。就在那时，詹姆斯摆手让我出去。没错，我不可能理解错这一手势，他在赶我走。马蒂厄没有动。我就这样当即遭到了拒绝。

这打在我本以为找到的归属感上的一巴掌，让我疼得就像那天下午洗的那个冷水澡似的。我发现自己很渴望不在乎，渴望自己享受马背骑行、与伯纳德共同努力和已经走了这么远的路所带来的快乐。然而，我希望与之做朋友的人们，却用手势告知我他们不想我加入他们，这也是不可否认的事实。它让我受的伤害和我刚上学时一样大。唯一不同的是，那时我十五岁，现在我五十岁。五十岁了，难道我不该长大成熟了吗？

我打开餐厅重重的门，里面的人们在欢快地喊叫着。餐厅里到处是嘈杂的说话声和攒动的人头，灯光黑暗，热气腾腾，就像在桑拿屋一样。所有的人都挤在一起，打开的香槟酒瓶，从一个人手中传到另一个人手中，人们直接拿着酒瓶喝酒。这是名副其实的狂欢。我抓住一只酒瓶，看到自己的小圈子坐在一张已经坐满人的桌子那儿，看见古斯塔夫和劳拉正站着与另外一对交谈，可是劳拉似乎并没有参与谈话。我穿过人群到了伯纳德那里。"看，"我告诉他，"我拿来些牛肉干晚餐时吃。"我们每人喝口酩悦香槟。"罗伯特和曼迪在那边，"我喊道，朝人群里指去，"他们的桌子已经挤满了人。我们找个地方坐下吧。"我赶紧抓住别人还没来得及占上的几把空椅子，把盛牛肉干的袋子拿出来扔到桌子上。"大家随便。"我对坐在桌旁的其他人喊道。没有人动。牛肉干是我在拉力赛前做的最好的决定之一。它不光是有机牛肉，还有辣味、酱香味和甜味不同的口味。对于外行人来说，牛肉干和靴子皮革一样一点儿都不鲜美。"它样子可能不好看，但是很好吃。"礼貌起见，他们每人拿了一小块儿，但很快，只见所有的手都伸进袋子里，香味扑鼻的牛肉干随着一口口清爽的香槟进了肚。

我用眼瞟了瞟，注意到三个高大的蒙古妇女在大步穿过人群。她们穿着红色丝质服饰，那种一直垂到小腿处的传统宽松的蒙古袍，领子高高的，右肩上缝着纽扣。她们都戴着一顶丝绸和天鹅绒的礼帽，低低地顶在光滑的黑色长发上。她们脚上穿的是脚尖上卷的皮靴，装饰有丰富大胆的颜色和刺绣贴花。她们在朝一个凸起的小平台走去，在穿过人群时她们把乐器顶在头上。晚上的娱乐时间到了。

女人做什么

哈尔和林—巴彦洪戈尔（Bayanhong Hor）

    第二天早上，我看到詹姆斯坐在他的敞篷车里，想起那次被他拒绝的事情，一股热热的羞耻感油然升起。那是一个美丽的早晨，太阳微笑，空气明亮，我不想一开始就心情不好。我可以从他身边走过去，但是我又说服自己做点什么。当有人伤了我的感情时，通常情况下我是不会轻易原谅他的。我笑着说："詹姆斯！昨晚的香槟酒太妙了。你真是很慷慨。你让大家都很快乐。"这是事实，而且说出来我也感觉好多了。詹姆斯看了看我。他并没有对我微笑，但是我看到他的眼睛周围有轻微的皱纹，这说明他可能很高兴。

    那天看似轻松，我们决定在规定时间十点半离开。这就让我们有机会参观一下昨天经过的那座寺庙。我们从一扇打开的大门进去，两边粉刷过的锯齿形墙壁守卫着神圣的内部建筑。里面散落的是像被一只巨大的神圣之手撒下的一些砖木小庙，每一座都坐落在自己凸起的小院子里。虽说有些褪色，可我还是能够从残余部分看出，这些建筑昔日曾被涂成艳丽的黄色和红色。现在，只留下一些微弱的彩色条纹，其余的都被几百年的风吹毁了。庙里和尚很少，也没有政府机构或者非政府机构对它投资修缮。我们徘徊在被苔藓染黑的石路上，四周寂静得能听到说话的回声。我走上一处庙宇院落，很小心地走着，恐怕踩碎可怜的几片草叶和挣扎着生长在那里的零星的几朵蔫花。碎裂的寺门关闭着，破窗子上面钉上了木板，我们绕着寺庙走了一圈，审视着风化的外部上面模糊的雕刻。这里很安静，安静得我都能听到微风吹过时发出的轻微的哨声。尽管这样，空空的庭院却与一种难以言喻的灵性产生了共鸣，似乎在说："你们可以拆毁我们，但是你们不可能毁灭我们。"

那天是个艳阳天，阳光明亮灿烂，站在高处能够清楚地看得很远。我们回到路上，还能看到寺庙的高墙的时候，我们向左转弯，加速到三挡，减震器装置不行了。在乌兰巴托的八小时的工作化为了乌有。我们重新回到哈尔和林，五分钟前我们还以为再也不会再见的村庄里。

"能修车吗？"我朝着窗外一个骑在摩托车上的男人喊道。他点点头，手臂一挥，示意："跟我走。"我们慢慢地在越来越窄的巷子里行驶着，经过几个锡棚屋，屋前的泥土地上坐着几个婴儿，由家狗看护着。我们的向导指了指一扇大门里的一个杂乱的院子，那里有几个发动机和摩托车残骸。这就是我们的修理间。伯纳德把罗克珊娜倒进来时，一个穿短裤和凉鞋的瘦瘦的黑皮肤蒙古人站了起来，一缕黑发飘落在脸上，嘴上叼着一根香烟。他身旁是他个人的焊枪，这正是我们需要的那种焊枪。伯纳德开始用手势和沙画来向他解释需要的东西。很快就来了几个人，他们斜靠在各自的摩托车上，抽着手卷烟，说着他们各自的想法和建议。

我跺了几下脚，想发泄我的不满。在蒙古我们才走了三分之一的路，就是到西伯利亚还有一千一百二十英里的距离。这条路总是那么漫长，景色也那么让人敬畏，路上的惩罚那么毫不留情，这让我很烦。我只想强烈表达我的不满，并不想冒犯这里的任何人。他们很有礼貌，自愿停下手头的事情来帮助我们。伯纳德并不理解我的这种反应。"有什么大不了的，"他会说，眼睛盯着我，"干吗去担心不曾发生的事情？我才不在乎呢！"

　　幸好，一位留着很糟糕发型的苗条妇女救了我，她的一头黑发乱糟糟地支棱着。她从维修间里探出头来看看我，示意我进去。跨过油腻杂乱的门槛，我进入了一个私人空间，一半是办公室一半是家，都在这六英尺宽十二英尺长的狭窄空间内。后面，紧挨着一张小书桌和一把扭曲的椅子（这两样东西是这里繁荣的标志）的是一个双头燃气炉。我喜欢在人们的厨房里自由自在和房子的女主人闲逛，拿出饼干和杯子享用可口的热饮。因为不了解这里的礼节，我漫无目的地转来转去，不确定是应该在桌子上工作，还是挤进炉子旁边狭窄的空间里帮忙修理。这时，我感觉到有一只手搭在我肩上，看到一个手势指向地面，我的女主人礼貌而坚定地坚持让我坐在一个上面摆着粉红花被的薄垫子上。我舒适地在地板上坐了下来，我们两个都沉默了，她从一个罐子里倒出一些水，装满一个白铁壶。我有充足的时间等着水烧开。她往一个碎裂的茶壶里扔了几把叶子，泡茶。我在旁边看着。她递给我一个小塑料杯。茶水很烫，里面放了一大勺糖搅拌着。因为不会说对方的语言，我们像全世界女人那样打发时间。她拿给我看已经卷了边的家人照片。我"噢""啊"地赞美着。我们为彼此之间无效的沟通大笑着。我恨我自己，怎么没带上照片来分享。我们一起喝着茶，比较着结婚戒指，分析着我们的鞋子，微笑着，就这样很长时间过去了，罗克珊娜终于修好，可以带我们上路了。

两小时以后，我们又回到了路上，默默地向前行驶着。我眼睛盯着窗外，外面的景色依然是一片褐色。有时候，我甚至感觉我们根本就没有往前移动。很难相信，这里的乡下比以前更加空旷，但事实就是如此。我们离阿尔泰山顶峰依然很远，可是已经可以看到有地方有雪融化了。偶尔，我的意思是每隔几小时，我们会到达一处水流清澈的小溪旁，经过又一个摇摇晃晃的木板桥。每一座小桥看上去都是一样的，我们必须小心上面的木板，它们像跷跷板一样，在罗克珊娜的轮子经过时发出"当当"的声音，然后就看不见了。我相信它们的坚固性，理由很简单：下面小溪里没有翻了的拉力赛车。在每一座桥附近，因而也是在水边，都有一个孤独的蒙古包。这些蒙古包都很简单，不过幸亏水量增加，它们现在都有一个小花园和几棵棍子一样的树木。

伯纳德大概每一个半小时就会停下来，检查一下车身下面。一次检查完后，他从车底下出来，带来了坏消息。罗克珊娜的钢板弹簧裂得更厉害了。我知道钢板弹簧长什么样，因为我在改装罗克珊娜的时候见到过。它是由轻微弯曲的重型钢做成的，两端稍微卷曲，这样才能固定在汽车尾部下方。我曾认为这个东西是多余的，因为在我看来似乎一个弹簧上总会有几片钢板。我的设想是，如果一个钢板裂了，剩下还有几个钢板来收拾残局，不会有什么大问题。我觉得这样想很聪明，有点像我们的双燃料泵一样。

看到伯纳德皱紧眉头，我就知道我们的麻烦大了，而且我的关于钢板弹簧的设想是错误的。我的反应和我三岁时那次一样，但即便是那时也没起什么作用。我什么也没说，想着如果我不理会，它就会自动消失。鉴于伯纳德脸上明显的担心，我怀疑，如果钢板弹簧整个裂了，那么我之前许诺罗克珊娜不会发生的事就会发生了。我们将会陷在戈壁滩中，无法出去。就像我在五岁，或者七岁，再或者十五岁时，虽然嘴里不说出我的担心，但内心已经开始焦虑得翻江倒海了。

和我一样，伯纳德现在是擅长什么就做什么。面对迫在眉睫的灾难，他放松了下来，一只手握着方向盘，另一只手放在我们俩中间的储物箱上。我也学他。反正，事情已经发生了，痛哭流涕也于事无补。这并不是我自暴自弃。这时的我更像身处飓风的中心，那里反而是异常平静，一点儿波澜都没有。

伯纳德眼睛现在好多了，可是他的脸开始显示出很憔悴疲惫的样子。我伸过手去抚摸着他那粗糙的胡楂，想起来我们初次相见时的那种褐色胡子，注意到现在已经明显花白了。他用空余的手放在我的手上，我们就这样往前继续行驶，他左手握方向盘，我右手放在路书上，我们另外的两只手握在一起，放在我们中间。

马戏团大象
巴彦洪戈尔—阿尔泰—科布多

我们离高高的阿尔泰山越来越近，我十分清楚地意识到，在中国时，我们和人们之间进行的交流即便很少，也已是过去的事情了；带我们穿越这个非凡国度的 P2P 拉力赛，将不会让我们和我梦想中的当地人有任何的联系。从好的方面来看，当我终于见到骑在马背上的蒙古人时，我就会感到非常快乐。那个人就在那里，是骑在一匹很小但喂养得很好的黑马身上的一位年轻人。他身上松垮的棉衬衫上系着一条宽皮带，在风中像波浪一样飘动着。他手里拿着一根细棍子，棍子一头系着一条鞭绳，他就用这个棍鞭赶着羊群向前走着，慢跑时把鞭子轻轻地搭在肩上，就像希腊神话中的半人半马怪物真实出现在我面前一样。在单调的景色中连续行驶了几小时后，只要见到人都能让我们无比快乐。同时看到一个人和一匹马？哦，我已经放弃了这种希望。我们面面相觑。在这个广袤无人之地，他看到我们很吃惊，我们看到他也很吃惊。他构成了一幅美丽的风景，一个人和他的马站在与他们很匹配的景色中。

从不好的方面来看，我的疲惫与日俱增，我越是感到精疲力竭，就越要挣扎着保持乐观。我一直都很情绪化，是那种困惑的成年人所描述的头顶上永远有一团乌云的小孩子。为了这次拉力赛，我曾经给自己定了一项任务，就是要额外地努力变成一个讨人喜欢的人。幸运的是，我身边有一些优秀的人可以学习。那天晚上在巴彦洪戈尔，我们与罗伯特和曼迪在一起吃晚饭。"你们今天过得怎样？"我问罗伯特，把餐盘放在桌子上。他没有回答我的问题，而是说："我给你拿瓶啤酒来。"然后就离开了。回来时，他把冰镇酒瓶重重地放在桌子上，把手放在我双肩上用力地按了按，坐下来，然后朝我投来一个恶魔般的笑容。"你刚才问我今天怎样？很糟糕！可怕！对吧，曼迪？"他大声笑起来，我都不知道该怎么理解他的话。

她开心地笑起来，解释说："我们今天六次爆胎。"罗伯特正在擦拭眼泪，把手指伸进满是灰尘的头发，一绺绺地往上抓起来。

"六次爆胎！"他重复着她的话，"我多幸运。"

"你幸运？"我问道，彻底迷茫了。

"是的。因为我带了七个备胎。"他欢乐地大叫起来。

曼迪充满深情地困惑地看了罗伯特一眼。"这没有让你抓狂吗？"我问她。

"为什么呢？这样我就有时间下车休息一会儿了。"她的头发，也是一绺绺地竖着，但是配上晚饭时她涂的口红和身上穿的那件紧身白色 T 恤，在她就显得很时髦。我心里想着哪天也买一件性感的白色衬衫，但我忽视了一个事实：这里没有可买东西的商店，即便我真的有时间去买。

我并不是唯一在挣扎奋斗的人。经常纠缠我的焦虑，也会给别人带来麻烦。营地的餐厅帐篷里的氛围，不再像以前那样充满欢乐了。现在很少听到有人笑。人们垂头趴在菜盘上，眼睛视而不见地凝视着眼前的胡萝卜，焦虑、疲惫或者沮丧得说不出话来。整个拉力赛的基调变了。我听说，我们在北京交的朋友拉尔夫迷路了，就连 GPS 坐标都找不到他。后来我才知道，他和他的儿子两天里只能喝点儿温热的芬达橙汁和吃一点儿有限的几块饼干支撑着，直到一辆当地的卡车经过救了他们。在这之后，他们又连续七十二小时超人式开车，之间没有睡过觉，最后在俄罗斯赶上了我们。一辆小菲亚特车消失了。没有人知道他们在哪里，也没有人知道如何找到并和他们取得联系。我想，罗克珊娜总有一天也会在某个偏僻的不能再偏僻的角落遭遇灾难性的故障。如此，我就会被丢在那里，每天吃一点儿柠檬 Luna 棒，而伯纳德渺小的身影则消失在远方黄褐色的山上去寻求帮助。

组织人员一直在进行无线电联系，试图找到其他迷路的车组，组织卡车去拖运失事的劳斯莱斯汽车。人们最后一次兴奋联欢，还是在哈尔和林大家一起喝香槟的时候。此时，紧张的气氛笼罩了整个营地。就这样，夜以继日，日以继夜。很多车队一直到午夜还没有到来；还有人担心完不成第二天的行程，选择此时出发。修理人员则疲于应对修理、焊接、牵引和备件等各种要求。他们顶多躺下小睡半小时，不停地喝咖啡、吸烟、发火。至于他们很轻松地答应按签到顺序修车？这从来就没有兑现过。向来就是那些抱怨最多的人先受到他们的关注。每个人都累得像僵尸一样。人们快速地吞下几口食物，就又回去修理他们残疾的汽车了。如果有人得知镇上哪里有很好的技师或者装备齐全的修理店，他们就会对这个消息守口如瓶，就好像这是什么不可泄露的国家机密一样。

还有其他的坏消息传来。有人在路边车底下修车时，他们一整袋子的工具都被人偷走了。白天的时候，汽车在哪里出故障，人们就被迫就地修理。在蒙古，这意味着车子可能会在沙坑里、在砾石路上，还可能是在山脊上出问题。如果碰巧遇到拉力赛修理车路过，他们会停下来问你需不需要帮忙。如果你说需要帮忙，他们也会帮你。但如果你认为自己能够应对，你就做个经典的"OK"的手势，就是将拇指和食指的指尖捏成一个圆圈，其余三个手指竖起来。他们就会继续前行，寻找遇到更大麻烦的人。我一点儿都不担心在沙漠里行车会丢东西，因为周围根本就没有人。可当一天结束，我们靠近村子时，情况就不一样了。在村子里，人们会就像饥渴的山羊看到小溪一样，拥向我们的汽车。至于那个被偷的工具包，所有人都认为是当地人干的，虽然我也有点怀疑是那些拉力赛车组中仅带了一把螺丝刀和一个扳手工具的人干的。我发现很容易理解为什么满满一包的工具会成为很有诱惑力的作案目标。这里的人们很穷，即便是一个工具，对他们来说都是一笔不小的财富。所以，当伯纳德在镇上修车时，要是他在车底下进行，我就会一直站岗。我很高兴干这个，因为我终于找到了一种与当地人面对面的方式。

我身边的一切，从衣服鞋子到放在罗克珊娜储物箱里钢笔的数量，都明确地表明我是一个外行。甚至是我屁股周围那层软软的脂肪也在告诉别人，我生活是多么幸福，因此也是多么与众不同，虽然由于我吃高能量小吃食品和牛肉干，还有不停地焦虑，那层脂肪在慢慢地收缩。还有，哦，是的，罗克珊娜的小问题。它很难惹人注意。所有这些，都使我成为人们注意的对象。每当我们到达一个城镇试图修车时，我立刻就会吸引一大群人来。人们像小孩子看巡回马戏团一样聚在周围。我就是那个穿着粉红色短裙的大象和三个圆环的结合体。

这是一种令人尴尬的奉承。我沾沾自喜还没几分钟，就意识到人们感兴趣的根本不是我。他们想看的、摸的、坐进去的，是罗克珊娜。他们在它四周挤得里三层外三层的。汽车的每一个微小细节都那么新奇，让他们激动。人们有的试着系上安全带，有的上下移动着挡风玻璃的遮阳板，有的把遮阳板上厚实的塑料夹子打开夹在手指和鼻子上，有的像弹僵硬的吉他一样拨弄着雨刷，还有的把塑料储物箱弹开又关闭。罗克珊娜的尾灯、挡泥板、方向盘和轮胎被人们敲敲、转转、摸摸，还不时发出惊叹声。我站在旁边，就像一个自豪的母亲，很高兴罗克珊娜能够给人们带来快乐，同时也禁不住暗中注意着车里那些可以搬走的东西。这些东西我们一样也不能缺，都需要。

　　我们经过或者在一些镇子里停下来，希望找到更多修车的地方，但是这些镇子简直是一贫如洗。我看到一排排低矮的混凝土房屋，很多屋顶上竖起的钢筋就像乱蓬蓬的鸡冠，墙壁本来应该安窗户的地方却开着洞。在开罗那样的城市，钢筋的作用是确认一座建筑还未完成，因此应该得到减税批准。然而在这里，裸露的钢筋只能说明要么资金用完了，要么人们不想接着盖了，再不就是没有需求了。不过，一个村庄仍然体现着这里的人性，我要在甚至最为荒废的建筑中做短暂的停留，要不我们就得在沙漠砾石上继续行驶十四个多小时，在崎岖不平的搓板路上迎着午后的太阳顶风前进。从文化习俗上看，蒙古人是游牧民族，当不去征服周边国家时，他们是善良的、慷慨的。他们有很好的装饰意识，他们的移动蒙古包内部色彩艳丽、雕刻精致。不幸的是，随着中国对存在于蒙古焦渴的土地下的各种矿石的无止境的需求，他们被来自中国的采矿利益所困扰。由于富含铜、煤和金等矿物，采矿许可证的发放，让蒙古在二〇一一年就进入了世界经济增长最快的国家之列，也导致一些国民开始把他们的家乡称作"矿古国"。以前，人们用栅栏将开放牧场围起来，保护新的矿山，这使得住在山上的家庭没有足够的土地维持他们的牧群。于是他们卖掉牧群，以期在镇上找到一份工作，结果是牧群没了工作也没找到。没有了牧群，他们就不能再回到乡下，因为即使回去了，也没有什么赖以生存的手段了。

尽管搬到城镇可能让他们失去谋生之道，但这并没有让他们失去热情好客的本性。那些挤在周围的人都很欢迎我。人们咧嘴笑时露出间隙很大的牙齿，笑容在核桃棕色的脸上刻下了深深的皱纹。我也备感高兴，因为我至少有一次机会，为这些流离失所的人的艰苦生活带来一点儿新鲜内容。他们是迫于环境而不是自身的意愿而成为城镇居民的。没有了工作，他们就在大街上徘徊，聚在只有空架子的商店旁，分享着一根手卷烟，消磨时光。

在一个镇上，我们发现了一个很方便的修车点。是有人在镇子中央的街边建的一个有缺口的染色斜坡。它向上倾斜四十五度，很显然是要抬起一辆汽车的角度，中间有一个空隙，你可以站在车下面进行修理。然而更好的是，它是在开阔的室外，不是在某个人的工作间里，这就意味着所有人可以免费使用。我们觉得自己真的非常幸运，因为我们经过时，斜坡上没有其他车辆。一时妨碍我们的，是两个混凝土斜板之间空隙处的一堆垃圾，两条狗正在那里四处嗅着找早餐吃。

和往常一样，人们开始越聚越多，伯纳德把罗克珊娜倒开到斜坡上。他们同时倒吸一口凉气，似乎把空气里的氧气都吸走了，因为每个人都在等着看他出错，将罗克珊娜从坡上推倒在下面的垃圾堆里。伯纳德很能干，当他关闭发动机跳进垃圾堆里时，欢乐的人群集体向前拥去。我站在斜坡高处，向下递工具给伯纳德拆下减震器。站在那儿，我注意到一个小女孩，拉着妈妈的手站在人群的外围。她们两人看上去都很好奇，但又太害羞，不敢向前挤。

我礼貌地把专注地敲着罗克珊娜挡泥板的几个男人推开，设法打开行李箱。我要在礼物包里找一个会让一个小孩子喜欢的东西。我找到了：一个六英寸高的棕白色填充泰迪熊。可当我走出人群时，那个妈妈和她的孩子已经走了。我四处扫了一眼，最后在路的尽头附近看到了她们，妈妈故意大步走着，手里抓着女儿的胳膊，身穿褴褛的红色连衣裙的小女孩在妈妈身旁一路小跑着，却回头看着我。我向她们跑过去，把玩具递给小女孩拿着。她站住了，一动不动。她没有伸出手来，而是看了看她的妈妈。她妈妈无动于衷，并没有鼓励她接着的意思。我觉得自己太可笑了。在人们所需要的东西中，一个填充动物玩具绝不是他们迫切需要的。不过话又说回来，玩具就是玩具。我蹲下身，拉起小姑娘的手，把小熊放在她手里。她紧紧地抓住小熊，眼睛盯着我的脸。她们母女两人走了。

早间习惯

巴彦洪戈尔—阿尔泰

伯纳德爬出睡袋，披上几件衣服和一件马甲以抵御黎明前的寒冷，这时的整个营地还在酣睡之中。不用讨论，我和伯纳德在比赛中就有着同样的节奏。这也是结婚二十年来养成的习惯，我很感激这种习惯。在我们一起创建公司的那些年里，我们两个就想出办法，让我们一天二十四小时在一起而不激怒对方。也许，到目前为止，我们做的最有压力的事情，就是建设我们的家园了。专家们声称这是为离婚开的最终处方。我觉得这很难相信。我花了很多时间自己挑选浴室用的瓷砖。为什么我要让别人在那里享受淋浴？

在拉力赛期间，我们两人甚至不用讨论就同意的事情之一，就是我们都希望在路书指定的目的地过夜，如果必须单独待在沙漠里并且因此走更远的路才能完成第二天的路程，我们会感到沮丧、不快乐。一想到越来越落在别人后面，我们两个就浑身发抖。我们还一致认为，对我们来说睡眠和食物，两样东西差不多一样重要。结婚多年来，我们两人都喜欢十点半以前上床睡觉，第二天很早起床。在比赛中，一切如故，没什么变化。大多数车队修车一直到夜里很晚。在参加比赛的人当中，很多人一晚上喝的酒比我一年内喝的还要多，在睡觉前还在修理他们的汽车，或者他们认为是在修车。我的看法是，由于喝了那么多酒，他们的修理工作可能不像他们自己想象的那样精确。也许，正是因为喝了酒，他们很可能并不在乎呢。晚饭后，我们就回到帐篷，伴着从餐厅帐篷里传来的笑声，我们爬进了睡袋，这样伯纳德在白天时就可以不用手电对汽车进行检查了。

我们早晨的惯常行动是令人愉快的。这省去了我们不停地讨论谁要做什么的麻烦。我不喜欢早上聊天，我喜欢很快知道我要做什么，然后就默默地开始行动。还有一个额外的好处：清晨很安静，太阳升起时，露水晶莹闪亮，偶有一只小鸟盘旋着向上飞去。伯纳德手拿工具包，钻到汽车下面，这时候唯一起来活动的人们，就是那些营地的工作人员，他们在忙着准备一千只煎鸡蛋、一吨土豆泥、几个游泳池那么多的咖啡，还有几桶的切片水果。

在伯纳德紧一紧这里、润滑一下那里的时候，我就把我们的东西打包并整理汽车。考虑到在蒙古一路上总会有灰尘，我还试着把汽车打扫干净，但是肮脏的抹布只是将灰尘从汽车的一个地方转移到另一个地方，然后都落到我身上。接下来，我们开始折叠我们的自搭帐篷，这件工作很棘手，有时候还会让我们出丑。我在家用心联系的这一法国人独创的奇迹，现在几乎和伯纳德一样都是我的心爱之物。每当我们天黑后到达一个营地，知道我只需把它从袋子里倒出来，在空中弹开，然后我们过夜的房间就会完整地飘回地面，这让我感到很安慰。在车里坐了几小时后，能够完全站在里面，这给我带来了十足的快乐。

为把帐篷折叠起来，我得把它扭成很多复杂的褶皱。在家练习时，我几乎能完美正确地折叠好，但那是几个月前的事了。我在正确地完成这个工作时发展的肌肉记忆，似乎患上了早期老年痴呆症。每天早上，我都会站在帐篷外边，咬着嘴唇，在心里先练习一遍要做的步骤，就像一个跳水运动员从五十米高的跳台上连续做三次转体、镰刀式跳水、翻滚跳动作一样。在很多情况下，结局都是我与那些不听话的支撑杆做斗争，我就像中国杂技演员一样扭着胳膊腿，紧紧握住几段扭动的帐篷，试图征服它。刚开始时总是帐篷获胜，最终逃出我的掌控，弹到空中去，得意地落在离我们最初把它支起来的地方几英尺远的地上。

在拆卸的时候，我还是很有毅力的。因为我没有别的选择。对我个人来讲，通过 MTC 时要让自己看上去光鲜并且一切在掌控之中，这很重要。我必须避免在开车经过时一个完全竖立起来的帐篷凸出车窗所带来的尴尬。这简直不像话。所以，即便刚开始时我和帐篷的这场比赛可能倾向于帐篷获胜，但最终比赛结果会是我赢。

然而最终，就连我在意的我们开车时的自身面貌也不再重要了。我们放弃了任何竞争的假象。我们起来得很早，偷偷溜出营地时，MTC 处甚至还没有人。离开时，我们朝站在帐篷外边的几个睡眼惺忪舒展身体的人挥了挥手。罗克珊娜除了损坏的悬架外没有别的问题，而且对此我们也没什么能做的了。在我们的前面行驶的，只有几辆在凌晨三点出发的汽车。他们在我们前面很远的地方，所以说路上只有我们，我们前面没有人可跟随。我能看到远方白雪覆盖的山峰，我们正在朝这些山峰前进。一旦到达那里，我们就到西伯利亚了。

新的国家
科布多—巴格诺尔—西伯利亚

这是我们在蒙古度过的最后一个夜晚，我们在一块土丘状的绿地上宿营。周边有一条小溪潺潺流过，几只披着缠结的白色外套的绵羊，眼神忧郁地在路对面吃着草。依蒙古标准，这才是真正意义上的田园，就像在炎热的夏天吃了一个西瓜一样，让我精神一振。

为了到达那里，我们横越了几个高处隘口，逐渐接近我昨天在远处一直看的常年白雪覆盖的原野。我们越来越近，山也似乎越来越高大。我们还是第一次驾车沿着陡峭的砾石路往上爬，地平线就在我们头顶上。这里是奇妙的神秘之地，在最终到达山脊顶部并俯瞰山那侧之前，我们不知道会看到什么。要蹚过深蓝色的河流，河水极度寒冷。有一次渡河时，我把胳膊垂到窗外拍打河水。当车子轮胎重新在坚实的地面上移动时，我很感激伯纳德知道如何巧妙地在水里行驶，速度不至于快得让河水淹了发动机，也不至于慢得陷在里面。因为那样的话，我就得下车蹚着冻得皮肤发麻的冷水过河。我们现在能看到越来越多的蒙古包了，有的坐落在高耸入云、白雪皑皑的山峰的阴影里，有的位于闪闪发光的高山湖泊旁。显然，这是一个夏季牧场，因为到处都是一小群一小群的山羊。最好的事情是，组织方宣布在蒙古的最后一次计时赛取消了。没有人为此抱怨。所有的驾驶员都筋疲力尽了，每辆车的状态都不适合再进行计时赛了。另外，八天来我们第一次看到魅力惊人的乡野。我想欣赏周围的景色，一分钟都不想再盯着路书看了。

不光我和伯纳德两人对远离在蒙古受的折磨感到宽慰，当我们驾着罗克珊娜走完最后几码，到达营地的时候，喜悦的气息随处可见，人们显然都很放松了。这时候，谁会想到进入西伯利亚就一定意味着是好事呢？驾驶员们跳着朝卫生间跑去，领航员们都兴奋不已。几天来，人们头一次四处闲逛着聊着天。十几辆车被卡车载着到来了，其中就有马蒂厄的梅赛德斯。我感到非常乐观，因为再有半小时的路程我们就到边境了，所以，当我在营地周围晃悠看见马蒂厄时，我停下了脚步。"你的车怎么了？"我满怀友好和同情地问他。同往常一样，他拥抱了我一下，这总让我觉得我们就是朋友，虽然除了每次见面拥抱一下外，他并不怎么和我说话。

"还是散热器的问题。我们以为在乌兰巴托修好了，但又给我找麻烦了。我希望能把它送到新西伯利亚。"我们还有两天才能到达这座城市，我们会在那儿再休息一天，詹姆斯的一飞机备件也应该等在那里了。我帮不上忙。我有点儿沾沾自喜，罗克珊娜仍然可以正常行驶，这简直算得上奇迹了。

我准备再清洗汽车。把尽量多的蒙古灰尘扔在后面，这在我似乎很重要。从行李箱往外拽我们的大量供给时，我发现了一个布满灰尘的密封的管状盒子。盒子是尊贵的墨绿色，虽然上面的金字被泥土模糊了，但我还是知道这到底是什么：一瓶正宗的格兰威特纯麦芽苏格兰威士忌。似乎是很久以前，我和伯纳德在北京的一家超市闲逛时买的，当时因为我们不想买中国酿造的威士忌，便到处寻找路上能让我们高兴的东西。为安全起见，我们把这个盒子塞在备用排气管下面，然后就把它彻底忘了。"嘿，伯纳德，想喝点儿吗？"我喊道，朝他挥舞着瓶子。他苦笑着摇了摇头，对此我并没有失望。事实上，我们两个都不太喝酒，另外我们两个都太疲惫了。"我知道谁会喜欢。"说着，我把酒瓶放在一边，等待晚餐时间到来。

过去的几天夜里，我们都太累了，没有去找罗伯特，没有听到他讲的笑话和不断的笑声。对此我感到很是内疚。我很感激罗伯特成为我的第一位朋友。我们进入比赛才十一天，我们在北京酒店大厅的第一次见面的情景仍然历历在目。在前七天，只要知道他又在哪儿愉快地修理着爆胎，特别失望沮丧的我就像找到了支撑的拐杖一样。所以，让我感到奇怪的是，当我很疲惫时，他不停的嬉笑声似乎让我更沮丧，他讲的一个又一个笑话把我击倒了。我所了解的罗伯特，喜欢人们对他的笑话做出积极反应，而我越是累的时候，就越不能给予他所渴望的令人满意的听众反应。能够让你与之在一起感到很平静的人，是伯纳德。随着时间流逝，我越来越不需要证明这一点。在伯纳德身边，我才能做回我自己。

那天晚上，我们走进了经历沙尘暴后有点歪歪扭扭的餐厅帐篷。我们很容易就发现了罗伯特。他正和尼克、西比尔及其他人在一起，他们所有人都在开心地笑着。我很隆重地把那瓶苏格兰威士忌递给他。"给你的，"我说，"因为我喜欢你，你也需要这个。你是我的朋友。"

"好，你不会让一个男人独自喝酒的，是吧？"他声音低沉地说。曼迪看看我，朝我使了个眼色。西比尔往前挪了挪，拍拍她旁边的座位。

在我的抗议声中，罗伯特往我的塑料杯里倒了些酒，又递给伯纳德一杯，然后给周围的人都倒了酒。我们举起酒杯。"为了蒙古，"有人喊道，"愿我们永远摆脱她！"我们喝了酒。又有人吼道："为了西伯利亚，愿那里的道路一帆风顺！"我们再次喝酒。伯纳德就坐在我对面，他干了自己的那杯酒，一把抓去我的也干了，然后他前倾过来吻我。"打住，你们两个爱情鸟。"罗伯特大喊，而后长长地吻了曼迪的嘴。

我已经疲惫得要撑不住了，就推着伯纳德早点儿离开了帐篷。外面没有月亮，墨黑的夜晚，安静得都能听到路对面的绵羊撕咬草叶的声音。通往帐篷的田野里，满是一丛丛的小草，踩在上面会缠上脚脖子。我第一次用上了我的迷你镁光手电筒。我转圈晃着手电筒，像是在调查犯罪现场。"看，伯纳德，武器！"我惊叫道，晃着有人落在车外的扳手。

他也和我一样，弯下身看地上的草。"还有头发！"他给我看一簇羊毛。我在他身边蹲下来，仔细研究这个证据。接着，我们两个用手电筒朝彼此的眼睛晃着，"我要把你带到我的帐篷接受询问。"

后来，我脱光衣服躺进了睡袋，阿尔泰冰冷锋利的手指透过睡袋缝隙和拉链，紧紧抓住我。我的睡袋是夏天用的，太薄了，应付不了这高山上的寒冷。我的羊毛衫和软呢帽不知被我放到了什么地方，但起身四处找会吵醒伯纳德。我决心忍着，迫使自己硬挺着躺着。毫无特色的黑暗将令人窒息的虚无朝我脸上压下来。很快，我悲惨地全身颤抖起来。

那天晚上就餐时，组织方通知我们，第二天早上要做几小时琐碎的文书工作。蒙古人过去从来没有经历过在一天内让那么多异国汽车驶出他们的国家，俄罗斯人从来没有让那么多异国汽车进入自己的国家。没有人知道会发生什么。一旦跨过边境，要连续行驶四百五十英里，才能到达下一个休息站点，这在最好的情况下也要七小时。在 P2P 路上，我们还没有遇到过什么最好的东西，所以没有理由相信从此我们就开始了我们的快乐时光。像发狂的神灵一样，所有浪费时间的情景一时间都跃进我的脑海：文件找不到了，罗克珊娜的发动机因排队时间太长过热，就在轮到我们出发时轮胎瘪了。外面有一只猫头鹰在叫，伯纳德则在身边打着呼噜。我没有像往常一样踢他，让他继续打着酣睡，没有打搅他。但是，在我把睡袋紧紧地裹在冻得满是鸡皮疙瘩的皮肤周围，并迅速靠近像勺子一样围住他的身体时，还是打搅到他了。

天快亮时，一缕冰冷苍白的微光透过帐篷照进来。我穿上毛衣和夹克，现在我才看到它们一直就在我旁边放着，我爬到外面，睡袋围在肩膀上。空气寒冷清新，我呼吸时眼前会出现一团团冰雾，鼻子都冻僵了。营地里安静得可爱，其他人都还没有起来，我静静地站着，细细品味着在蒙古的最后一天。太阳几乎没有带走空气中的一点儿寒冷。所有漂亮的车子看上去都很完美，一时间很容易让人相信拉力赛中一切都很好。

在餐厅帐篷那里，人们在静静地忙碌准备着早餐，我能闻到咖啡已经准备好了。我倒了满满一杯咖啡返回帐篷。"伯纳德，咖啡。"我把还在冒热气的咖啡递给他。"哦，谢谢你，亲爱的。"他昏昏欲睡地朝我微笑着，我喜欢早上起来看到他这个样子。

我不得不惊叹到目前为止我们取得的成绩。的确，我仍然不甘心这样一个事实：P2P 的一切都没有达到我的预期。不过，一年半以前，我们两个陷在改造罗克珊娜的无望之中，那时似乎我们不可能参加拉力赛，更不用说能够和平相处于拉力赛车那样狭窄空间里了。可现在再看看我们。在我所见到的最无情的土路上跑了八天后，我们两个仍然在微笑着。有时候，还不止这些，这不，我还刚刚给他拿来早餐，让他在床上享用呢。

返回餐厅帐篷，我倒了两杯甘甜的红茶，拿到罗伯特和曼迪的帐篷去。我抓着帐篷的门帘，忘了他们昨晚喝完了那瓶威士忌可能很晚才睡。里面传来一声模模糊糊的"搞什么——"，紧接着门帘的拉链被拉开，罗伯特蓬乱的头出现了。他的眼睛肿胀，整个人看上去像是一头愤怒的公牛。"你的茶，先生。"说着，我把一杯热气腾腾的茶递给他。

"哦，你真是一个奇迹！"

"那杯是给曼迪的。这杯是你的。"

他退回到帐篷，我听见他说："茶，亲爱的，我们的好朋友迪娜送来的。"

我们的私人天堂

巴格诺尔—比斯克—新西伯利亚

虽然俄罗斯会很快让我们在刚进入西伯利亚的几小时内变得像饿狼悄然潜行接近猎物一样狡猾，但是在俄罗斯这样一个偏僻角落里，我们对这里蓬勃的绿色山丘和富饶农场惊叹不已。我和俄罗斯有着某种联系，这种联系部分是普通的，部分是个人的。三十年前，在苏联开放和柏林墙倒塌之前，我曾经短时间拜访过莫斯科和圣彼得堡。那时，这个国家还叫苏联，是一个政治上专制的国家，民众的思想被牢牢地控制着，密不透风。我记得曾经行走在莫斯科大街上，那是十一月下旬，棉花似的白雪落在我肩上，像一条白色的毯子。下午四点的时候，天就已经黑了。在我的记忆中，通过平板玻璃窗看去，那些店面里除了一些空架子外什么都没有；裹着黑色粗羊毛大衣的妇女，沿着人行道匆匆地走着，低着头，穿着小腿高橡胶靴子的粗壮的腿踩在雪水上，溅起一些淤泥。这次拜访期间，我有幸偷偷地见了几个俄罗斯公民，坐在他们的公寓里喝茶，用小勺子舀草莓酱吃。"迪娜，"他们说，"是个俄罗斯名字。"

"是的，"我告诉他们，"我的祖父母是俄罗斯人。"

"啊！好极了。这就是为什么你会有跟我们一样的颧骨和深陷的眼睛了。他们是哪里人？"

"离克列缅丘格的基辅不远。但他们一百年前就离开了。我想我们这里已经没有什么亲戚留下了。"说穿了，我的祖父母是犹太人，当年是为了逃命逃离俄罗斯的，但是我并没有告诉他们这些。两国之间虽敌对但我们还是朋友的这种感觉太珍贵了，我不想用这样令人不快的细节来破坏它。一九〇三年爆发的那场反犹太人的血腥浪潮，波及了乌克兰和比萨拉比亚境内的许多城镇，他们躲过了此次灾难幸存下来了。最终，他们尽可能地带了一些东西，去了法国。那是一九〇六年，我的祖父母和他们的四个孩子带着大包小包上火车时，伯吉斯王子正在准备驾驶他的意大莱（Itala）完成第一次北京到巴黎拉力赛。

除了我自己的家族史，我还阅读了关于俄罗斯在"二战"中作用的大量历史书籍。我知道有《古拉格群岛》这本书。我的高颧骨和橄榄色皮肤告诉那些了解这些事情的人我的祖先是谁，但在洛基山，土著美国人会问我是哪个部落的，而不是问我与俄罗斯有什么关系。对俄罗斯的东西，如薄饼、鱼子酱、土豆、伏特加，或者单是这个语言的声音，我都有一种亲切感，这种感觉在蒙古或中国时是没有的。尽管如此，我对俄罗斯这个国家的了解却很少。

实际上，我们只是到了阿尔泰山脉的另一侧，山脉把蒙古和南西伯利亚分割开来，可这里的人和蒙古人截然不同。他们没有蒙古人那样的阔鼻平脸，没有东方人的眼睛和黑色头发，他们的脸上颧骨很高，皮肤苍白，棱角分明。刚进入西伯利亚，我就几乎克制不了自己，"伯纳德，你注意到这里的人了吗？他们很高。”

“我知道。还有房子，是木头的。”

我接着他的话说：“这就是说他们不是游牧民族。这儿还有其他完全不同的东西。看那条河！”

我们沿着巨大奔腾的河流行驶，喝了里面的水，珍珠灰色的河水里泛着象牙色的泡沫，河岸往上升到参天树木覆盖的斜坡上。即使这里离边境很近，但每一座房屋都有一个菜园子。仅仅一条山脊之隔，另一边怎么能有如此天壤之别的生活呢？在这里，一个人就像回到了一百年前，但是在蒙古那里就像是在三百年前，所以在我看来，这似乎是巨大进步的信号。

一个个餐馆的出现，让我们陷入一阵阵狂喜之中。这里竟然有餐馆存在。

我们把车开到另一辆拉力赛车旁边停下，后面是一家路边餐馆，看上去很邋遢、不整洁，这在其他任何时候我会认为这样的餐馆是招揽不到顾客的。餐馆是一个低矮的木质建筑，一些破塑料花箱里种着一些牵牛花，不快乐地挣扎着求生，给这个餐馆增加了一点点光彩。它还有一个喷泉，是以前更繁荣或更充满希望的时代留下来的。在当前的孤独状态下，曾经装饰过喷泉混凝土边缘的蓝绿色马赛克，大多已成为回忆，或者以热情的姿态进入一本孤独星球指南书。也许，过去在正中央曾经有一座迷人的雕像，从天使噘起的小嘴里流出水来。现在，那里只有一个短粗的黑色管道，喷出一条小溪，灌进长满几英寸海藻的水底。在我看来，这简直就像童话中的奇迹，餐馆就是一座宫殿，我都迫不及待要进去喝咖啡了。

餐馆的门没有弹簧，在我们身后砰地关上了。另一车组已经在里面了。我认出他们来了，不过，即便我们十一天来一直在同一条路上行驶，我并不知道他们的名字。但是，我们还是友好地彼此挥手打了个招呼，自我解嘲地评论了几句在餐馆点餐是一件新鲜事等。我看不到拥挤房间里的黑暗，这也许是幸运的。我只看到一个男人的头，从墙上的一个开口处露出来。他手里拿着一个小记事本，要记下我们点的东西。他头顶上有一块石板，上面是手写的菜单。是用西里尔字母（古代斯拉夫语的字母）写的，我看不懂。吃饭时，伯纳德一贯依赖我给他拿饭，不管是在家还是在外旅游，这时他站在我身后，手插在口袋里，拖着脚四处走动，就像一个等得不耐烦的小学生。我知道这种情况下该怎么做。"去外面，"我命令他，"坐在阳光下，晒晒太阳。这里就交给我了。"

敲了敲厨房的门，我进去了。厨房里只有一个人，一个矮个的丰满女人。她正站在钢质水槽旁，头上围着一个在后面系起来的粉红色围巾。曾经可能是颜色上很搭配的一条脏兮兮的围裙，几乎围不住她那肥胖的腰。她直直身子，吃了一惊，不知道该怎么想。我拍拍我的胃部，用手指了指那些罐子，然后模仿掀开盖子闻的动作。看到这些，她放松下来了。我们都是美食家。"当然，当然，"她打着手势说，"看看吧。"

"红烩牛肉（Goulash）？"我闻道，指着一只罐子。她点点头。"苏坡（Soup）？素帕（Soopa）？苏坡司机（Soupski）？"我指着一桶看上去闻起来都像裂开的豌豆的淡绿色块状的东西，希望我的发音有点像斯拉夫语。肮脏的钢柜上放着一只破陶瓷碗，碗里装着胡萝卜和黄瓜。没有盖子或苫布盖的东西上爬满了苍蝇，让人很不安，但我还是向前冲过去，不愿意仅仅因为一系列错位的细节而吃不上饭。我做了一个切菜的动作。"沙拉？"

"是的。"

我看见切菜板上有一块硬皮面包，也指了指。她笑了。不知道如何结束这场交流，我双手放在心口，微微鞠了个躬，退出了她的领地。伯纳德很听我的话，正在餐厅外面的院子里坐着晒太阳呢。当热气腾腾的汤碗和酸脆蔬菜盘以及厚厚的黑面包片端到摇摇晃晃的桌子上时，伯纳德露出了灿烂的微笑，这微笑正是我所需要的一切。

我们喂了一些面包屑给麻雀吃，尽情享受着温暖的阳光。当我们在吃最后一点儿牛肉酱时，又有一辆拉力赛车开过来停下了。一阵狂喜中，驾驶员跃过低矮的跑车门，跳入喷泉中，穿着衣服、带着护目镜和其他所有的东西，开心地咯咯笑着，用底部仅有的几英寸深的水制造了一场骚乱。即便是恶臭的厕所，也抑制不了我们的喜悦。对西伯利亚，我还是有些了解的。那里有四百英里长的贝加尔湖，是世界上蓄水量最大的淡水湖泊。从上世纪末本世纪初以来，西伯利亚大铁路穿越浩瀚的西伯利亚，已经运送了无数的货物和移民。它的空旷，使它成为斯大林建造他的被称为古拉格的不人道监狱营地网络的完美之地。现在，在这段短时间内，我还知道西伯利亚是快乐的天堂。

午餐后，我们感到非常乐观，沉溺于另一种罪恶的快感：能够好好休息一下，和修车没有任何关系。伯纳德驾车驶离公路，进入一块长着高草的草地，深深的翠绿色，很刺眼。在一棵长着厚厚树干的树荫里，几只黑白色奶牛在昏昏欲睡，我们在旁边停下车时，它们才勉强抬起头来。它们呼出的温暖气息，使空气中充满了新割干草的香味。

"啊，"伯纳德叹口气，舒展一下身体。"这才是真正的生活。"

"是的。要是……"我无须解释自己渴望在俄罗斯有新的体验，也不需要详细说明在中国和蒙古错过的东西的惆怅。伯纳德明白我的意思。在新鲜的牛粪周围，苍蝇们勤奋地嗡嗡叫着。我喜欢这种气味，一切都那么朴实，有茂盛的牧场、鲜花盛开的草地、还在冒着泡沫的新鲜牛奶。我旁边的那头母牛来回甩着尾巴，像节拍器平稳地摆动着。这一切都让人陶醉、让人欣喜若狂。如果能找到一块没有牛粪的地方，我真想躺在草地上，伸展一下四肢。这时，几辆拉力赛车呼啸而过，通过时鸣响了喇叭。"哦，对，我差点儿忘了，我们应该在路上。"伯纳德说。

"这十分钟的休息，真叫人惊叹。"我回道，不自觉地装出一种积极进取的态度。"你有没有意识到，在蒙古我们一次这样的体验都没有？我喜欢西伯利亚，你呢？"我们都在努力地高兴起来，但是彼此都毫无疑问地感受到了一丝悲伤。因为在这片可爱和平的田野里几分钟的时间，我们就注意到了在中国和蒙古境内的时候，这样的机会是何其少。虽然周围有那样的自然美景，但那些无情地向前飞驰的汽车，明确地提醒了我们，这趟旅行不是单纯的观光旅行，它是驾驶之旅。

伟大的旅行家罗伯特·拜伦说得好："一个人只有看到、听到并闻到这个世界时，他才可能了解它。"（1933 年出版的《先访俄罗斯，再入西藏》）。那些神奇的遇见或者即兴交谈，会让一次旅程变得内容丰富和有意义，但是我这次却很少有这样的机会，这好比让我吞下一粒苦药丸一样难以忍受。这次拉力赛只有一个中心任务：到达每天的终点。每天，如果我过多地想这些，我就会难以忍受，所以我把注意力转向更有趣的事物上去：在快速移动的汽车上如果看书太多，我就会晕车。在蒙古时，我根本没有考虑这点，因为那时候我们行驶得很慢，更像静静地坐在车里。既然现在我们走在硬路面上，速度变成了以前的三倍。但虽说路况很好，我必须将注意力持续放在路书上。这些对我来说不是个好兆头。

我们穿过田野回到路上，开始在四百五十英里的有曲线美的起伏路上行驶，当晚我们要到达比斯克，在那里过夜。从路书上抬起头，眼前的一切都让我很欣喜。四周都是陡峭的被森林覆盖的小山，间或会露出花岗岩峭壁。这些白色小瀑布，自由地翻滚着，落进浪花翻腾的小河怀抱。几头肥猪在路边悠闲地徘徊着，时不时还会看到一头拴着的牛在宁静的小径上吃草。偶尔，我们会慢下来，好让漆得很精美的马车通过。马儿欢快地快速把车从路上拉下来，脖子上的铃铛发出刺耳的铃声，头上钩针编织的帽子挡住苍蝇不落在它眼睛上。在急流旋涡中，一位家庭主妇把两只桶伸到河里，然后把两只桶吊在两只肩膀上的一条长杆（扁担）上，朝她的房子走去。粉色和紫色的牵牛花在太阳光下显得精神抖擞。晾晒的床单在风中摆动着。这一切是那么可爱，我都能品尝到它的味道。几小时后，我转身对伯纳德说："你有没有注意到缺点儿什么？"

他惊慌地看着我。"什么？我们什么东西落在那儿了吗？丢了什么？什么？！"

他认为我们可能必须再往回开三小时才能回到那里，这确实很令人痛苦，我赶紧道歉："不，不。不是你想的那样。是那件事情，哦，往常这个时候我就在一直抱怨着什么。不是吗？"

"你渴了吗？我确定车后面还有很多水呢。"

我在捉弄他，但是我非常快乐，快乐得都想把看到的东西画出来，像一条小狗在一堆牛粪里打滚一样陶醉于这种奇妙的感觉。"不，不。我很好。懂了吗？我很好！！！"

"你没事！我也一样。这里的乡村景色简直太美了。"

在这点上，我很喜欢伯纳德。这个男人一点儿想象力都没有，也很直率，并没有理解我的意思。"是的，我很好，就像我不晕车时一样好。我盯着路书看已经有几小时了，但是我没有晕车的感觉！你能相信吗？"我幸福得近乎疯狂，就像我被宣布赢得了诺贝尔奖一样。

"真的！迪娜，亲爱的，简直是奇迹！"他转向长满青草的路肩。我从车上下来时，他已经走到我这边来了，把我抱在怀里。"你好了，你好了。"他喊道，抱着我转圈。我们在路边笑着跳了一支舞。附近树上的一只乌鸦被我们的滑稽动作惊得叫起来。天知道我究竟是如何摆脱晕车的折磨的。我想我只是要让自己变得更好。

机修工

比斯克

　　毕竟，这是拉力赛，没有人可以做到永远那么乐观。在硬路面上走了一些时候，罗克珊娜最新的减震装置证明太脆弱，即便是沥青路也不行。减震器又一次断了，罗克珊娜被迫拖着下垂的行李箱，走到在西伯利亚我们第一次过夜的地方。我们到那儿时，已经是半夜了，奇怪的是我们到的点还正合适，因为组织方工作人员正在被安置进一家妓院。能够看出来，那个地方生意很兴隆，当然不只是拉力赛生意。我们急着赶紧到房间里，但是从被围起来并有保安守卫的停车场到酒店还有很远的距离，得一小时，被雇来拉我们的巴士还没到。

　　我试图在妓院里找到一间房子住下，至少那里离我们的汽车很近。毕竟，那里是繁华的商业中心。伯纳德不同意。"来吧，迪娜，我们去酒店再想办法吧。"我很想伯纳德同意我的想法，因为我太疲惫了，我想有人宠着我对我说："别着急，一切有我呢。"我努力克制着才没对他发脾气。当然，酒店是不错的选择。那里有淋浴、食物，还有各种现代化便利设施，在蒙古经历了八天宿营之后，这些东西都是我非常渴望的。我们已经在路上走了那么长时间，又何必在乎这一小时呢？

我们在俄罗斯住的第一家酒店很受人欢迎，只是因为它不是帐篷。酒店里里外外的照明就是一些二十五瓦的灯泡。灯光很暗，黑乎乎的，感觉自己是约翰·勒卡雷的间谍故事中的人物。我一直梦想的淋浴，结果是一个小平板，还是歪的，排放的水都朝卧室流去了。为了身上能淋到水，我不得不蜷缩着身体，因为淋浴头软管只有两英尺长。

我们走进餐厅，古斯塔夫看见了我们，挥手让我们过去，同他和劳拉一起吃晚饭。他体态肥胖，态度比较粗暴，不容人说客气话。在经历了这长长的一个白天后，我不想和任何人说话，更不用说还得说法语，但是看到劳拉好像很暴躁、很不快乐，我又不忍心拒绝。"让我去买酒，感谢你们的帮忙。"他几乎是不情愿地说，好像他希望自己真的不必去。这顿晚饭我们吃得很凄凉，伯纳德勇敢地聊天，我在那里挣扎，劳拉安静地坐着。我忍不住想："哦，在我需要的时候，罗伯特在哪里呢？"吃完甜点，我们走回到电梯时，古斯塔夫抓住我的手肘，诡秘地对我耳语："在新西伯利亚休息时，我希望你和劳拉四处走走。你能够用法语给她解释一些事情！不然，你知道……"他隐约地挥动着一只胳臂，"……她会一整天坐在房间里。"我目瞪口呆，他在拉拢我，让我做他妻子的旅伴，以及毫无疑问，她的心理治疗师，我不顾一切要逃避，"谢谢你，古斯塔夫。但是，我通常在休息时要给伯纳德帮忙的。"

"哦，伯纳德不用你帮忙，"他大笑起来，"出去找些乐子吧！"

"哦，我得告诉你，我们是一个团队。所以，我们喜欢在一起。"

谢天谢地，电梯到了，免得我直截了当地拒绝他了。

　　第二天的早餐是在一间屋子里进行的，这间屋子有舞厅里跳舞舞台的两个大。我们的餐桌像局外人一样，蜷缩在一个通风的角落里。迷人的年轻女孩子们，穿着绿色的超短裙和黄色衬衣，迈着华尔兹舞步就进来了，每人端着四个盘子。他们把早餐放在我们面前：两粒青豆做装饰的半片煮熟的鸡蛋。服务员这样搭配食物，真是周到体贴。

　　那天早上在停车场，我们遇到了一群绝望的拉力赛车组人员，试图找车把他们损坏严重的汽车拉到新西伯利亚去。这让我想起了一九七三年看的电影《西贡的沦陷》里的画面。当然，我们是自己选择来这里的，也没有人在朝我们射击，但是空气里充满着紧迫感和压抑感。不但有十二辆损坏严重的车由卡车拉着进来，而且这些卡车都已经满负荷，不能再帮着拉别的车了，比如我们，我们的汽车从离开边境以来，一路上就很不顺利。这些是蒙古卡车，就是他们想帮忙，这些卡车在西伯利亚也不合适了。即便已经在俄罗斯了，有些蒙古驾驶员还是非常狡猾，其中有一位，极不耐烦地想掉头回蒙古，不用活动梯，就把它一直拉着的拉力赛车推下车厢，汽车主人疯狂地四处飞奔，挥舞着双臂喊着："不——停下——"我能够读懂驾驶员的心理："为什么还要麻烦？反正车子已经坏了，从八英尺高的地方掉到地上又何妨？"

　　一群人团团围住一个头发花白的男人。他的两个松弛下垂的面颊上，有一块木炭污迹，一对纽扣似的眼睛，深深嵌在伤痕累累的皮肤里。这是那个当地空卡车的代理人，他的驾驶员坐在方向盘后面补觉，或者宿醉未醒。我看到卡车很大，能够装下罗克珊娜，于是我决心弄到这辆车。代理人站起来，双腿叉开，他穿着一套不合身的灰色哔叽西装，上衣纽扣紧绷绷的，腹部鼓出了腰带，长长的裤腿擦着路面，磨损得厉害。他从口袋里掏出一包烟，我入迷地盯着他香肠般的被尼古丁染黄的手指，它们卷烟的动作，就像一个厨师把白鲟鱼子酱折叠成薄饼一样优雅。他把捏在他的异常性感的嘴唇之间的卷烟拿出，喷一口烟，又拿出。我被彻底迷住了，我专注地看着他那粗大的阔鼻毛孔，开始数起数来。数到十的时候，两股浓烟从他的鼻孔里腾起。在他眯起眼睛看烟，并期待地揉着火腿般的手掌时，他的一对眼睛消失了。他很清楚自己正站在一座金矿前。

这个代理人无法掩饰自己的快乐，这么多拥有贵重汽车的男人们围着他，愿意而且能够不惜代价地求他。然而，我有一样他们没有的东西：我是女人，还有，毕竟我们站在一家妓院的旁边。两小时过去了，这期间我来来去去，打情骂俏、讨价还价，终于我拍出一沓美元。我赢了。整个白天，这辆卡车就是我们的了。就在我上车时，我心里闪过一丝内疚，把那么多有急需的驾驶员丢在后面。如果这就是背叛的话，那么我也是一个得到解脱的愉快的背叛者。在接下来的二百七十英里的路程里，许多人就会推着车走。我们不会是其中一个了。有人将开车送我们，而且我也不必再看 GPS、里程表或者路书才能到那里了。我们可以乘坐这辆卡车，忽略所有的拉力赛限制，因为我们不再争取任何奖牌了。这种感觉太美妙了。

六小时后，我们的驾驶员在新西伯利亚郊区迷路了，我高兴地长长吁了一口气，这次不是我的错，伯纳德还以为我晕倒了。我们寻找着福特代理商，这得再次感谢马蒂厄。他主动把他在那儿的地方让给我们，我认为，这是他因为后悔在哈尔和林蒙古包营地时那样可耻地对待我而做出的弥补，那时他本可以邀请我加入他们，但是他没有这样做。要进入这些代理商店的人很多，也很无序，只有几个人设法进去了。而我们，有人实际邀请我们，因为马蒂厄和他的团队已经决定用新西伯利亚的梅德赛斯代理商修理他们的车了。

天渐渐黑了。我们的驾驶员开着卡车，穿过一个新西伯利亚破旧不堪的房产开发区域里的狭窄胡同，寻找着代理商店，这时一辆深色车窗的闪亮的黑色 SUV 截住我们，示意我们靠边。刚开始，我以为是秘密警察，有那么六十秒的时间，我还极度烦躁不安，直到我看到一个穿黑色紧身牛仔裤和合身皮外套的身材修长的男人跳上卡车踏板，把头伸进车窗。让我们停下的原来是一个小富家子弟。"漂亮车子，"他笑嘻嘻地说，"非常漂亮的车子。"

"谢谢你。"我们刻意表现得很亲切，不想冒险冒犯任何可能有背景关系的人。尤其是，如果他也许能够缩短我们的搜索时间，告诉我们怎么去福特代理商店呢。他把手伸进窗户，我们都跟它握了握。

"你们怎么来这里了？到了新西伯利亚？"

"我们在参加拉力赛。从北京到巴黎。这也是为什么我们车上有号码的原因。还有那些特殊的汽车牌照。"

"我明白了。很有趣。那么，多少钱？"

现在我开始明白了，他想买下罗克珊娜。不，那不可能。他一定是在问我们多少钱买的。

"很贵的。"伯纳德说，回答任何可能的问题。

"是的，我知道肯定很贵。多少钱？"

我轻轻推了伯纳德一下，小声说："我们的机会来了。我们把罗克珊娜卖掉。它会有一个很好的归宿，做这个男人心爱的玩物。还有……我们可以体面地离开。这将成为一个精彩的故事。快！"

"我们不能这么做，"伯纳德嘘了一声，"它有海关文件。无论我们开什么车进入这个国家，离开时也必须是同一辆车，记得吗？我们护照上印着呢！如果它留在了俄罗斯，我们两个谁也走不了。"我当然记得了。拉力赛为每辆车都交了临时保证金，确保我们每个人驶出每个国家时，开走的都是我们带进来的那辆车。这充分证明了我当时是多么紧张，甚至一个非法的黑市交易都能吸引我。就是说，只要结果是罗克珊娜有个好的归宿。我还不用蹲监狱。

　　"不卖的。"伯纳德说。

　　我怀疑，因为受到挫折，那个男人是不是现在会掏出枪来说："不卖？好吧，那我就要它！"他并没有这样做。他悲伤地微笑着说："啊，我理解。它确实很漂亮。当然你想保留它。祝它好运！"就这样，那个黑衣男人返回他那辆深色车窗的黑色轿车，走了。就像帷幕揭开一样，我们转过一个弯，就到了一家代理商店。我们迅速把罗克珊娜上面的东西卸下来，开进一个闪闪发亮的干净的修理车间，等着第二天早上来取。

　　第二天早上在酒店大厅里，我很震惊地看到了拉尔夫和他儿子，他们在穿越蒙古的半路上就开了小差。我以为他们退出比赛了，但是现在他们就在那里，筋疲力尽，晒得黑黑的，开心地笑着。我一把抓住了拉尔夫，滔滔不绝地说见到他我多么高兴。"干得好，拉尔夫。我的上帝，你做到了。到底发生了什么？你们怎么到的这儿？"这种情况下，我可以喋喋不休地说下去，但我突然意识到，我这是在质问他。如果我放开他，让他先去洗个澡，可能表示我更支持他。他拥抱了我一下，露出参差不齐的牙齿，笑了。"相当不寻常的经历，"他说，"以后我再给你讲。但首先，我必须修好这个钢板弹簧。"他给我看了看那个小小的悬挂零件，大概一个叉齿分量的一片金属，就是它能够阻止他的摩根汽车刮擦地面的。我心里升起一点点嫉妒，他只要在酒店厨房里，用几分钟的时间就能把零件换上，而我们却必须拆掉整个油箱。另一方面，我们已经在一家酒店睡了两个晚上，而他不是睡在拥挤的车座上就是睡在沙地上。

为我们在新西伯利亚的休息日，路书上说"我们将在这里停留两天，你们将有机会去探索这座城市"。我完全没见到西伯利亚首府是什么样子，倒是和代理商店的工作人员相处得很好。这些特别的俄罗斯人，都是喜欢亲吻的家伙。代理商店的雇员，伊琳娜和迈克尔，负责为我们提供满意服务，招呼我们时，亲了我们六下，每边脸颊三下。这对我来讲刚好。每次他们漫步到服务区，无论是给我们端来茶水还是来检查我们的进度，我们都会得到六次亲吻。当他们的朋友们来这里看所有的拉力赛车时，交换亲吻花费的时间变得非常长了。在亲吻方面，我喜欢和别人一样的标准。这样让我觉得有一家人的感觉。

新西伯利亚还有令人难忘的比萨饼，我们一致认为远比蒙古的要好得多。至于代理商店的优点，就是福特曾不惜一切代价。这个建筑群非常现代，就像硅谷里闪闪发光的高科技园区。就我们而言，更重要的是，它的维修部是全天候运营。他们很自豪在自己的设施中接待我们，并不遗余力地帮我们解决问题。甚至连打扫卫生的妇女们，每小时都要到修理区里来转一圈，把面包屑和甩出来的油擦去，休息时和这些老爷车以及脏衣烂衫的车组人员照张合影。

我们和其他团队一起和平度过了几小时。罗克珊娜被举到一个液压起重机上，这样伯纳德就能很容易地站到它下面。一个熟练技工被派过来帮助我们。他不会说英语，但是伯纳德现在画图很熟练。他们两人盯着纸上画的素描，其他技工则拿来零件和备件。伯纳德和这位技工一起，换了罗克珊娜的机油、润滑部件，开始焊接新的减震器支架。只要罗克珊娜被放下来修理发动机，我便有机会继续清洗车内部，这个工作是无止境的，总能发现一些地方藏着戈壁滩上的尘土。

突然，在服务车库入口传来一阵骚动。抬头看时，我们看见了马蒂厄、詹姆斯和他们的团队出现在开着的门里。我不明白他们怎么会在这里出现。他们应该有自己的私人代理商组织。我们周围的每个隔间里都是拉力赛车，都在进行着耗时的修理。詹姆斯的愤怒像火山爆发一样，很快，他就很大声地责难代理商经理，发泄他的不满。我无意中听到他好像说"几个月前我就付了钱了"，以及"你还没搞懂这个"，这些话我觉得只有在低劣的电影里才会听到。他愤怒地在服务区大踏步走来走去，我都快被吓死了。我想他随时都会朝我们走过来，大声喝道："把你们的车弄走！这是我的地儿。"可是，伯纳德向詹姆斯走过去，平静地说："请用我们的地儿吧。我们可以在其他地方完成。"我的心都要跳出来了。"你在做什么？！"我想尖叫出来，"难道我们的麻烦还不够吗？像他一样，我们也需要这个地方。不，我们比他更需要。看在上帝的分上，这个男人有他自己的技师！"我一点儿友情都不讲，这时我和伯纳德一点儿都不一样，我都几乎不相信我们是夫妻。我朝马蒂厄瞥了一眼，他朝我投来一个紧张的安抚的微笑，摇了摇头。

詹姆斯身材魁梧，有六英尺高，这时停止了他的长篇大论，看看伯纳德，就像托尔金笔下高大的半兽人发现了矮小的霍比特人一样。我想他会一把抓起伯纳德，扔到闪亮的服务区地上。也许是伯纳德有礼貌，也许是他的身材比较矮小，两者加起来产生了相反的效果。"谢谢你，伯纳德，"詹姆斯说，"你真是太好了。"就这样，伯纳德交到了一个朋友。而我并不认为这种友谊会延伸到我。

西伯利亚的动画片
鄂木斯克

　　一路呵护罗克珊娜，走过中国的碎石路、蒙古戈壁沙漠以及亚洲大草原上令人绝望的车辙路，我们可能会被西伯利亚公路打败。甚至更糟的是，我们会找不到我们的朋友们。我们还在中国的时候，每天晚上所有人都待在同一家酒店。而一进入蒙古，我们只在乌兰巴托市才住了一次酒店，除此之外，我们都是在小城镇外一块儿宿营。不管怎样，我们总能知道夜幕降临的时候其他人都在哪里。他们要么在修车，要么就是在餐厅帐篷里吃饭。不可能去其他的地方。这让人觉得欣慰，尽管似乎很奇怪矛盾。现在，在俄罗斯广阔的内地腹地，我们又住进了酒店，不同的是，没有哪家酒店能够容纳我们这么多人，所以每天晚上我们都是分散到三四个住处。由于人员很分散，有时候我们几天都见不到朋友们。

　　我们现在主要在公路上行驶，而我的领航工作要求我每三公里才给伯纳德发出指令，所以，我有充足的时间欣赏窗外西伯利亚的景色。我们已经远离了西伯利亚南部边境的田园绿色，正在驶入苏联小说家索尔仁尼琴《古拉格群岛》的心脏。古拉格是苏联内务部劳改局这个机构名称的首字母缩写，该机构于一九三〇年四月二十五日在秘密警察的支持下正式创建，于一九六〇年一月十三日解散。根据苏联的官方估计，一九二九年到一九五三年间，在古拉格被关过的人数超过了一千四百万。这些人当中，有些是政治犯。其他犯有小偷小摸、上班无故缺勤，以及散播反政府笑话的人，被关在一座古拉格营。一九四〇年，也就是罗克珊娜被制造出来的那年，苏联有五十三座独立的古拉格营和四百二十三座劳改营。

周围的景色没有留下任何那段历史的痕迹。日复一日，我们看到的都是绵延不断长着小麦的田野、绿色的平面，只是偶尔会被一片绿色的白桦林中断。其结构和颜色都很单调，感觉很像蒙古，可是我依然很感激眼前看到的是绿色而不是褐色。现在是初夏，因为每天都下几小时的蒙蒙细雨，空气也很清新湿润。这一切都似乎显得既亲切又文雅，但是我能想象到，西伯利亚的亚北极冬天到来时，在寒风的鞭笞下，这块平坦的地形就会变成难以穿越的障碍。在这样的地方，被关在古拉格的人超过四分之一都在"二战"期间死于饥饿与寒冷。在这大片的单一景观中，看不到任何动物，也看不到轻快驶过的摩托车追赶的毛发蓬松的蒙古山羊。沿路偶尔见到的唯一有生命的东西，是黑褐色的乌鸦，在路边享用被轧死在路上的兔子腐肉。尽管有这么多的绿色，这里感觉却比蒙古还要空旷。

有时候，我们会在一座疲惫的俄罗斯村庄旁呼啸而过。村子里是一片低矮破旧的木屋，木屋上装有精美的百叶窗，上面的绿色或蓝色的漆已经剥裂。狭窄的泥土小径两旁，是杂草丛生的院子。这里没有杂货店、漂亮的加油站、家庭咖啡馆，到处都是破旧不堪。有时候，我会瞥见一个老婆婆，紧身的黑色羊毛裙紧裹着隆起的背部，头上戴着一块黑色手帕。看到她在街上缓慢地踽踽而行，我想起了一个小小的地球飞船。这是些被二十世纪所遗忘的地方。如果这些地方意味着俄罗斯的力量的话，那我们实在没什么可害怕的。

　　俄罗斯地域辽阔，所以，如果我们要在规定的两个星期内驶出这个国家，每天就必须要走很远的路。在俄罗斯，没有计划进行像计时赛这样有趣的事情。组织方猜测得很准，没有人会有好心情做这些事情。我们只有在赛段控制站签到，以及在散布于西伯利亚公路上灯火通明的尤科斯石油公司的加油站加油时，才会停下车。即便我们把离开汽车的时间减到最少，很多人还是很晚才跑完当天的路程，能赶上晚班的晚餐就不错了。虽然如此，我还是很高兴来到俄罗斯。从某种意义上讲，因为我的出身，我觉得我有权利觉得自己好像就属于这里。虽然罗克珊娜不时地需要暂停下来进行维修，我也疲惫得萎靡不振，但是我仍然想微笑，看着加油站服务员的眼睛，尽最大努力像俄罗斯当地人那样对他说："塞巴斯吧（俄语：谢谢你）。"

　　西伯利亚公路在远离城镇的地方，但是我有时候也能在地平线上看到一条。从远处看，它们就像电影《日瓦戈医生》的一个背景：一栋栋刷成白色的房子，一座俄罗斯东正教堂上镶金的洋葱式圆顶，在太阳下闪闪发光。然而，有一天，我们走的路把我们引到了一个这样的镇子中心，在那儿我意外地看到了一样东西，这不是因为我不相信这个东西还存在，而是因为我从没想过我能够亲眼看到它。这个东西就是一座监狱，我无法说出它是不是古拉格遗迹。我没有求伯纳德停车好打听一下。这个地方，我只想离它远远的，赶快离开。外部的败坏迹象，充分显示了生活在里面的人的状况是什么样的。它的结构无法掩盖其意图。我看见了从内庭院凸出来的瞭望塔，还有这长长建筑上嵌着的一扇扇深色小窗，就像木然哀求的眼睛。一层银白色的漆，从混凝土墙上剥离开来，墙上染有斑驳的黑霉，上面是乱作一团的生锈的铁丝网。混凝土可能在破裂，整个监狱可能预示着衰退，但是大门口的武装警卫清楚地告诉我们，一旦你从这些险恶的门里进去，没有他们的同意，你是永远也别想再从这里走出来。他笔直地立正站着，很警觉，用凶猛的目光凝视着我们。通常情况下，人们看到罗克珊娜都会微笑，但是这个警卫却连嘴巴都没动一下。

到达巴黎之前，我们还要急行军三个星期。罗克珊娜之前还很宽敞的空间，开始觉得有点拥挤了，尽管我确信它的物理尺寸一点儿没变。每天晚上我们到达酒店时，我和伯纳德都像为了争一块骨头打起来的两条狗一样。不管到哪座城市我都想四处看看，只要能让我舒展一下两条腿，让它们能够在比五英尺宽的空间里活动活动，之后，我就想一头栽到房间里的床上，不再动了。伯纳德心里想的主要是检查罗克珊娜，然后去酒吧喝啤酒。

这些天，我心里一直有一个愿望，我们遇到的汽车问题别人也会有，所以我不必自己担心。然而更好的是，我希望自己成为一个根本不会发愁的人。虽然我开始感觉到自己就是杞人忧天的那类人，但是也发现做一个积极有用的自寻烦恼者的好处了。这不，伯纳德刚简要地说了罗克珊娜底部的状况，我就说："明天我就开始找卡车拉我们。"说完这简单的一句话，我立马感觉超好，远比任何同样几个字带来的感觉都好。这句话似乎也让伯纳德打起了精神，因为我说这话的时候，他就抓住我的腰，把我拽过来，亲吻了一下，说："不用担心。以后我会处理的。我们签到去吧。"他一只胳膊紧紧搂着我，我们俩就像连体双胞胎那样，一块儿朝大厅走去。

傍晚，到达鄂木斯克以后，我坐在酒店大厅的一个雄伟的白色大理石楼梯旁，独自沉浸在签到的幸福旋涡中，伯纳德拿到钥匙去房间了。西比尔从旁边走过，跟我击掌庆祝。我们都很高兴看到对方当天及时到达。"你还好吧？"她问。

"很好。就是静静地坐几分钟，你知道的，一动不动。"

"听起来很可爱。我也想和你一起坐会儿，但是这几天我的头发一直在尖叫'赶紧洗我呀'。我最好现在去洗头了。"

我坐在大理石台阶上，像一尊美丽的狮身人面像，神情恍惚，我并没有做白日梦，但也没有注意任何事物。我愉快地享用着一杯加糖的咖啡，这是一家汽车零配件专卖店主的妻子送给我的。

我们是为了找一些常用的零配件，在天黑下来之前到他们店的。店主和伯纳德在讨论减震器，她便邀请我到后面的房间里休息。和许多位于富裕阶层以下的俄罗斯妇女一样，她身体肥胖，米色涤纶裤是硬挤进去穿上的，上身穿着一件很小的杏色毛衣，袖子很短，紧勒着胳膊，横压在尖尖的胸部，里面穿的是一件五十年代风格的托高胸罩。她那宽阔的脸上充满了友善，把一个到处可见的水壶搁到火上后，她示意我坐在靠墙的一把深棕色双人椅上，因为太多的人在上面坐过，坐垫都褪色变形了。一台小彩电开着，里面有一个人在播新闻（我认为是）。她递给我一杯茶，也坐下了，紧接着又跳起来，开始换频道。即便是在俄罗斯，新闻节目也不是很有趣。每次换一个台，她都要回头看我一眼。我摇摇头。终于，我认出了一个东西，一个真正国际性的东西，我点了点头。"皮诺丘。"我开心地笑着，表现出我很爱看动画片。

"皮诺丘！"她回道，同时高兴地拍着双手。

即使在小时候，我也没听懂盖比特（《木偶奇遇记》中木匠的名字）说的是什么，所以，虽然他现在说的是俄语，对我来说也并没有什么损失。女主人抓着她自己的塑料杯，挨着我扑通一声坐下来，椅子在她丰满的身子坐在垫子上时明显地往下陷了。她马上站了起来，在办公桌周围忙碌着，打开抽屉。我以为她可能在找爆米花，但不是。这个比爆米花还好。她从最下面的抽屉里拿出一个大大的扁盒子，打开盒盖，把金纸急速拨弄到一边，显然很欣喜地看了看里面，然后从宝贵的巧克力盒里拿出一颗巧克力递给了我。她也为自己拿了一块，我们两个人同时咬了一口。接着，就像老朋友一样，同时举起咬去一半的巧克力给对方看里面是什么，我们都高兴地笑了起来。接下来的半小时过得很快，我们吃着糖果，喝着茶，开心地笑着，电视上《皮诺丘》演完之后，又演了《唐纳德和达菲》，再后来是纪录片《热带雨林里的昆虫》。就这一次，我多么希望罗克珊娜的悬置问题多花点时间修好。

伯纳德把房间钥匙递给我，我的思绪又回到了现在，我四周环视着，想找点事干，他则回头出去查看罗克珊娜上的什么东西。我没有去房间，而是去了酒吧，在那儿，一个穿着很时髦的年轻酒吧招待忙着倒生啤酒，调制鸡尾酒。我们进入俄罗斯后，每家酒店的酒吧就成为拉力赛成员的家了，每个人都会在某个时候去这个地方，找到一个愿意聆听的人或朋友，分享他们一天内所经历的事情。我认出了趴在柜台上的尼克的高大身影。"嘿，帅哥。"我拍拍他的肩膀说。

"啊，看到你可真高兴。服务员，给这位可爱的女士来杯金汤力（一种经典的鸡尾酒）。"

我不想要金汤力，但是我希望有人为我点杯金汤力。

"你的英俊潇洒的法国丈夫在哪儿？"他问我。

"当然和车在一起了。"

"很好。这样，你就可以陪我了。"

这时，一直开着那辆难看的宾利车的汉斯，朝我们跑过来了。午后的阳光，从酒吧窗户照进来，照在他头上的那一小束头发，像一个闪闪发光的光环。他们两个头挨头嘀咕了些什么，尼克转过身来。

"我们决定告诉你一件事，"尼克说。我知道他们要说什么。肯定是我们车的事，不会有好消息的。

"我们一直在观察你，"伯特说。天哪，和车无关。是关于我的，他们已经看到了我是个不合格的领航员。

"我们谈论这件事有一段时间了，现在，我们必须告诉你，我们一致认为你是拉力赛中最棒的领航员。"他们非常高兴，脸色微微泛红。

这种带有性别歧视的恭维，我一般是从不接受的。去超市买东西时，如果超市员工要帮我把购物袋拎出去，我肯定会拒绝的，因为这暗示说我太柔弱，连个购物袋都拎不了。除非是我的丈夫，我决不允许任何人叫我"宝贝"、"甜心"或者"亲爱的"。然而，在拉力赛这个男性主导的孤立世界里，这句话有截然不同的含义。它是荣誉勋章，声明我们一起经历了那么多困难，我们之间不存在什么界限了。我内心的女权主义思想很谨慎地退出了。我大口咽下杯子里的酒，又要了一杯。我给他们解释了俄罗斯迪士尼动画片的价值，他们给我讲以前比赛中遇到的奇奇怪怪的人，我们都抱怨这次拉力赛实在很艰苦。等到伯纳德返回时，我感觉我提高社交能力的任务是绝对有希望的。当和队友一起坐在休息室后面的詹姆斯看见伯纳德，朝他打招呼时，我甚至抛弃了之前的怨恨，也加入了他们。我甚至还设法说了几句话，但因为不知道自己该站在哪个位置，所以我就专注看我酒里冰块的形状了。

喝完一杯半酒后，我们都聚集在巨大的私人餐厅的门口，那里的卫兵借仔细检查我 P2P 徽章的机会盯着我胸部。所有的餐厅都是一样的，地板上铺的是灰色地毯，桌子上蒙着脏兮兮的白桌布，墙和窗户都被悬垂在地上水坑里的厚羊毛帘子盖着。我想每天都能吃到当地美食的希望，现在已是一个朦胧的幻想回忆。我们吃过的最后一次——实际上也是唯一的一次俄罗斯餐，是我们进入西伯利亚的第一天吃的那顿午饭，就在那个摇摇欲坠的路边餐馆里。从那以后，我们甚至都没有停下来吃过午饭，就在车里拿薯条和汽水对付了，我们的牛肉干已经吃完了，瓶装水也没有俄罗斯可乐解渴。

那天的晚餐是丰富的自助餐。按组织方的要求，每家酒店都有一次自助餐。这对那些天黑后很晚才到达的车组人员来说，是一件好事。在筋疲力尽饥饿难耐时，没有什么比马上吃到食物更好的了。总会至少有八个热菜，配备欧洲大陆风味的猪肉、鸡肉、牛肉和鱼肉。一天晚上是洋葱炒鱼和猪肉片，第二天晚上就是青椒鱼片和猪肉丁。再后来就是大盘的烤蔬菜、煮蔬菜、菜泥或炒蔬菜。千百年来滋养饥饿的俄罗斯人的土豆、胡萝卜和甜菜处于显著位置。我很高兴，餐桌上有几碗腌制的、咸的或酸奶涂抹沙拉，至少似乎是起源于斯拉夫民族的。那儿总有一个甜点餐桌，上面堆了几层玻璃盘，盘子里是巧克力蛋糕、蛋白杏仁花式小蛋糕、奶油甜点、神秘的霓虹状果冻卷、包装饼干，等等。所以，我们是不会饿的。可是，每家酒店的自助餐都大同小异，光靠看吃的食物（通常情况下这是我到某个地方的一个标志），根本看不出我们在哪里。我们可以像在下诺夫哥罗德或者得梅因一样，很容易在巴黎吃到蛋黄酱豌豆。我多么希望我们每隔一段时间就有这样的机会啊。

警方程序
秋明

今天是我们的结婚纪念日。确切说，是我们结婚二十四周年纪念日。在这样一个特殊的早晨，路障警察在等待着我们。这些警察是些漫无目标的官员，穿着漂亮的饰有很多金穗带的橄榄色制服，他们一天的主要任务就是阻拦运输卡车，这样他们就能从倒霉的驾驶员那里骗取贿赂。我们刚进入俄罗斯的时候，他们就已经在路上了。的确，路书已经告诉了我们要通过的每一个警察障碍，所以我们才能够在每次通过障碍之前把速度降到法定时速。在每一个检查点，我们都会看到一个凸起的障碍，旁边通常是三三两两的警察在吸烟或者聊天。当他们看到一辆他们想检查的车时，其中一个就走出来，举起手中的指挥棒，然后放下来指向一边，告诉你："靠边停车！"警车和摩托车就停在每个官方警察屏障旁边，告诉你，如果你胆敢无视他们的指示，他们分分钟就能追上你。

在中国，警察是由官方派驻到我们走的路两旁的。他们从来不阻拦我们，也从来不试图跟我们讲话。他们的唯一目的就是让我们继续前进。而在这里，情况正好相反。从第一次看到俄罗斯警方检查站的那一刻起，我就非常紧张。一路上，有无数个检查站，本来是执行法律的，但总要莫名其妙地游离于法律之外。我们这些人明显是外来的，显然给这些沉闷无聊等了一天没有获得多少油水的警察带来了欢乐。他们无处可去，有的是时间捉弄我们，但是我们没有时间，我们在睡觉前还要走很长的路呢。

我知道迟早他们会阻拦我们的。每当我们接近一个警察屏障，一天都要有几次，伯纳德都会减速缓行，等着他们让他停下来。为了不和他们有目光接触，我就看路书。我希望这样向他们表明"我们很清白，我甚至都没有注意到你，所以请放过我们吧"。过去许多天里，我们通过了二十多个警察屏障，每次他们都挥手让我们过去了。但是这次没有。今天，随着拉力赛车队的到来，负责的官员玩起了奖励游戏。他举起一只胳膊，站在罗克珊娜正前方，拦住了我们。他很快地挥下指挥棒，示意我们出去。他和他的个子更高的下属（他穿着类似的长羊毛大衣，但肩上没有任何军阶标志），护送我们进入他们的小屋。到那儿，他们开始用俄语朝我们大声叫嚷。透过小屋的窗户，我可以看到外边阳光明媚，但屋里面，站在警察办公桌前，感觉就像掉进了黑暗的魔爪。

"我想他们是想要钱，"我小声对伯纳德说，"我身上有几百美元。"我给他看看我的拳头，里面攥着几张美元钞票。

"不行！"他打了一下我的手，"收起来。"

"可以的。他们好像更喜欢你。你交给他们。"

"不行！绝对不行。这是对他们的侮辱，那样我们就永远别想从这儿出去了。"天知道，一个被触怒的无聊的俄罗斯警察可能做出什么事来。

"证明文件！"个子较矮的那个官员呵斥道，他的声音很高，这弥补了他个头上的不足。他就是只斗牛犬，但是此刻，他无精打采地坐回到转椅上，双腿张开呈经典的"八"字姿势，似乎在说："我有一整天的时间，但你们没有。"伯纳德把驾驶员执照递给他。这个官员不屑地把它扔到桌子上，"不对！！护照！"

我曾发誓永远不会交出我的护照，但是在这位官员凶猛的凝视之下，我屈服了。他的一双眼睛苍白得几乎没有颜色，让人更加不寒而栗。还有，我不能跑掉。他的同事就挡在门口。我们交出护照，我感到浑身从上到下莫名其妙地颤抖起来。我不是担心会有生命危险，而是我知道这种情况下，我通常使用的手段，如叫喊或者哭泣，不会起任何作用。

浏览了所有的页面，这位官员把两本护照摔到办公桌上，和驾驶执照放在一起。也许他是在玩弄我们。如果真是这样，这种玩弄很有效，因为我感到完全失去了控制，而这正是他希望的。他用俄语向我们说了一大通。伯纳德不知道他在说什么，但是他用英语跟他讲话，用他那快乐的声调，来表示他很顺从而且愿意配合。这样持续了一小时，在此期间，门口的那位被命令去给我们沏茶。他的手势一点儿都不亲切。这告诉我们他是一个重要人物，因为他可以命令另一名官员去做手下人才去做的工作。

终于，这个警察示意我们跟他回到外面。我走在后面几步远的地方，低着头，一心表现出我真的是一个很可怜的听话的女人。我很宽慰，他要陪我们回到罗克珊娜那儿，那样我就可以去任何地方了。不幸的是，刚出小屋他就不走了，一双圆头的黑色靴子定在了人行道上，手指着我们来的那条路。他要送我们回去完成一个莫须有的任务，去填写文件，他用手语解释说，这是这座特殊的城市要求必须做的。他很乐意一直帮我们保管着文件，直到我们回来。"不，伯纳德，"我低声说，"我们不走。如果走了，我们就完了。我们就永远拿不回护照了。"

也许是茶里的咖啡因起作用了，但是我终于想起了一件有用的事情：组织方工作人员曾经雇过俄罗斯中间人帮助应对类似的情况。有一位叫娜塔莉亚的，曾给每人都留了手机号码。一直以来，我们都把自己照顾得很好，所以还不曾用过这个号码。我甚至不确定这个电话能不能管用。但是，要是能够得到外部帮助，这是个机会。我拨了号码，娜塔莉亚接了电话，我攥紧拳头，极力抑制住自己的喜悦。当我把手机递给这位官员时，他很不情愿地接过去，似乎我递给他的是一块腐烂的生肉似的。他的耳朵里响起了一阵娜塔莉亚用俄语对他的指责。慢慢地，他哭丧起了脸，像一个泄了气的灰色哔叽派对气球。通话完毕，他关上手机。能看出来，他的湿润的眼睛里没有了亮光，但是他装得若无其事，挺直了背，拍了一下伯纳德的肩膀。这是新的开始，他把我们的护照和驾驶执照还给我们，就像这是他自己的决定一样。当伯纳德对他说"谢谢"的时候，他回答说："不客气！你们这是要去哪里？"原来他从一开始就听得懂英语的。

现在，伯纳德放松下来，开始了男人特有的那种喧闹的怜悯。他耸耸肩，发出有节拍的"嘿，嘿，嘿"，设法对这位士兵的困难工作表达同情，同时又对他的步枪表示出特有的兴趣。我想要一个纪念品，我想要的是这位士兵的饰有金穗儿和黑漆皮儿的高顶帽。他很幸运，因为我不知道如何用我的肩膀表达这个想法。

除此之外，还有其他的事情让我们的速度慢下来了。罗克珊娜的减震器问题和品尝一顿美味一样，值得保持注意和警惕。我们到达秋明时已是傍晚了。与之前到过的鄂木斯克，还有很快就会看到的叶卡捷琳堡和彼尔姆一样，这座城市散发着一种冷酷无情，连宽阔笔直的马路都无法将它隐藏。沉重的斯大林式建筑充满了不祥，高大的方块状混凝土公寓大楼压向路边的小树。这里阳光充足，但空中却一点儿都不明亮。跨越街道的电线，像很多意大利面似的纠缠在一起，证明了这座城市的技术设施没有紧跟最新的发展形势。商店橱窗设计都很单调，没有想到用彩色或者吸引人的方式展示商品。大街上人们走路的样子让人很提心吊胆。人行道上挤满了人，但是人们却没有一丝放松的样子。相反，行人们似乎挤在一起，急匆匆向目的地走去，紧张的姿势似乎在暗示"快走，别让人看见！"看到这些，连我都很难激发漫步街头的热情了。

在比赛初期，我还曾想象过和朋友们一起庆祝我们的结婚纪念日呢。我们开香槟庆祝，举办一次美妙的晚宴，来的都是很清楚我们的经历并与我们一起分享这些经历的朋友们。与 P2P 中大多数事情一样，现实远没有我幻想的那么美好。到了秋明，我们在 FTC 按要求签了到。参赛人员共预订了两家酒店，签到处就设在其中一家的大厅里。站在装饰着红色天鹅绒、黑色大理石和黄金吊灯的酒店中庭，我与签到处的工作人员聊了几句，向他表示我们不想再返回车里开到另一家酒店，希望把我们就安排在这家酒店。"很抱歉，亲爱的，"一位工作人员说，"你们被安排在那边。但不用担心，亲爱的。用不了半小时就到了。真的，不远。"她说起来容易，因为她的房间就在楼上。在这个特殊的日子里，一想到还要返回车里，在高峰时间拥挤的交通中爬行，我就实在无法忍受。"让我们就留在这里吧，"我恳求伯纳德，"这儿那么可爱，那么柔软，那么闪亮。也许他们还有多余的房间呢。"

伯纳德去了前台。我并不怀多大希望。参加比赛的有三百人，即使只接受一部分参赛者，任何一家酒店都一定没有空余房间了。一开始，因为没有空余房间，我们似乎必须得返回去开车了。也许察觉到了我的失望，或者也许看到了赚更多钱的机会，前台服务员问我们是否愿意住总统套房。伯纳德转向我："我们需要总统套房，不是吗？"还没等我回答，伯纳德就订了酒店私人餐厅的一个二人桌。由于在法国长大的原因，伯纳德还从来不习惯围绕像感恩节之类的美国节日进行的庆祝活动。但是，这个男人知道在我们结婚纪念日这天如何款待我。我心里充满了快乐，想象着点菜和服务员送来一盘食物的场景。首先，我们花了几小时的时间，享受我们的二人世界。我们躺在浴缸里的白色泡沫下面，一起休息，享用了蓬松的毛巾，穿上毛绒浴袍四处地随意走动。我包里的衣服还是脏的，但是至少今天晚上，我觉得很干净很特别，当然还有恋爱的感觉。那天晚上，我们两个举起香槟庆祝。我们离巴黎只有一半的路程了。

以货易货
彼尔姆—喀山—下诺夫哥罗德—莫斯科

　　斯维特拉娜和亚历克斯与伊琳娜和迈克尔地位相当，它们正在乌拉尔联邦区的首府叶卡捷琳堡市的沃尔沃代理商店那里等着我们。叶卡捷琳堡是由沙皇彼得大帝于一七二三年建立，并以他的妻子凯瑟琳命名的城市。既然我不得不放弃欣赏这座城市的风景、那里的纪念碑和博物馆、美丽的教堂和优雅的庄园，作为补偿，我很高兴能见到这两位朋友。斯维特拉娜身材娇小，穿着很时髦，白皙的皮肤，金色的头发。她穿着一身讨人喜欢的米色紧身套装，打扮得更像是模特，不像售货员。亚历克斯是和蔼可亲的蓝精灵，在相貌上配不上她，但是比她更急于要练习英语。可是，说到身体接触，他们两个可是绝配，他们两个都和我们拥抱，猛劲地亲我们的面颊，为我们打开车门，然后手搭在我们的后腰上，护送着我们进入他们的地盘，就好像我们是王室成员一样。考虑到发生在沙皇尼古拉二世和他的家族（通过这座城市的最后王室成员）身上的遭遇，我确信这并不是一件好事。不管怎样，一九一八年罗曼诺夫家族还是被谋杀了。现在是二〇〇七年，时间的流逝，已足以让俄罗斯人对非无产阶级的反感消散了。另外，徘徊在另一家汽车修理店时，我一点儿也不觉得自己有多高贵。亚历克斯关注的是如何自我提升，在代理商这里还要待上漫长的一天，现在他在透露他希望将来升上管理层。同时，他还非常高兴地为我们要了鸡肉汉堡做午餐，找到一位技师在罗克珊娜下面做点焊，还把我们介绍给他在零件部的同事弗拉基米尔，我们决定从他那里买一个新千斤顶。

我们带着一个很好的千斤顶。确切地说，是两个。一个是常见的那种，靠在杠杆上的上下移动顶升汽车。很重，但是足够强大，能够顶起比罗克珊娜还重的汽车。另一个可不是普通的千斤顶。它是伯纳德从台湾订的一个沉重的塑料气球，用排气管喷出的热空气充气。当时的想法是，如果罗克珊娜陷在柔软的沙地里，平常的千斤顶会沉入地下，这个气球就可以展开在柔软的表面，根本不会下沉。随着气球充气，罗克珊娜就会被下面的充气垫顶着升起来。但这个想法在实际使用中并没有实现，那次我们尝试给它充气，罗克珊娜的重量占了上风，充气装置喘了最后一口气，罢工了，这时气球才充了一半的气。

考虑到罗克珊娜脆弱的悬挂系统，伯纳德想尽可能地减少汽车的负重。虽然台湾产的气球千斤顶没有发挥作用，可伯纳德还是很喜欢它的设计理念，不想抛掉它。不管怎样，尽管留两个千斤顶有点过分，但是一个折叠起来的塑料要比一堆钢质零件轻得多，这是毫无疑问的。于是他决定，扔掉那个沉重的千斤顶，换一个大小、规模和重量都中等的。

弗拉基米尔为我们提供了几个选择，每一个都比后一个更小更轻。伯纳德最后选中了一个中等的千斤顶。亚历山大给我们做翻译，向我们保证这个千斤顶能够将汽车升到适当高度，需要时，伯纳德可以毫不费事地在罗克珊娜下面进行工作。我们把崭新鲜红的瓶式千斤顶放进行李箱。谁知道呢。从西伯利亚大铁路上汽车出故障，到成功到达巴黎，这期间减少五磅汽车负重，结果就可能大不相同。伯纳德把那个超级千斤顶送给了亚历克斯，他似乎很高兴得到一个如此强大的、做工考究的、有用的美国货。我们两个都没有想到问他有没有汽车。

第二天早上，我从房间把包和袋子拿下来放到车里，准备好继续驾驶去彼尔姆——真正的古拉格集中营残暴中心。我仔细研究了俄罗斯地图，尽管我们已经走了差不多一千四百英里，但是看起来好像几乎根本就没取得什么进展。俄罗斯太大了，我们要一直走啊走啊走啊。这很令人沮丧。我们很努力地要完成当天的赛程，但是，每次看地图，都发现没有多少进展，离与爱沙尼亚接壤的边界还有很远很远。古怪的俄罗斯坑洞没有任何帮助作用。它们不像我见过的任何东西。

首先，就像这个国家本身，这些坑洞都很大，可是这还不是最糟糕的。在其他国家想法填补这些坑洞时，俄罗斯却让它们变得越来越大。一个开始还是不大不小很匀称、边缘稍微倾斜的坑洞，被道路工人弄成一个浅沟，这个浅沟有时候有几英尺宽、五六英尺长，棱角分明两面垂直。这些坑洞注定是暂时的，因为每次有沥青罐车过来，它们都要被填上铲平。问题是，公路上根本就没有沥青罐车在跑，至少我没看出来有。似乎这些坑洞从来就无人问津，因此时间越长，就变得越宽。它们莫名其妙地出现，能把坚固的轮胎搅成肉馅，或毁坏钢板弹簧，就像它们是造模型用的轻木，而不是四分之一英寸厚的钢板做的。驾驶员们宁愿冒着生命危险转向迎面而来的车辆，也不愿直接迎着坑洞开过去。

那天上午，有那么一会儿，我们驾车穿越在宜人的乡村。汽车里飘满了新鲜的干草香味。我像在家一样，四处寻找拉干草耙和打包机的拖拉机，却看见草地里用手耙干草的人们。我们经过的那个村庄很富裕。之所以这样说，是因为我看到村子里有结实的砖房，挂着镶有花边窗帘的窗子里摆着红色的天竺葵花盆。那天天很好，阳光明媚，空气凉爽。闭上眼睛，我都能分辨出路边开放的紫羽扇豆和野胡萝卜花散发的甜甜的香草味。

罗克珊娜在毫无预兆的情况下开始摇晃起来。我的眼睛突然睁开，正好注意到我所见过的最大最陡的坑洞。伯纳德要是尽量避免这个坑洞的话，就会撞到行李箱，这时就听见行李箱炸雷一般响了一声，车子开过去了。罗克珊娜勇敢地颠簸前行，一会儿向上弹起，一会儿又侧向一边。轮胎没有爆，油箱也没有。令人难过的是，就像许多成熟女性一样，她的屁股比以前下垂得更厉害了。哪怕是一点点草皮都能让她的后屁股疯狂地上下震荡。伯纳德紧紧抓住方向盘，驾驭着这头尥蹶子的野马。我们内心充满了紧张不安，都在担心万一车子坏了，我们该怎么办。

伯纳德似乎在努力让自己镇定，告诉自己他的经验很可能是错的。我也不愿相信减震器又坏了，但是，我不知道为什么罗克珊娜要拖着屁股才能到人行道上。紧接着，我想象着我们陷入了无边灾难的深渊。

我们到达第一个赛段控制站，时间还早，谢天谢地，这里的停车场有很多平地儿，可以把汽车顶升起来。从行李箱取出让人振奋的樱桃红色的新千斤顶，伯纳德把它放在罗克珊娜的右后轮胎前面，开始加压。千斤顶的手柄很软弱无力，立刻就弯了。罗克珊娜一点儿一点儿地往上升起。伯纳德抬头瞟了我一眼。停车场上很热，他的脸颊和脖子上已经在往下滴汗了。终于，千斤顶已充分撑起，很显然，它并不像包装袋上说的那样好。我们把自己带来的可爱的轻型千斤顶拉开，然而也只能勉强创造足够的间隙，让伯纳德能够仰着钻进汽车底盘下面。在下面，连举起胳膊的地儿都没有，更不用说挥动工具了。我站在他旁边。虽然与往常一样，我这个领航员看上去像是很放松的样子，看守着工具包，但是我能感觉到自己在磨牙，放在口袋里的双手也攥成了拳头。我只知道，不管哪里出了故障都不好修，但是别在这前不着村后不着店的地方呀。再加上万一那个脆弱的俄罗斯千斤顶撑不住了，将我们超载的汽车砸到伯纳德头上，一想到这些我就担心得要命。为了不让自己一点儿建设性都没有的焦虑使伯纳德更加担心，我嘴巴紧闭，扮个鬼脸，希望人们会以为我在微笑。

伯纳德扭动着身体，从车底下钻出来，满头是汗，衣领都湿透了，衬衫上都是砾石大的麻点。"减震架又坏了。"他告诉我。这是第六次了。一定程度上，我松了一口气，不过是再一次的常规修理。另一方面，我能够感觉到问题越来越严重，因为没有了减震器，本来就很长的一天就会觉得更长了。更让人恼火的是，别的车组都设法完成了复杂的发动机维修，修补了像吹头垫片和弯拉杆这样的严重破损，可我们就连这样简单得多的一个问题都搞不定。

伯纳德沮丧地叹了口气。"我们需要找到一个斜坡或者坑儿。我可以把车开上去，然后钻到下面把它取下来。"我们迅速扫了一眼周围的泥土地。这个事情很简单，就是找一个大的停车区域，长途卡车司机可以停车休息或吃东西的地方。这里没有汽油，没有维修点，没有技师。

因此，我们离开了，希望在路上找到一个伯纳德可以修车的地方。让我们吃惊的是，走了还不到十公里，还真让我们看到了一个斜坡，与在蒙古科布多发现的那个一样。这个斜坡在一个看上去像是废弃的汽车修理厂的后面。那家店的所有窗子都破了，窗框里伸出致命的玻璃碎片，尖利的碎片散落了一地。路面裂缝里杂草丛生，塞满垃圾，阳光都晒不进来。这里没有人群。根本就没有人。到现在为止，我们对减震器已经相当有经验了，所以很快就把它拆下来了。伯纳德转向我，说了我过去两星期来一直在担心的话："在检查站的时候，我没能看到，但是在这儿，这很明显。"

"不，不，不，"我默默地乞求道，"我不想听到这个。"

"我觉得钢片弹簧坚持不了太久了。"

我现在可以告诉你什么是钢片弹簧了，它是一个让汽车尾部正常上下左右弹跳的零件。它让汽车保持直行，让乘客舒适地觉得它们和车子都在朝同一个方向行进。之前，我不完全知道，一旦钢板弹簧坏了会出现什么状况，但是长时间来一直假装自己知道，自己也从来没有问过。无知也是幸福啊。但是现在不是这样了。

将汽车慢慢地驶离斜坡，我们离开这个废弃的地方，上了公路。这就是它所需要的。走过崎岖不平的道路、通过沙地沼泽、溜下骇人的斜坡、越过岩石和洞穴，在世界上各种艰难险阻的路上走过四千四百英里之后，在一个再简单不过的路边，这个钢板弹簧用尽了最后的气力，彻底不工作了。没有什么激动人心的。前一秒钟罗克珊娜还在正常行驶，后一秒钟它就像被拦腰截断，螃蟹一般地在公路上横行了，它的前后两端分别朝不同的方向移动。

伯纳德没有朝着那天的目的地——喀山的方向驶去，相反，他掉头朝检查站驶去。假装一切都还好是没有希望了。我们的处境很严重，这是很明显的，也是很令人痛苦的。虽然他还是一如既往的乐观，他能想到的最好的办法也只能是："我觉得我们可以退回去。到时候再想办法。"

我双眼圆睁，能感觉到自己呼吸紧促。伯纳德的积极态度，总是取之不尽、用之不竭。他就是"能做"先生。如果连他都对未来感到不确定，那我怎么办？就像撒旦打开了他的恶魔之袋，我所有的消极情绪开始在脑海里乱跳。我的反应一点儿理性都没有。我担心得都要疯狂了，即使我意识到这样做一点儿都没有。

用了将近十五分钟，我们往回重走了那十公里路，在此期间，我烦人的焦虑感慢慢平息了，伯纳德也做出了打算。"看那边，"他指着检查站后面停着的那排空的大卡车。"也许其中就有一辆和我们同路呢。去买些冰激凌来。"伯纳德现在悠然自得了。当灾难袭来时，他变得越来越坚强和自信，而且他还总能给我找到一点儿空间，让我做一点儿工作，使我在他的计划最终取得成功时，拥有必要的一席之地。我喜欢做一件对整个事件成败起关键作用的有价值的工作。此刻，成功就取决于冰激凌。我很乐意负责把它买来。

我从检查站对面闷热难闻的餐馆里走出来时，柠檬绿和樱桃红的冰棍已经开始融化了。在太阳的强光下眯眼望去，我看到伯纳德正站在一辆崭新的车辆运输车旁，可以把十辆新车绑在分成两层的车床上的那种车。只有这辆车是空的。我忧郁的想法里出现了一丝希望。伯纳德挥手让我过去，指着正自豪地站在卡车驾驶室旁边的、身穿奇怪短裤的健壮的金发司机说："米哈伊尔要去莫斯科。"

"莫斯科？真的？"我尖叫起来，递给伯纳德那个樱桃冰棍，滴了他满手指的水。

一小时后，我们的汽车被安全地捆在了运输车架上，我们舒适地坐在米哈伊尔的车里，我坐在乘客座位上，伯纳德弯腰驼背坐在我们身后的卧铺床上。我们的运气简直太好了，因为我们发现米哈伊尔驾驶的是一辆无烟车。先前还似乎是灾难的事情，现在变成了一次地地道道的冒险。卡车座椅没有悬架，刚坐上还不到一小时我的后背就开始疼了，但是没关系。米哈伊尔和我用对方的语言交流了四分钟后，就都词穷了，但这也没关系。我们已经在去往莫斯科的路上了，况且我们还不用亲自驾车。

几小时后，我们在路边的小摊旁停下来，吃了一顿俄罗斯快餐烤肉串，算是我们的午餐了。一个小炭火炉上烤的多汁的小块羊肉，配上一堆炖洋葱和辣椒。汁液顺着我的下巴流下来，渗透了薄薄的纸盘。这是我进入俄罗斯以来吃的最好的一顿饭，在此之前我们走了整整七天，行驶了两千三百英里。那天下午晚些时候，米哈伊尔在一群妇女身边停下车子，这些妇女蹲在一些盛着浆果的小篮子旁。他给我们买了一袋宝石般的木草莓，摆摆手拒绝了我们给他的钱，用他那有限的英语说，这种收获不会持续太久。这些草莓很难买到，所以他总要停下来买一些。回到路上，我们三人享用了这些浆果，手指尖被染得红红的，我把最后一包饼干扔到杂物箱上，接着享用。

离开检查站十小时后，米哈伊尔转进了一家华丽的卡车驿站。那里有一个新汽车旅馆，是一个很大的自助餐馆，汽车旅馆后面的停车场上，停着一百辆卡车，黑魆魆的像沙丁鱼罐头似的。我和伯纳德从驾驶室跌跌撞撞地下了车，因为长时间的颠簸，我们俩就像两个麻木的布娃娃一样。米哈伊尔仍像我们刚出发时那样生气勃勃，虽然只穿着很小的短裤和紧身 T 恤，但他似乎对寒冷的空气没有反应。他把我们领进旅馆的门厅，人们直接在这儿领房间钥匙，效率很高，但其他就没有什么了。他和看门人交谈着，朝我们点头示意。似乎他在告诉看门人我们是贵客，所以必须住最好的房间，因为她把一张灰色的价目表推到桌子对面，用手指了指，表明我们的房间是他们这里价格最高的了。

因为现在不用再坐卡车了，我们已经稍微松了一口气，于是示意任何旧床都可以，只要它是固定的；我们真的不需要他们最贵的套房。米哈伊尔强硬地摇了摇头。我们要把他的房间的钱也付了，但是他表示要睡在卡车里，丝毫没有商量的余地。他的那副肩膀足以表明，如果我们不住这里所提供的最好的房间，他会生气的，所以我们摇摇晃晃地上了两级台阶，沿着一条铺有黑紫色地毯的长长的走廊过去。我们的房间竟然是卡车驿站蜜月套房，偌大的房间里，挂着血红色的丝绒锦缎大窗帘，我们两个放声大笑起来。墙壁上装饰着俄罗斯名胜古迹的天鹅绒画，这儿是一个洋葱形屋顶，那儿一座凯旋门。床上铺的是毛绒红色床罩，掀开床罩，下面是一个羊毛老虎印花被子。再加上两盏台灯，完整地再现了维多利亚时代的公共妓院效果，透过浓密的流苏灯罩，射出淡淡的黄油色灯光，使空荡荡的大部分红色房间处于黑暗之中。没关系。这比我们预期的好多了。

我们打开一瓶热果汁，为我们意想不到的好运干杯，还分享了一把碎饼干屑。然后，我们拉起老虎被，上床钻进被窝。明天，我们就到莫斯科了。

芭蕾舞
莫斯科

　　我们在莫斯科有一天的休息时间。我期待着和往常一样，给鞋打打鞋油，在另一家修理店的污秽隔间里，给忙碌的伯纳德提供精神支持。让我们特别吃惊，同时又让我个人很高兴的是，对罗克珊娜要进行重要悬挂系统手术的技师和店主，拒绝让我们干任何活儿。"不，不，你们去休息，享受莫斯科。"他们说。就像大惊小怪的老太婆，他们把我们从店里推了出来，许诺有问题给我们打电话。就这样，在第二十三天，在穿越了中国、蒙古和整个西伯利亚之后，奇迹发生了。我们终于可以一起四处逛逛了。

　　这种感觉，就像我们第一次约会一样。我们挽着胳膊漫步在红场，欣赏着圣·巴索大教堂宝石般的洋葱式圆顶，上面华丽的绘画，让我想起了迪士尼乐园里的复制品。我们站在一座俄罗斯东正教堂里，全神贯注地倾听着用丰富的古老和声唱的弥撒曲。我完全被这美丽的歌声所征服了，刹那间我的精神被屈服了，我为我每一个家人点亮了一支细长的蜂蜡蜡烛。因为不会祈祷，我许了个愿，希望他们都心想事成，并希望这能让他们满足。我还为我和伯纳德许了愿，希望彼此间找到的这种新的信任和陪伴继续增长。这似乎是在这次极度疲惫和艰难的旅程中最有价值的收获了。

"我们到莫斯科了，伯纳德，波修瓦芭蕾舞团的家乡！我简直不能相信，"我大声说，"让我们看看他们在演什么。"伯纳德不是那么喜欢文艺表演。他不像我，我是伴着看芭蕾舞、听音乐会和看戏长大的。在我们这些年的婚姻生活中，他几乎从来没有提议陪我去看戏或听音乐会的时候，虽然在我买了两张票时，他经常会答应陪我去。我们俩逐渐形成了一种默契，每个人都有自己喜欢和不喜欢的东西，这让我感觉很成熟恰当。不过，今天可是不同寻常的日子：这是一次史诗般的旅程，而我们要在莫斯科休息一天。我更想出去走走了。我猜想，伯纳德会更想待在酒店好好休息吧。我的一丝希望在出现的同时就消失了。我在想什么呢？这是在参加拉力赛，不可能有神奇的事情发生的。正如我知道他会拒绝我一样，我还很清楚，我很累不想和他争论。不可避免地，我叹了口气，就在这时他说："当然可以，亲爱的，只要你高兴。"我没想到刚才点蜡烛时许的愿，这么快就实现了。

蜡烛的魔力进一步得到体现：我们的酒店看门人为我们弄到了两张芭蕾舞票。我们同那些拉力赛车组人员一样，身上脏兮兮的，而我们要去的又是一个完全不同的地方，于是，我们两人像丑小鸭似的，胡乱翻着我们的行李箱，找适合这种场合穿的衣服。那一刻，我多么希望有一条长裙和高跟鞋，只有这样才配得上和波修瓦大剧院一样有名的大厅。然而，蜡烛能做的事情毕竟是有限的，因此，我决定穿褶皱最少的一条裤子和一件相对干净的衬衫。浴室里的抹布把灰尘都擦回到鞋子的缝隙里去了，但即便是魔术棒也不能把它们变成马洛诺·布雷尼克鞋（马洛诺一直是时装界的传奇人物，并被誉为世界上最伟大的鞋匠）。这样也就够了。

去波修瓦大剧院的路上，我们在一家很小、很优雅的酒店停下，准备喝杯饮料、吃点小吃。能找到一个只有我们两个在一起的地方，让我们感觉很特别，有点晕。就在我们要付钱的时候，我们听到一个男人的声音在喊"伯纳德"。是詹姆斯。他跃上台阶，来到我们坐着的地方，似乎见到我们非常高兴。"来和我们一起喝点儿吧。"他热情地说。

"好呀，"伯纳德说，"好呀，我们喜欢。来，过来。告诉我们，你在这儿干什么呢？"

"我住在这儿。"

"你是说，你不住在拉力赛安排的酒店？"我感到很困惑，就像当时听到他的飞机要飞过来时的反应一样。想了一下，我意识到，并没有规定要我们必须待在拉力赛安排的住处。这样，事情就简单多了。

"没有，"詹姆斯说，"那些酒店很好。我就是比较喜欢这家。"我非常赞同他。我们在莫斯科住的酒店是国际刑警组织时代的遗物，一晚上可以接纳三千名客人住宿，褪色很厉害，很显然它完成它的历史使命已经有几十年时间了，但还一直在使用，没有进行任何修缮。这家酒店与众不同的地方，就在于它前面停着的迈巴赫和玛莎拉蒂轿车，这些都是各种大亨们的车，他们走出酒店时戴着雷朋眼镜，就是晚上也一样。每个人胳膊上都挽着一位富家小姐，一个个身材苗条，美丽惊人，穿着也着实不俗。这里的工作人员都很谨慎、礼貌、愿意帮忙，而且做事效率很高。而在拉力赛酒店，洗衣房的工作效率太低，往往在我们出发前的晚上衣服还没有拿回来，如果有人催促拿回干净衣服，保安们会冲进一个房间，抓住我们这帮人中的一个人的脖子，生气地把他往墙上撞，结果凌晨时就会上演一次抗议活动，一个拉力赛驾驶员在大厅里裸体游行，强调需要洗衣房迅速还回衣服。

这么多的好东西都朝我走来，我都有点眼花缭乱了。首先是芭蕾舞票。现在是来自詹姆斯的邀请。我还注意到，自新西伯利亚开始，詹姆斯一直在寻求伯纳德做伴。很多个晚上，我都看见他们两个在一起聚精会神地谈话。我加入他们时，也是跟詹姆斯的一个队友讲话，但是我仍然能听到一点儿他们的谈话内容，他们谈论的是政治、直升机、飞机、葡萄酒，以及朝他们开过来的汽车，等等。晚上的时候，我和伯纳德都会纠结应该和哪一群人坐在一起，是和我们会感觉舒服自在的罗伯特、曼迪、西比尔等人在一起，还是和我们刚刚了解的詹姆斯、马蒂厄一帮人在一起呢？我过去还从未发现自己这样为难过呢。

向詹姆斯解释了我们要去看芭蕾舞，我们在寒冷的细雨中漫步到著名的剧院大厅，快到的时候，兴奋的人群也接连不断地到来了。进入大厅温暖的灯光里，我看到一条精致朦胧的水滴披肩蒙在我的肩膀上，钻石般闪闪发光。

俄罗斯到处都是官场，在波修瓦大剧院，引座员工作非常认真。其中一位胖胖的女士，仔细地查看着我们的票，好像它是一张一百美元假钞，查完那张票然后又朝我们皱皱鼻子，才把我们带到前排包厢里完美的座位上。

灯光暗下来，乐团已经演奏了第一场芭蕾舞剧《卡门》序曲开头的几个音符，这时引座员又领来了两个人。第一位进来的是一位胖胖的夫人，她身上穿的礼服整整小了一半。另一位似乎是她女儿，巧合的是，正好是她的一半大小。不过，包厢已经满了。她们四处找地方坐的时候，包厢里的其他人似乎认出了她们，我们身后传来了一阵礼貌的耳语，就像秋风中飘着的树叶发出的声音。

伯纳德真是个绅士，立刻把座位让给了那位夫人。她误解了他的手势，像棵粗壮的大树站在那里，纹丝不动。然后，他也误解了她，以为她冷漠地拒绝是因为她喜欢站着。只是他又坐下后，她才舒服地坐在他的大腿上。整个表演过程中，她都依偎在那儿，她硕大的胸部挡住了大多数芭蕾舞表演，除非伯纳德想把脸靠在她软软的左胸上。我也不甘示弱，让那个是那个夫人一半大小的女人坐在我座位的一角上，她很小，所以很容易就挤进来了，还挡不住我。

在演员们谢幕后，所有人都站了起来，包括伯纳德，这让我松了一口气。快要结束的时候，我还一直担心，这个执着的俄罗斯夫人的分量，在他腿上整整压了两小时，还不得像运气不佳的路跑者一样，把他给压扁了。人们握手拥抱，这两个女人离开了。直到那时，坐在我旁边的人才向我解释说，他们是乐队指挥的母亲和女儿，现在他们出去到后台向他表示祝贺去了。周围所有人都很高兴，因为我们对这样的贵宾表现得很好。伯纳德对我没有让他和我讨论表演而十分放松。毕竟，他真的什么也看不到。

独自出行
圣彼得堡

圣彼得堡耸立于芬兰湾沿岸，我们到达那里很棒的酒店时，古斯塔夫立刻上来与我们搭讪。他一看见我，就抓住了我。他连问都没问，就对我说："明天我们休息，我想让你带劳拉在市里四处逛逛。"我看看伯纳德，想让他帮忙，我故意提高嗓门，就是想让伯纳德听到，"很抱歉，古斯塔夫。明天我们得修车。"

古斯塔夫根本就不听。"她会在我们房间里等你。"

伯纳德，无视我哀求的目光，竟然站在他那一边。"好的，迪娜。你去吧。有人做伴，你会喜欢的。"古斯塔夫走了后，我对伯纳德说："我做不到。我不能一整天跟一个情绪低落的人讲法语。应该陪妻子转转的是古斯塔夫。你得想办法帮我解脱。"

我在修理店里待了很长时间，这让我有机会把每一把扳手上的精美印花浮雕都研究了一遍。我还看出了其他车组人员的配合模式。谁会给队友帮忙，谁是独自工作。我有大把的时间思考我看到的现象。

在男性团队和夫妻团队之间，存在着很有意思的区别。男性团队的两人会一同来到修理店，并一起修车，在一天结束时（通常）会开车出去。而夫妻团队，总是丈夫出现在修理店，在寂寞庄严的一整天里到处翻找工具，只有在有人（通常情况下会是我）给他拿来一点儿吃的时，才活跃起来，然后才回到酒店，找到自己的妻子，而妻子因为一天都在外边和女孩子们在一起，显得很是精神焕发。当然，这不包括古斯塔夫的妻子。她似乎很是无所适从，很孤独，不知道该怎么与人接触。

然后，就是我了。说我忠实也行，愚蠢也罢，我不能抛弃伯纳德和虚弱的罗克珊娜。我对此感到很惊讶，因为在我们过去的生活中，在拉力赛之前的那段时间，我根本不会这样做的。那时候，我轻松地做我喜欢的事情，琢磨着如果伯纳德需要我，他会说的。拉力赛刚开始时，我也是这样做的。我关注的只是这次旅程，而伯纳德则负责当天的目标。现在，会抛弃伯纳德的那个迪娜似乎变了一个人。只要为了让罗克珊娜继续前进而必须要做点什么时，我就会一直陪在伯纳德身边。伯纳德也在改变。从汽车问题上，他看到了改变想法的好处，即便只有在他停下车的时候才这样，即便每次只有一小时。

过去几个星期里，我一直在思考着一个新的想法，目前我还无法清楚地用语言将它表达出来。就像是说，如果我们要一起度过美好的时光，那么我们就必须经历艰难岁月。如果两人一起去旅行，然后让伯纳德一人去辛苦修理罗克珊娜，我觉得这样做不太道德。虽然我不是什么星级修理工，但我也很擅长，并且越来越擅长，找出需要的工具、提供精神支持、说服老板给我们派一位技师或者焊工。我还完成了订午餐的任务。我准备声明，这不仅仅是行动，它还很重要、很有意义。

伯纳德也看到了我在努力改变自己，同时也接受了我有些性格特点很差，是永远不会改变的了。比如，几天前在一家酒店，我与一位前台接待发生冲突，大声吵吵了半小时。我吵着要一个不同的房间，我委屈得眼睛都哭红了，脸颊上也泪迹斑斑。这期间，伯纳德就待在酒吧里，希望只要保持距离，就能让他和那个尖声抱怨的人（就是我）撇开关系。我们不谈论我的这一面。不过，我在学会原谅自己，没关系的，即使有时候我让我们两个人都很尴尬。因为当伯纳德在一直喝酒的时候，我为我们争取到了更好的房间。是的，我仍然计较得失。

虽然如此，圣彼得堡是我最后一次参观俄罗斯的机会了，因为下一站我们就到爱沙尼亚的首都塔林了。从莫斯科向北，经过漫长的四百五十五英里行程后到圣彼得堡的路上，我和伯纳德友好地谈论了这个问题。因为伯纳德做事很理性，一点儿都不感性，所以我是这样对他说的。"我需要休息一下，"我告诉他，"我只是不想在休息日还和车子待在一起。当然，如果它真的需要帮助，我也会留下来的，但是对我来说，罗克珊娜现在好像没有什么问题，至少没有什么我们能修理的。"这听上去很清楚也很客观。我明白，这也带有一点点防御的性质，但是在路上二十一天后，毕竟比这更危险的情况我们都经过了。

"当然。你应该去参观一下圣彼得堡。我来检查罗克珊娜。别担心。"

伯纳德准许我离开时，我却后退了。"不过，我也可以不用，"我犹豫着，"或者也许你会和我一起去？"我看了看他，恳求他能与我有心灵感应，读懂我的心里话："求你了，就这一次，别总那样尽职尽责了，和我一样放任一次吧。"

伯纳德根本不了解我的心思。理性也不允许他那样做。"不行，我想检查几个地方。你去吧，去一整天。我会很好的。"

花一天自由时间，陪同一位精神低落的女人一起逛圣彼得堡，我做不到。如果我要自由，我就得一个人独自出门。我偷偷溜出了酒店。伯纳德已经同意，如果看到古斯塔夫，就对他说我出去买修车需要的东西了。然而，离开酒店的时候，我都不敢随意晃动肩膀。我弯着腰，更像扛着一袋偷来的土豆。虽然如此，我还是出发了，决定要好好逛逛圣彼得堡，享受这自由的一天。

我计划在艾尔米塔什博物馆和冬宫的其他地方玩玩，再去看看遇到的随便什么俄罗斯东正教堂看看。由于时间紧迫，我绕过博物馆门口的蛇形线，混进一个法国旅行团。我发现自己在博物馆里逛得一点儿目标都没有，那里展示的大量古董使我感觉越发忧郁和令人沮丧。我断定，吃东西会让我提起精神来。餐馆在博物馆地下室，桌子上堆满了美味的糊糊沙拉、盛着宝石般的甜菜和胡萝卜的陶瓷盘、装咸鲱鱼的玻璃碗和配有大片黑麦与燕麦面包的烟熏鱼，当然还有齐全的炖牛肉、汤、土豆（土豆饼和土豆泥）和甜点。即便是眼前摆了这么多开胃的东西，还是没能遏制我心里愧疚的声音。我要体验的是单纯的享受，不是正困扰我的这种犯罪感。

出了博物馆，走到阳光灿烂的地方，我等待喧嚣的城市街道施展它们的魔法，因为任何一座城市的活力是我一直喜欢的东西。可现在，一切都让人那么迷茫，太多的游客蜂拥而至，所有东西又大又空。我一个人在这儿到底干什么呢？这次旅行的重点，不就是不管发生什么都要和伯纳德肩并肩面对吗？

置身于这一切喧闹之中，我似乎从这忙碌的喧嚣中高高升起，看到自己在很远的下面，轮廓鲜明，就像冬宫院子里的那座武术雕像。一缕温暖的阳光照下来，仿佛看门人停下了打扫灰尘，打开窗帘一角，刚好让阳光透进来一样。它到底希望照亮什么，我还说不出来，但是我确实感觉到了变化，最多我要适度改变一下我的正常思维方式。不像地震那样强烈，更像是我轻微移动了一下位置，从而改变了我的视角。我意识到"伯纳德和我在一起吗？"或者"我和伯纳德在一起吗？"这样问不正确。"他比我好吗？"或者"我比他好吗？"也不正确。这些问题甚至是毫不相关的。

我伸出手臂，示意一辆出租车停下。一辆凹陷得很厉害而且生锈的老爷车停在了路边。尽管是辆破车，但我一坐进车里，立刻觉得比站在大街上自在多了。我高兴地发现伯纳德还在停车场，他看到我从出租车上下来，朝我开心地笑了，这让我觉得无比温暖。我比预计的傍晚才回来早了好多。他让我走。我回来了。

像命中注定一样，我回来刚一会儿，古斯塔夫就溜达过来了。"你今天去哪了？"我问他，我转移话题，不让他问我同样的问题。

"我和劳拉去市里逛了。"他沾沾自喜地说。听到这，我很高兴。不用说，与自己的丈夫下午一起逛圣彼得堡，正是劳拉所需要的。"所以，我现在也要去修车了。也许我们晚饭时会见到你们。"说完，他大步向酒店另一边的停车场走去。

我们不置可否地点了点头，等他一走远，我们就从罗克珊娜里面抓起包，钻进一辆出租车，往身后看看，确定没有人看到我们。我们从詹姆斯那里取得了经验，在艾尔米塔什博物馆附近订了一个酒店。拿着我们过夜的几个小包，我们下了出租车，把它们交给一个比我们穿得还优雅的看门人。晚餐时，我们很满足地品尝了俄罗斯最好的鱼子酱和少量伏特加。我吃了很多黑鱼子，喝了很多好酒，比平时都多。伯纳德也一样。这种感觉就像我们在刚结婚时度假一样。

边界：二
圣彼得堡—塔林—里加—维尔纽斯

当我们得知拉力赛的其他人员耽搁在俄罗斯与爱沙尼亚的边境城市伊万哥罗德时，我们已经走在爱沙尼亚美丽的海岸线上了。这里的空气很新鲜，波罗的海咸咸的海水味扑鼻而来。后来西比尔跟我们讲，当我们在自由地呼吸着新鲜空气时，拉力赛其他人员则在边界停车区搭起帐篷，取出睡垫，在跑道上练瑜伽，一会儿冥思，一会儿又冲愤怒的边境官员大喊大叫。我们已经把俄罗斯远远抛在身后了。我们沿着一条路边开满向日葵花的小路开下去，绕过一个弯，发现一片片开着深蓝色的矢车菊的田野。一条蜿蜒的土路，弯着手指，示意我们从汉塞与格瑞特（《糖果屋的故事》童话人物）带烟囱的小屋经过。有些小屋上面还有鹳鸟在上面筑巢。我们心里充满了说不出的喜悦，高兴得像尴尬的小学生咯咯地笑起来。罗克珊娜就像在魔毯上一样，带着我们滑过奶油色的阳光，进入一个大树形成的哥特式拱门下茂密平静的阴凉下。穿行在树荫下，我们心里充满了宗教式的虔诚，渴望安心与美好。

我们有的是时间。我们把车停在一个小乡村里，手拉着手，漫步到铺满卵石的海滩。越过深蓝色的海水，我凝视着远处一望无垠的地平线，太阳照在皮肤上，慢慢地坚定地变得暖暖的，融化着我的灵魂。这种感觉就像几个星期来我一直屏着呼吸，直到现在，才终于呼出来。"快看，迪娜，我们可以买个三明治吃，"伯纳德指着附近的售货亭说，"还有饮料！"如果在其他时候，我们会根本瞧不上这些玻璃纸包装的切片干面包的。此刻，我却觉得它里面肯定有很多好吃的。火腿？奶酪？意大利腊肠？还有番茄和莴苣？甚至橘子饮料？没有什么会比这更精美可口的了。我们坐在当地一个"二战"纪念碑前面的三角形草地上，你一口我一口地吃着、喝着，浑然不觉，我们是多么幸运。

　　刚开始一切都很平常。终于，经过两个星期的艰苦行驶，我们几乎要走出俄罗斯了。我和伯纳德都不喜欢磨蹭，很早就朝边境检查站出发了，就像我们晚上需要早早休息一样。我们很高兴，把最后一些卢布花了，加了油，跟着指示牌，沿一条有坡度的窄路行驶，这条路是用来汇集车辆，单列进入位于俄罗斯和爱沙尼亚边境的移民控制区的。

　　有这种计划的并不光是我们自己。组织方工作人员在我们前面。我们是在他们拐一个 U 形弯的时候看到他们的，快速转动的轮胎扬起的灰尘飘到身后的小山上。他们飞奔过去时，车子里传出来几句话，就像往车外抛垃圾一样。我只听到了一些片段，我想是"关闭""警卫""往后"，还有一些骂人的话。这些话也许可以作为有趣的俳句贴在冰箱门上，但是要说清楚那天早上一百多辆车要穿过边境，要俄罗斯中间人来应对官僚作风，这些话一点儿意义都没有。因此，我们没有理会他们，继续沉着地向提到的那个检查站驶去。"必要的话，我们会冲破障碍，继续前行。"急于想永远离开这里的我勇敢地说。

"或者，我们可以说发生了制动器故障。"伯纳德说，他说话的语气说明他已经检查了，很清楚它们没问题。

一般情况下，我会把显示无辜友好的事情留给伯纳德去做。今天，警卫站在我这边。我看见他在透过脏兮兮的木屋模糊的窗户看我们。他的动作不像一心想把我们赶回去的样子，像突然站起来朝我们大喊，或者威胁地指着山上那样。如果是这样的话，那么他现在做的，我认为是个好迹象。

我把手臂伸出车窗，手里拿着护照，递给他我们最宝贵的文件。试探性地，他走了出来，看了看我手里拿的东西，好像它是法贝热彩蛋（俄国著名珠宝首饰工匠彼得·卡尔·法贝热所制作的类似于蛋的作品）似的。然后，他像见到外星人一样盯着我们。也许他在想："不，不，不。鲍里斯不能升起栏杆。长官对使用主观判断很生气的。"我脑子飞快地转着，想知道我们在做的事情是不是冒犯了他，紧接着又抛弃了这种古老的侦探小说里才有的情节，而今天的现实不是这样的。另外，这名警卫穿着暖和的冬季制服，只有一件组扣衬衫塞进他那僵硬的紧贴的军裤里。我可以看到他没带枪。我朝他喊道："多布罗耶由特拉。"俄语的意思是"早上好"，然后说"护照"，我向他晃动着以示说明，又说"边境？"这次我指了指门。我身上的每一个毛孔都在向他表示我很顺从。

他猛地一推，拉了拉他那鸟嘴形的帽子，紧扣在头发剪得很短的头上，转身大步离我而去，回到他粗制滥造的小屋那儿。"我们完了，"我想。就在走到那儿之前，他按下一个电子按钮，护栏慢慢升起了。他一屁股坐在靠屋墙的椅子上，这把椅子准是哪家漂亮餐厅里淘汰下来的，他面无表情，戴手套的手简短地挥了一下。

拐过一个死角，我们发现自己到了真正的边境检查站，对面是四个玻璃间，里面应该有检查护照的官员。玻璃间里没有人。我们决定早点到边境来，是很幸运的。周围还没有别的汽车。让伯纳德留在车那儿，我艰难地走了二十码，提心吊胆地到了一个标志着出入境检查的大楼。过边境时，我担心的其中一件事情就是没完没了地排队。那个严厉的官员不会看一眼像我这样能跟他对讲的人，让我难以忍受，同样现在站在队伍里一步一步地往前挪动，让我也很抓狂。

在里面，看起来我像是排在第一位。事实上，没有任何迹象表明，这些空桌子最近曾经用来做过什么，不管是官方的或者非官方的。在这儿，言语交流会是最少的。这里空无一人，我的伐柏拉姆牌橡胶底鞋子踩在光溜溜的地板上，发出响亮的吱吱的回声。一方面，我想让人知道我在这儿。另一方面，我又不想让我的鞋子出卖我。我有点儿畏首畏尾，这时一扇门猛地关上了，一个严厉的声音向我喊起来。有个男人进来了，从他激动的说话声和身上穿的制服来看，显然是一位当官的，他用俄语向我喊了一些话，声音尖利得我都有点不习惯。当时我就想，坏了，我遇到麻烦了。我多么希望伯纳德就在我背后，好好看看我，因为那可能是他最后一次看到我了。

我稍微弯腰低头，匆匆朝这位当官的走去，想让自己留下一个很好的印象。他没有把我拽走，也没有给我戴上手铐，而是打开门，把我轰回了汽车那儿。他跟着我走了几步，捃着嘴笑了笑，指着一扇侧门，说："茶。"听到这个，我刚要礼貌地回答他："是的，我喜欢喝杯茶。"这时伯纳德插进话来（当然很谨慎地）："迪娜，他们在茶歇。"

十分钟后，我们开始办事了，四个穿制服的军官，吃完点心、喝完茶后，有了精神，现在准备好全心全意地关注我们了。我们当然希望这是好事。首先，在完成一些文本工作的同时，我们必须穿过一群人跳舞的地方，把车停好。伯纳德向前开，一个卫兵在一条白线上欢蹦乱跳，其他人在我们身后跳着，挥舞着双臂，像古老的哥萨克人传递信号一样。伯纳德把车掉头，下了车。更多的人在欢快地跳着，挥舞着双臂。终于，每个人都对罗克珊娜和伯纳德停车的位置心满意足，我才得以靠近那个小房间。

一位四十多岁的、长得很好看的女士，抬头看了我一眼。她的金色头发像法式包头那样盘了起来。她穿着军装，领子翻了起来，白色衬衫最上面的扣子开着，一个小金十字架在喉咙处显而易见。如果可以选择的话，我总是会选择女性官员，而不会选男性官员。我的理论是，这样谈判时我们可以产生某种共鸣。然而，真实情况往往是相反的。在多数国家，在维护法律和她们的地位时，女人仍然必须胜过男人们。她们往往更严格，不太愿意放过你。虽如此，我还是压抑不住内心的"你来，女孩！"这时，这位女军官从窗子里伸出精心修剪过的手，向我们要护照、汽车登记证明、汽车保险和俄罗斯的许可证。她负责处理我的业务。

她面前的小桌子上，放着一台计算机和一沓表格。这些表格是用西里尔语写的，我看不懂，但是在比赛前几个月的时间里，我通过自学至少已经学会了用俄语从一数到一百，学会了在公民社会里，如何和人打交道的最简单的话，如"哈喽""是的""不""早上好"，以及"谢谢你"。我还知道一些有用的词，如"鸡蛋""汤"和"炖牛肉"，但是我并不指望在这儿能用上这些。

"早上好。"我鼓励地说。这让她大吃一惊，似乎在想工作前喝的提神饮料是不是真的只是茶。她仔细斟酌了一下我的微笑，脸红了，然后又低下头回到自己的工作上去了。每当我看到她在表格上写字，我都很受鼓舞，一共有两次。一小时后，表格上大部分内容还是空白，这让我很是担心。我练习着呼吸，告诫恼火、不耐烦的那个我赶紧回去睡觉。

到目前为止，大概有四分之一的拉力赛队伍，已经堵满了我们身后的边界停车区域，后来的车排成一条长线，一直到山上了。官员们对此并不是很高兴，尤其是那个负责人行道管理的官员。他不停地朝各个方向跳着，像触电的交通警察那样挥舞双臂，努力让人们把车停好，尊重他划定的停车线，急得满头大汗。他激动的样子，对要开车过来的人不是什么好事。既然我已经跟他打过招呼，并朝他微笑过，抚慰的工作似乎非我莫属了。

"要帮忙吗？"

"是的！"他说，"人。太多。必须在车里等。请你告诉他们。"我把他的意思告诉了前几辆车上的人，并让他们向后面的人传话。可他们根本不听我的。根本不需要什么宗教的启示，就知道这次穿越边界不会很顺利。恼怒的情绪在队列里传播着，就像幼儿园里一个小朋友抽泣会感染其他孩子一样。

必须采取行动，打破文书工作和官场之间的僵局。冒着明显暴露自己的风险，我把手伸进窗户，指着我护照上的数字，尽可能地做了一件事：用俄语重复我护照上的数字。"2、4、2、6、8……"我中了头奖！原来她最主要的麻烦就是搞不懂我护照上的内容。她优雅地向我说了声充满温暖的"塞巴斯吧"，紧接着问我是不是会说俄语。

"不会。"我不得不说，我模仿着动作告诉她，我只会一些简单的词，如数字。她用手指在表格上向下滑动，刚开始我还很犹豫，后来受到鼓舞，我猜测着需要填什么，然后把我护照上的内容指给她看。很快，她就填完了。她在上面盖了一个戳，我们可以走了。接着，又对我们行李箱里包装很严实的货物进行了粗略的检查。我们离爱沙尼亚只有五十码远了。我非常急切地想到达那里，所以当我返回到汽车里时，不知不觉地像赛跑者向终点线冲刺一样，身体前倾。爱沙尼亚的警卫靠在他们的屏障上，抽着烟。我们靠近时，他们把烟灰弹到地上，无精打采地把障碍抬上去，挥手示意我们通过，同时还在彼此交谈着。

我们身后，还有二百五十人在俄罗斯境内，他们很急躁地拥挤在一起，很不耐烦，而且大多数人不懂俄罗斯数字。那些本该帮着解决难题的俄罗斯中间人，似乎也已经拿了钱跑了。比赛组织人员也在我们之后被放行了，和我们一样，他们也是头也不回地向爱沙尼亚驶去。

其他一百二十五辆拉力赛车在俄罗斯边界内整整卡了十一小时。多数人到达爱沙尼亚首都塔林时，已经很晚了，所以直到第二天晚上，我才听到有关在边界耽搁的事情。我完全可以想象当时的场面。当你在停车场长时间一直盘腿坐在位置上，人们很容易失去温和的礼仪，不仅仅是因为膝盖疼，还有空前的暴怒。然而，后铁幕时代欧洲的和平阳光，在到处都是鲜花的爱沙尼亚照在我们身上时，我对此还一无所知。我所知道的，就是那天所有的控制点处都没有人。头一次，我们准时到达那些地方。在当天的路上，还有几次计时赛。是时候找点乐子了。

与兔子赛跑
塔林—里加—维尔纽斯

伯纳德一个紧急刹车，喜欢动力的罗克珊娜，卷起一团银色尘埃，才慢慢停了下来。它停的位置不是特别到位，但是没有关系。我这边的车窗是开着的，所以我可以伸出胳膊，手里拿着时间卡，不会耽误一点儿宝贵的时间。把卡片拿到他的电脑计时器那儿，工作人员报告说："两分三十九秒。干得漂亮，你们两个！准备好再来一次了？"一位爱沙尼亚小女孩，金色头发上戴着一个用蓝色和粉色野花编的花圈，递给我一束花。"欢迎来到爱沙尼亚。你们喜欢我们的赛车跑道吗？"

"喜欢！"我告诉她，我使劲咯咯笑着，几乎说不出话来。"非常喜欢。所以，是的，是的，"我转向工作人员，"我们当然要再来一次。"这是几个星期来我们做的最有趣的事情了，我们一个也不要错过。因为在特别漫长又很单调的耐力拉力赛中，计时赛就像户外郊游时放的焰火、吃乏味的豆卷饼时咬到一口辣椒一样刺激。我感觉很快乐，此时此刻很快乐，去他的什么汽车故障吧！

计时赛很简单，真的。它有一个指定的起点，特定路线，以及确定的重点，你只需尽可能快地开车，只要不（1）在赛道上崩溃，（2）转错弯，（3）过于频繁地刹车，或者（4）这三样事情都发生。根据地形的情况，赛道可能会只有几英里那么长。虽然路线不长，但是却布满了各种检验驾驶技能的挑战，如急转弯、S曲线，在一条非常直的道路，或者碎石和软沙铺就的非常陡峭的山的尽头，突然转向。

伯纳德对计时赛充满了激情，这是一次技能测试的盛宴。它们还让他想起了年轻时开车惹事的日子。令人震惊的人是我。让我很吃惊，但同时让我们俩都高兴的是，我发现我也喜欢这短短几分钟带来的强烈刺激。我确实对这个速度、突然转向和戏剧性场面很兴奋激动。若有机会选择再来一次，我会完全赞成的。

爱沙尼亚、拉脱维亚、立陶宛和波兰是进行计时赛的天堂，那里弯曲的乡村小道和古朴的风景简直就是驾车的极乐世界。每个国家的汽车俱乐部都关闭了一个车道网络，供我们独自享受。当地人守卫着入口处，向他们的邻居解释说，抱歉，下午三点之前不能去西科尔斯基那里买鸡蛋。因为我们的速度非常快，如果在路上碰到任何人或物，那简直就是自杀。

直到现在，我的一点儿数学头脑才搞懂了计时赛的简单公式：困难地形 × 最大速度 = 赢家。我是终结者10，一个可怕的领航机器，我的目光从显示距离增量的里程表，转到给出路上每个拐弯详情的路书上。变化与变化之间离得太近，保持速度又很重要，我和伯纳德一样，努力地跟上前面的情况，到终点线时，我们两个都疲惫不堪了。

一天，在波兰的大湖区，我们行驶在一个阴暗的小巷子里。高大的树上长满了枝叶茂密的树枝，像大教堂的天花板一样遮在我们头顶上方，树干很粗壮，我要双臂围拢三次才可以。穿过古朴的村庄，我们越过起伏的农田，经过整洁的石灰石房屋，在围栏围着的草地上，可能会有一头吃草的奶牛或者马儿，抬起头来凝视我们。花园里一尘不染，各种各样的蔬菜快乐生长着，花儿们也从巧克力色的土壤中破土而出，茁壮成长。

在离当天计时赛起点不远的地方，我在路边看到了一个小龛，那种标记某人死于车祸地点的纪念碑之类的建筑。这个龛很小，而且显然已存在很长时间了。灰泥做的四周上面淡蓝色的漆，已开始剥落了。死者家属献上的塑料花业已褪色，在其前面装饰着地面。伯纳德开得很慢，在我们经过时，我都能看见里面有一根蜡烛在闪烁。这一路上，我注意到了很多这样的小龛，这说明要么波兰是一个坚定的天主教国家，要么这些人的车技实在很差，再要么前两者都是。

在第一个环形道上，我们的亮相还是很体面的。这是一个漂亮的赛道，芬兰湾在热情的黄色太阳花中间时隐时现，就像在和我们捉迷藏。在一个很明显的"之"字形道路上，我们看到了另一辆拉力赛车，其后轮偏离了赛道，汽车前半部分像一头饥饿的奶牛，紧挨着地上的灌木丛。很短时间内，我惊愕了，接着我看到了坐在远离路边的阴凉里的队友们。我们冲过去的时候，其中一位把"OK"牌子举到她的头上。救援车会来把他们拖走的。直到那时，他们会一直享用房子里最好的位子。过了那儿，我们进入了一片松林，泥土路上闪着斑驳的阴影，空气里充斥着刺鼻的松脂味。我们从另一位注意力不集中的竞赛者身边飞驰而过时，我短暂地松开握着的门把手，朝他们歉意地挥了挥手。然后，比赛就结束了。

既然已经摸清了这条赛道的底细，伯纳德现在急着要在第二轮比赛中有更好的表现。我们开到起点停下来，我朝那里的一位村报摄影师微笑了一下，交出了时间卡。"三、二、一，出发！"伯纳德一踩油门踏板，我紧紧抓住门把手，头部向后飞去，就好像它希望在起点那里等着我一样。罗克珊娜沿着直直的沙道向前冲去。在我们两边，一行行平稳的绿草紧紧束缚着车道。在第一次转向前，我们的速度最高是九百码。

我们现在的速度是每小时七十英里。突然一只野兔从地里冲了出来，在我们面前的路上跑走了。"赛道上有兔子！"我大喊。"伯纳德，路书上根本没提到这个！"尽管我真的非常认真在做着我的领航员工作，我还是忍不住笑了出来。很快，我们两个都肆无忌惮地大笑了起来，最后笑得肚子都疼了，眼泪也流出来了。

地里植物很多，我们根本没办法绕过这只蹦蹦跳跳的小兔子。它受到了惊吓，而受了惊吓的兔子只会做一件事：继续跑下去。它的毛茸茸的爪子拍打着地面，沿着赛道跑的时候踢起一股股灰尘，努力躲避着朝它射去的蓝色子弹。对它来说，这是一次又一次的百码冲刺。伯纳德换到第二挡，速度降到每小时四十五英里，远低于第一轮比赛的最高速度，这是兔子能跑的最快速度了。

兔子跑得不够快，它不顾一切地想到安全的地方去，从路上冲进高高的草丛里去了。我想象着它仰卧在地上，在罗克珊娜呼啸而过时，呼呼地喘着粗气，擦着毛茸茸的眉毛。几分钟后，我们到达了终点。就在这个时候，我这边车门上该死的门把手落在我腿上，这是由太多次疯狂的转弯造成的。工作人员有点怀疑地看了看我们，这次我们所用的时间是第一轮的两倍。

"路上遇到了点麻烦？"他询问道。我的脸上还挂着泪水，工作人员以为我在为失败而苦恼。伯纳德笑得喘不过气来，脸都憋红了。

工作人员不知道到底是怎么回事，但是他很有风度地开始想办法安慰我们。"好样的！"他用手拍拍我的肩膀，说道。"很有趣，不是吗？时间不是很重要的，不是吗？"

"养兔子，不养？"我对伯纳德说。离开的时候，我都不敢转身，敞开的窗户飘出了我们的嚎笑声。

人与人的关系

里加—维尔纽斯—米科瓦伊基—格但斯克

当我们到达位于波兰大湖区的米科瓦伊基的酒店时，詹姆斯说："伯纳德，我在格但斯克外面发现了一家很可爱的小酒店，明晚可以住那儿。不是拉力赛官方订的酒店。这个要好得多，很迷人。还有可爱的花园，停车场不错。我们都会去那儿。和我们一块儿去吧，我们好好放松一下。来个庆祝晚宴，也许你喜欢？当然，不用有压力。你和迪娜谈谈，好好想想。但是我们非常希望你们能来。"

"我想去那儿，伯纳德，"我说，"我们去吧。詹姆斯说得对，我们确实值得。"自从那次在圣彼得堡，我们没有住进比赛指定的酒店去了别处以后，我们就似乎与尼克、西比尔、罗伯特及其他人分道扬镳了。虽然我一直认为我们的存在对任何人没有太大关系，但是我们不在的时候还是有人注意到了。"在圣彼得堡的时候，你们去哪儿了？"在俄罗斯边界痛苦地熬过几小时，终于在塔林与我们会面时，西比尔这样问我。我感觉到她的语气里带有一点点责备的意思，这让我觉得有些尴尬，因为直到这时我才告诉她我们的明智之举。

"我们犒劳了一下自己，去了一家小酒店，在离市里那些漂亮教堂不远的地方。"我告诉她说。我没有告诉她详情，因为不想小题大做。

她奇怪地看了看我。"和詹姆斯一伙人在一起？"她问道，努力掩饰她声音中的怀疑。

"没有，没有。我们没有去那儿。"我说，虽然我也不知道"那儿"到底是哪儿。"我们只是想给自己一些时间。给我们自己一点儿奖励……"

西比尔真的很善良，她理解地看了看我，说："哦，我懂了。两只爱情鸟！"难道只是我自己觉得不自在，还是她临走时给我的拥抱里有那么一点儿冷淡？当天，我们开到了拉脱维亚的首都里加。那天晚上晚饭时，我们看到罗伯特和曼迪已经坐在一张餐桌旁了，我走过去像往常一样和他们打招呼。"所以，"曼迪说，"听说你们甩了我们，有了更好的去处。"在拉力赛圈子里，消息传得很快的。

"我们对你们不够好吗，嗯？"罗伯特跟着说，大笑着，然后去逗曼迪，"亲爱的，你会继续和我一起住在贫民窟吗？"他们说得很是轻松愉快，但是没有邀请我加入他们，这时我才感觉到他们根本就不是在开玩笑。我们似乎因为了让自己舒服些，违反了某条不成文的拉力赛准则，一条他们知道而我们不知道的准则。接下来的几个晚上，当我们遇到和他们的朋友在一起的尼克和西比尔时，虽然他们也确实力劝我们坐下，我们也照做了，但是我们并没有待多久。那种在蒙古和多数俄罗斯地方获得的归属感，一去不复返了。刚开始，我还为此很难过。同时，我也感到很困惑，因为如果有人告诉我，他们发现了一个很棒的酒店，并在那里度过特别的一晚，我会说："嚯，听上去太棒了。下次记得告诉我在哪儿，我们也去！"

不过，等我们穿过立陶宛，到达波兰境内时，我看出来了这种疏远并不是针对我的。现在，所有的人似乎都在经历同样的变化。几个星期了，似乎是我们在与整个世界作对。任何一个参加比赛的人都是我们中的一员，没有参加比赛的人是无法深刻理解我们所受的那么多苦难的。仅凭这一点，就足够把我们与比赛车组人员紧紧连在一起，甚至是与那些我们没怎么说过话的人也一样。可现在，我们还有不到一个星期的时间就到巴黎了，很显然坚持到现在的每个人也都会坚持到底的。人们不再觉得非得依赖别人了，不用再彼此束缚了。我们现在走的路状况很好，虽然路程还长，但是因为路好走了，要应付的故障也少了。就算人们要修车，也只是重新利用一些补丁让车子跑起来而已，而不是解决什么新的故障。现在，我也不再觉得自己像海上遇难者，被狂暴的海浪抛来抛去，绝望地渴望有人伸出一只手把我拽到安全的地方了。或者，如果我还有这种感觉，那么，在我需要营救时围住我并将我救起的人，是伯纳德。而我，是救他的那个人。

随着我们和早先伙伴的距离越来越远，现在张开双臂欢迎接纳我们的是马蒂厄这一群人，这也是为什么詹姆斯向我们发出邀请时，我非常乐于接受的原因。我的反应似乎让詹姆斯很满意。"好了。就这样。我们就在那里见啦。"他似乎很高兴我们能加入他们。看到他高兴，我也觉得很快乐。

第二天下午，我们接近那个小酒店时，车轮下砾石发出的嘎吱嘎吱的声音，在我听来很是意味深长。它告诉我优雅的生活是什么样子的，精致瓷器里的丰盛食物、水晶杯里的葡萄酒，以及柔软的高密织白色床单。还有，按摩。砾石一点儿都不错，这家酒店没有让我失望。我趴着待了一小时，让人把我硬板一样紧张的后背肌肉按摩成一个软软的板状东西。要让我紧张的双肩和僵硬的脖子回归正常，可能得需要一百小时的按摩才行。后来，我又洗了个长长的热水澡，我着迷于热热的水不停地淋我的头皮，都不想把水龙头关掉。当我和伯纳德出现在鲜花装饰的阳台时，詹姆斯跳过来和我们热情地握手。他跟我们打招呼还很正式，没有拥抱，但是我现在理解了，不再像过去那样错误地认为这是无礼了。

"欢迎，欢迎，"他说，优雅得就像我们到了他的私人住所一样，"喝点香槟！"他手里拿着可乐，指着冰镇着一瓶"唐培里侬"香槟王的冰桶。我们举杯祝酒。"为我们所有人，"我们说，"为了巴黎。"

他说到做到，那天晚上还真的组织了一场晚宴。我们十个人围坐在铺着锦缎桌布的餐桌旁，桌上放着几层波兰水晶和德累斯顿瓷器。桌子中央，是一个鲜艳夺目的花心，花心里密密地盛开着粉红玫瑰和橘红色百合。我坐在詹姆斯的右边，伯纳德在左边。尽管我宁愿挨着伯纳德坐，因为在餐桌上聊天不是我的强项，但我感到很荣幸。葡萄酒倒上了，盘子里堆着烤蔬菜、多汁羊排、新鲜的水煮鱼，还有更多东西传过来。席间不时传来餐具碰在瓷器上的叮当声，有人因为一句俏皮话而发出温和的笑声。这一切都像梦境一般，这些熟悉的面孔干净、整洁、光亮，女人们戴着漂亮的耳环和闪闪发光的项链，男人们穿着发皱的，但是干净的敞领衬衫。我找出了一件白衬衫，伯纳德也穿上了一件没怎么穿过的衬衫。但是其他人似乎穿的都是刚从衣箱里拿出来，或者刚从酒店商店里买的衣服。所有人看上去都精神焕发。虽然我们眼睛下面都有了永久性的黑斑，但是大家交谈得都很放松。我坐在那里，静静地品尝着这顿非同寻常的晚餐，环顾四周，我注意到我们这群人里有美国人、瑞士人、法国人、荷兰人和希腊人。我们还有一个共同的国籍：拉力赛。

　　饱餐了一个月来最丰盛的一顿饭菜后，我们摇摇晃晃地从餐厅去了阳台。空气温暖芬芳，我们在折叠躺椅上坐下来时，花园里树下传来青蛙的叫声。盛着科尼亚克白兰地、梅子白兰地和金万利的水晶酒杯，还有几个盛着黑咖啡的半透明瓷杯端了上来。抬头望去，在摇曳的树叶之间，金星明亮地悬挂在空中。詹姆斯给大家分发古巴雪茄。自从离开北京，每次见到他，他都在抽雪茄，到现在了还有那么跟大家分享。很显然，这个男人是享有一些特权的。我喜欢在月光下抽雪茄，这是我一个特别的秘密乐趣。我开心地用手夹住递给我的一根雪茄，举到伯纳德跟前点着。

　　当每个人都饱餐了一顿，所有的谈话突然停下来时，人们说的那种天使降临般的平静，现在发生了。一片寂静之中，我欣赏着散发着麝香味的雪茄烟在我头顶盘旋，像喝了酒一样令人陶醉。没有任何前奏地，詹姆斯的一个同伴，走过去拍了拍汉斯的肩膀。"来。"他说。他开始吹起了口哨，那透着一种莫名的渴望的轻快凄美旋律，听得我差点儿哭了。汉斯笑了笑，和他一起到了露台上。这两个男人，一个有着黑黝黝的一头黑发，英俊潇洒，另一个的卷发很有特点，像一个金色光环，幸福地笑着，两人一只胳膊搂住彼此的肩膀。就这样，他们开始摇摆起来，然后，慢慢地，两人都把另一只胳膊抬到身体一侧，打着响指。他们膝盖弯曲，身体下倾，随着有节奏的响指，从另一侧站起。他们跳的像希腊的佐巴舞蹈，但又不是。这个舞蹈令人心碎、充满激情但又让人快乐，我知道我们大家都感觉到了。我们这群兄弟。

结束了？
波茨坦—科布伦次—兰斯—巴黎

中午，巴黎。温暖的空气中夹杂着废气和香水、葡萄酒渣和烤面包混合在一起的特殊味道。我努力地吸气，但不能深呼吸，觉得都要窒息了。我们现在离拉力赛终点只有四百码远了，在我眼里，这似乎是不可能的。

过去几天，我们过的是田园般的生活。我们坚定地追随着自己的路线，到组织方那儿去报到只是为了确认我们还活着，我们穿行在波光粼粼的摩泽尔河谷的葡萄园，我们的出现让在军队营地站岗的卫兵吃了一惊，伯纳德几十年前还是炮兵中尉的时候在这里驻扎过，我们在凡尔登第一次世界大战的战壕前度过了一个阴郁的下午。那里，数亩的高大树木生长在苔藓覆盖的雪坡上，无声地提醒着人们对那次大轰炸的情形：无数人丧命，平整地面被扭曲得伤痕累累、面目全非。

行驶在路上，我和伯纳德大多数时候都是沉默的，各有所思。这种各自独立但又在一起的感觉，还是很让人愉快的。我过去常常以为，如果我们不主动地一起做事的话，那么我们会分开的。现在我不再有那种感觉了。我很疲惫，是的。虽然疲乏，但它没有开始进入我感觉到的衰弱的脑疲劳深处。当我去探究它时，我才发现一路上让我的胃痉挛的那种绷紧扭曲的感觉消失了。取而代之的，是其他的东西，是一个我从来没有感觉到过的我和伯纳德的融合体。

每天晚上，我们都一起吃饭，要么与罗伯特和曼迪，要么与尼克和西比尔，再要么就是与马蒂厄和他的那一帮人。我们时而忧郁，时而欢欣。每个人都神经紧张又筋疲力尽。看得出来，每个人的心思现在都不在拉力赛上了，都转移到了等着与他们在巴黎团聚的妻子、孩子和朋友身上了。我当然也不例外。我们大家都明白，现在我们离终点已经很近了，即使有车子发生故障，也仍可以运到巴黎看到大结局的。至于我们，除非我们遭遇了什么事故，否则我们知道我们会自己开进巴黎的。罗克珊娜现在状态很好，就是有点比平时费油。每天结束的时候，伯纳德都会简单地检查一下汽车情况，但是不需要我在旁帮忙了。我有一点儿自己的时间了。一天下午，利用一小时的自由时间，我买了鲜红色的指甲油，涂了脚指甲。在一家很普通的商店里，我发现了一双尖尖的软皮革平底鞋。指甲油颜色太亮了，鞋子是两年前流行的款式。两者搭在一起，顿时我就觉得比以往几个星期都精神百倍。

拉力赛最后一天的那个早上，我把路书放在腿上，最后一次抚摸着，但是我并不是真的需要用这本书。伯纳德在巴黎生活过。他清楚地知道我们的位置，也知道怎样到达终点线。我知道我们自己的啦啦队，肯定已经在去和平街上餐馆的路上了，这是我的很有远见又明智地要了点行贿手腕的表哥们，为我们四十余口家人和朋友预订的，这样他们就都能够坐在前排，等着欢迎我们的到来了。在第二十区的第一个检查站，我们停在詹姆斯的后面，就像很长时间以前在到蒙古的入口处一样，组织方把我们紧紧地控制在这里。他要最大限度地制造一种喜剧效果，让我们这些不同寻常的老汽车，都能够单独进入终点处。他为这些汽车感到自豪，自豪在他的组织下除了八辆车以外，其他所有从长城脚下出发的汽车都能到达巴黎。他希望每一辆七十岁、八十岁和九十岁的老爷车都能享有单独亮相的机会。这就意味着，我们要等好长时间，因为，和过去三十五天一样，我们已经准备好在指定时间之前就出发了。伯纳德冲到一家面包店，带回来一个充满美味的糕点盒。我们把这些刚从烤箱里拿出来还热乎的乳蛋饼和烤蛋糕三明治，挨个汽车传递下去。

通常情况下，吃东西能让我觉得安慰一些，但是现在我无法平静下来。等待让人痛苦难耐，我紧张地期待着，想着在旺多姆广场等着我们的人肯定在想什么。马蒂厄已经离开了，然后詹姆斯也出发了，现在这群人中，只有我和伯纳德还站在路边。我们要等的时间实在太长，等我们到达旺多姆广场时，他们早就走了，去与他们的家人一起庆祝了。我们甚至都没来得及说声再见。

终于轮到我们了。赛道工作人员把无线电放到嘴边，说："84号车要出发了。"他转过身，朝我们笑了。"出发了，你们两位。"伯纳德驾驶汽车，走在玛德莲大道下午的车流中。在我们经过时，街上的购物者和游客都转过头来盯着我们看。前面的宾利、拉贡达和奔驰汽车已经有一次名副其实的游行了，足以把人们从商店里吸引出来，呆呆地站在人行道上。他们知道有重要的事情在发生。也许他们注意到了我们绑在前挡泥板上的那个车牌了，车牌很破，但仍然很明亮地写着"北京到巴黎"几个红黄色的字。或许，这让他们想起了当天早上读到的一篇文章，文章讲到三十五天以前，我们驶离北京，重走一九〇七年几辆汽车走过的七千八百英里路。

到终点还有不到五分钟的时间。伯纳德向右转，进入了多努路。还有三个街区。这时，我的皮肤感觉紧紧的，双眼紧张不安。我想找一个寂静的地方，有时间面对近几天就像脆弱皮肤上结的讨厌的痂一样、一直在我脑海里转的一个问题：然后呢？

人群中的某个地方，就有我们自己的啦啦队，里面有我们来自大西洋两岸的姐妹、外甥、孙子孙女和朋友，他们来这里欢迎我们到达终点。通过组织方的每日报告，他们一直在关注着我们的比赛，在地图上用针标志我们的进展，当看到我们的车绑在一辆前往莫斯科的空长途拖车上，紧接着又两天没有消息时，他们一个个都紧张得发狂。

伯纳德开得很慢，但是即使步伐庄严，我们到达和平街也就用了不超过一分钟的时间。就是这儿，这是我们在这次拉力赛中走过的最后一个弯。虽然他并不需要指令，我还是得说："拐角处右转，然后直行。"伯纳德滚动方向盘，罗克珊娜很自然地滑过这最后一段。我们走过一段很长的街区后，再过很短的一段，就会到达那个宽阔优雅的广场了。

喧哗消退，变成慢动作。说了几千次的"左转"和"右转"之后，现在的我不用再发任何指令了。我无事可做。有那么漫长的一秒钟，我坐在座位上，静静地，等待着。突然，我听到一阵喜悦的笑声，一个人用法语大声喊着："那儿！他们在那儿！好样的，伯纳德！好样的，迪娜！"更多的欢呼和喊声："84号！好样的，好样的！"恍惚之中，我看到伯纳德的儿子在跟着我们的车一起跑，一只手抓着他七岁大的女儿，另一只手在给我们照相。她还很小，可以从窗户里钻进来，他把她举起来，这样我就可以拽她进来，先是腿，坐到我腿上。我的外甥跑过来，把头伸进敞开的车窗亲了我的脸颊一下。他的 T 恤衫上，用钢笔很细心地写满了 84 号车几个字，免得有人质疑他的忠诚。我姐姐跑在他后面，视频摄像头对准他、我、我们。我们挥着手，欢呼着，看到我平安归来，她高兴得脸颊泛红。伯纳德的姐妹们都冲到他那边，热情地紧握他的肩膀。

然后，就结束了。密密麻麻的人群围在上面写着"北京到巴黎终点"的旗帜周围。拉力赛秘书踮着脚尖，挥手让我们向前。她说话夹杂着英国口音，指示我们下车，伸过手来和我们握手。我们也紧紧抓住彼此的手，不想松开。我们在那儿站了一会儿，眼花缭乱地，冲着镜头微笑着。我的太阳镜挡住了眼里的泪水。"我们做到了，"我不出声地对伯纳德说，"天哪，我们做到了！"后来，我们回到车里，手里拿着铜牌。"现在你们绕场一圈庆祝胜利。"秘书告诉我们。伯纳德看看我，说："我们去哪里？"

"不知道。"我说。我们慢慢地绕着旺多姆广场走了一圈，罗克珊娜在这些具有历史意义的鹅卵石上留下了一些油斑点，算是它的个人签名吧。

突然，我们被包围了。我试着去抱我的姐姐。其他人挡在我们俩中间，每个人都渴望得到认可，让我知道他们很高兴来到这里看到我。他们微笑着，很开心，向我们问着各种各样的问题，说着一句又一句祝福的话。他们抓住我，把我拉近他们，我根本无法到达她跟前，直到我穿过这些人。

我们熟悉的人现在感觉像陌生人，这一点儿很令人不安。他们不属于我们一直生活的那个拉力赛星系中的一员。现在，在我们和世界上其他人，甚至是家人之间，存在着一个很大的鸿沟。我感觉自己就像小王子，被困在自己陌生的星球上，无法理解其他地方发生的一切，只希望退回到我所了解的那个世界里去。我机械地做着人们期望我做的动作，兴奋地尖叫，对每个人恰如其分地表示着吃惊、开心或感谢。我猜想，每个人都想靠近这辆跨越了半个星球的神奇汽车，并亲手摸一摸它。我邀请他们坐上我的座位，向他们解释着我用来领航的各种装置，给他们看行李箱里都有些什么。

我表哥的小儿子被这通混乱吓着了，开始哭起来。有人不顾违反集会礼仪，把我们挂在罗克珊娜前格栅上的几个填充动物护身符剪下一个来，给了他。私下里，我清楚这个小棕熊是我们能够成功到达巴黎的原因之一。现在，它落到了一个十八个月大的小男孩手里，但他并不知道它的意义所在，或者并不理解为什么人们会给他这样一个脏兮兮的伤心的填充动物。他哭得更厉害了。我理解他的感受。

昨天在兰斯的时候，我们买了一瓶特殊的香槟，是准备今天在旺多姆广场庆祝时喝的。我所期待的，是一个亲友团聚的场景，每个人都拿着香槟，开瓶塞的砰砰声不绝于耳，泡沫喷出来，我们的衣服都湿透了。我猜想，即使经过了三十五天的想象失败，我也还是没有学会。眼前这瓶就是证明。我们往外滴着倒出酒，仅够每人喝一口的。失望，紧接着是后悔笼罩了我。有机会的时候，我们怎么就没有多买些来呢？

透过声音的沉闷阴霾，有一件事成了痛苦的焦点。除了每天待在车里，我无法想象做任何其他的日常工作。离开了汽车，我再也不适应其他的生活了。我感觉自己裸身暴露在外，就像一只刚刚搬起来的石头下面的蠕虫。我知道我的牧场我的家在等着我，今天不能来到巴黎的所有朋友也在等着我，但是我无法想象再回到比赛前的生活，无法想象比赛后的生活会是什么样子的。所以，问题是，下一步怎么办？

我注意到坐在另一侧的伯纳德，被他的兄弟姐妹和孩子们包围着。我们经过三十五天艰苦的劳动织就的牢固蚕茧，就这样破裂了。我不知道他是不是和我有同样的感受，被这场混乱搞得不知所措的我，突然渴望我们坐在罗克珊娜里的那种看得见摸得着的安静：我整天就坐在他身边，而他也就在我身边。在我被拽向这边，他被拉向那边……我真想大喊："看我！记住，我还在这里呢。"我看到他时，他的肩膀被一只只手紧握着，侄女们拉扯着他的衬衫。然后，他转过头来找我，我们的目光相遇了，就像两年前在法院草坪上那次一样。无须说什么，即使穿过喧哗与骚动的人群，我们也能听得到彼此的声音。是的，我们冲着对方点点头，我们会找到办法的。

后 P2P 布鲁斯

　　回到牧场，几个星期过去了，我发现自己还在仔细回味着拉力赛的点点滴滴。其他人都为我做的事情高兴不已，可我似乎无法高兴起来。那三十五天里积累起来的担心，留下了令人不愉快的后遗症。我已经被它折磨得筋疲力尽了。我是一个训练有素的自寻烦恼的人，但是这次我却无论如何无法应对。我就像刚刚在健身器上训练了半小时又去跑完了马拉松一样。

　　和比赛前我曾经想象的所有其他东西一样，我的浸泡疗法似乎产生了相反的效果。我现在不去寻找人群，也不健谈。不过话又说回来，我也不必这样做，因为镇上所有的人都来找我。结果是，在整个五月、六月和七月部分时间里，我们成为有定期邮件服务以来，镇上最热门的人物。我只从莫斯科发了一封电子邮件，但这甚至都没有关系。组织方的每日报告弥补了我的沉默。人们每天早上都会看这些报告，还有几个其他车组人员写的博客。"你听说过 P2P 的最新消息了吗？"我们的朋友和邻居相互询问。"你注意到他们在排行榜的名次下滑了吗？"他们说这话的时候，正是我们的减震器第一次出现问题的时候。

有人甚至发出警报："他们不知道迪娜和伯纳德的车子在哪里！"而那时，罗克珊娜的钢板弹簧断了，我们正享受地坐在临时找到的卡车上，在前往莫斯科的路上。

我们回来后，让我觉得又好气又好笑的是，我现在有一千四百个新的伙伴，他们全都开心地和我拥抱，渴望从我这里听到一些别人没有听过的幕后故事。在向我们表达祝福的人说"天哪，这一定是个爆炸性的新闻"时，我发现自己只能讲一些我们在路上受的苦，只能说我们有多么难。我会无缘无故地掉眼泪，为了弥补比赛期间的睡眠不足，即便我多睡了好长时间，可醒来后想的最多的还是继续睡觉。我还不算太过分，我的行为没有让我失望和惭愧。取得这么大的成绩后，却崩溃成这样，难道不是很矛盾吗？

伯纳德也表现出了一些陷入类似斗争的迹象。白天的时候，他总是一个人出去，去安顿帮我们收干草的工人。他向我埋怨他自己很清楚的每个干草季节都会发生的问题：设备出现故障、工具借出去时是干净的但还回来时却很脏、在那么短的时间内要收割那么多的干草，以及在季风到来时还得着手处理数亩的棕色糊状的土地。这些都向我证明了，他生活得不快乐。我们像往常一样坐在一起吃饭，但是很少说话。家里的这种沉寂让人感到更多的是郁闷，不那么友好。没有了罗克珊娜在身边，我们两个就像登上了大峡谷两个相对的边缘，我们没有往下走，试着在中间某个地方会合，而是转身背对对方走开了。

我抬头看看餐桌对面的伯纳德，他似乎很小，很遥远，失去了焦点。对牧场上的工作，他只是在敷衍着，任其随意发展。我能看出来，他的心根本不在这上面。以往他是那么有耐心，现在却不耐烦了。有时候为一些很可笑的事情，他就会冲我发脾气，比如，我穿鞋怎么就花那么长时间，每个星期买食物时怎么能忘了买他最喜欢的果汁，等等。在伯纳德看来，我身上也有一些东西显然不对头。比赛结束一个月后的一天，我没有和马儿们在一起，而是留在家里，无精打采，缺乏热情。为一些鸡毛蒜皮的小事，我和他生气，我责怪他没有把床上的两个枕头弄得柔软一些，责怪他饭前摆餐桌时敷衍了事。

两年来，为了准备 P2P，我们用掉了所有醒着的时间，至少对我是如此，还有很多我的睡眠时间也搭进去了。现在，比赛结束了。这种感觉就像我们紧急降落了，牧场上所有的平静和自然美色，不足以分散我们的注意力，不去想假设比赛时发生的各种情况。假若罗克珊娜更快一点儿准备就绪，假若我们参加比赛前对它进行了测试，假若我们没有装那么多东西，假若伯纳德没有从那块岩石上冲下去，假若我们事先想到了带上备用钢来制作新零件。

就这样无聊地过了六个星期后，我们开始讨论这次比赛了。"你知道吗，今天早上我还在想我们住在格但斯克的那家美丽的小酒店呢。与詹姆斯和其他人一起。很棒，不是吗？"

"嗯。还记得那顿饭吗？还有雪茄？嘿，在察干诺尔县，就在到西伯利亚之前，我们俩多么疲惫。我们都不怎么知道……还有，然后我们送给罗伯特那瓶格兰威特？他的眼睛如何亮起来？"

"是的，但是第二天早上就不那么亮了。我很清楚，因为我是第一个看到他的。"

"真的？"

"哦，还记得我拿给你的那杯咖啡吗？我想让你多睡会儿，所以我先给他和曼迪送去的。"

"是你把他叫醒的？我一直不知道这件事。"我们开始追忆 P2P

最精彩的片段，竟然惊喜地发现有那么多。过了一会儿，我们坐回去，笑了，我们终于开始思考如何摆脱几个星期来沉重压在我们心头明显的失望了。

虽然是只开了一点点缝隙，但是现在这扇门毕竟打开了，足以让一缕微弱的光线进入了。几天后，我又拜访了那扇门，又推了推它。"你会以为我说这话很傻，"一天晚上吃饭时我说，这时伯纳德正在对着他的那份沙拉皱眉头，"但是，我怀念那场拉力赛。"这句话把伯纳德惊得一下子抬起头来，一份沙拉刚吃到一半。可以看出来，他认为我失去了理智。我试着讲得更清楚些。"哦，也不完全是真的。当然，我并不怀念整个拉力赛。但是你知道我真的怀念什么吗？我怀念那种强烈的戏剧感，不知道如何应付每天的路况说明。我怀念每天能看到新事物。我甚至还怀念发现每个国家的加油站有什么不同。我还怀念那些计时赛。天哪，我真的好喜欢它们。难以置信，啊？"我停下不说了，瞬间又迷失在回忆之中。

"我真希望在这儿能找到类似的事情做。哪怕是一次计时赛。为了好玩。"

惊人的是，我们俩现在都敢于再谈论有关比赛的事情了，更不用说我们会把P2P的任何元素和"好玩"联系在一起。某种程度上，我们又开始重温那次经历的强烈程度，感觉似乎太快了点儿。不过话又说回来，越来越清楚的是，大部分的比赛经历我们两个都很想念。现在，洪水冲开了大门。

"所以，你知道，"我说，"我们在这儿，我们在家，我们做着平常的事情。但是，好像我们两个又不在一起了。我喜欢和你待在车里的感觉。只有我和你，我们一整天都在一起，每天，想办法解决问题……我喜欢这样。"

伯纳德看了看我，倾听着，几个星期来我头一次觉得我们又开始有了联系。"你真的这么想？"他说，伸手拉住我的手，紧紧地按着。"我也怀念。怀念你。"

"我明白。我喜欢比赛中的这种感觉。汽车是我们两个必须待着的唯一地方。我们两个都有自己的事情要做。我们都做得很好，你难道不这样想吗？我们两个没有吵架。只有我和你，来对抗整个世界。有点儿那个意思。"

"你愿意再来一次比赛吗？"

"再来一次？你疯了？不可能！"

"那你想怎样？"

"哦，我也不知道。至于拉力赛组织和必须按他们的规则行动？我并不想念这些，我也永远不会想念。永远。我们一直在谈的其他事情，像一起开车去一个新的地方呢？我想我喜欢这个。"

一个星期过去了，在此期间，我们两个在与一个新生的想法做斗争。这次是伯纳德先开口，还是在吃晚饭时，因为这是我们两个唯一都不会被别的事情分心的地方。"还记得我驾车环游世界的事吗？"他说，"我们可以做些类似的事情。"

"驾车环游世界？是不是时间有点儿太长了？"他才刚开始说，我就已经犹豫不定了，担心他提议我不可能会做的事情来。

"不是，不是环游世界。我们选一个地方，冬天找一段时间离开这里，去探险。没有事先计划的，有些说走就走的意思。我们一天一天进行，就像我在驾车环游世界那次一样，遇到喜欢的地方就多待几天，准备好了就再出发。"

我不知道该如何理解他的话。我从来没有不计划好就去旅行，不知道第二天自己可能在哪里，不事先预订好每天晚上住的地方。不过，我希望谈话继续下去，所以我说："哦。"我认为这是适当的积极但又不置可否的回应。

伯纳德接着说："冬天最冷的时候，离开这里几个月，是很完美的想法，你不这样认为吗？不管怎么说，我已经受够了连续几个月每天犁地铲地的生活了。"

"几个月？"我语无伦次地说。对我来说，这一切都太快了。我开始还以为我们会花一两周的时间在本地驾车旅行。留给他自己去计划，伯纳德就已经偏离轨道，走上完全不同的道路了，现在他竟然提议我们出去旅行比拉力赛还要长的时间，而且甚至不预订过夜的房间。

"哦，不行，我起了个什么样的开头？"我心里想。我才刚刚完成一场差点儿累垮我的拉力赛，现在伯纳德又要策划另一场冒险，而这又远远超乎我的舒适区域，我都怀疑自己甚至能不能拿到签证。

接着，一件奇怪又神奇的事情发生了。无名的恐惧消退了，我逐渐进入了比赛模式，寻找一些有意义的方式来理解伯纳德的想法。当我这样做的时候，对伯纳德显而易见的事情，现在于我也是显而易见了。他的建议并不像我担心的那样遥不可及，因为如果说现在有一件事情我知道怎么做的话，那就是长途旅行。如果我能在一辆汽车里待三十五天，那么四十天或者五十天怎么就不行呢？有什么大不了的？另外，几天前我对伯纳德说的话也是实话。几个星期以来，我心里充满了名副其实的渴望，一种再次坐在汽车里的欲望，只要能让我和伯纳德在一起。我对它的渴望，就像干了一天累活渴望吃到一块安格斯肉眼一样急切。在这些时候，回到车上，关上车门，然后看看会冒出什么的欲望，简直让我无法忍受。对所走的路一无所知，发现拐弯的地方有什么秘密，在疲劳与驾驶和发现的兴奋中沉醉，一切都有伯纳德在我身边，所有这些都让我充满向往。如果这个男人提出来要带我去月球，我也会说："走吧！"

但是这次，我有一个要求：我想以我自己的方式来做这件事情。"你的意思是说只有我们两个人，对吗？靠我们自己。选一个地区，然后去那里，驾车穿越。对吗？"这个时候，我要确保伯纳德没有耍花招去参加另一场比赛，这很重要。

"永远不会再有三百个人了。"他说。我们相视而笑，松了口气。

"好吧！"我很快说出可能会让我陷入麻烦的这两个字。"没有支援机构，因为我们不需要；没有救护人员，因为我们不会生病的；没有技师，因为你就是最好的技师。"我希望早上醒来就与伯纳德一起研究地图，在我们决定当天去哪里时，小拇指在地图上跟着路线走，跟着我们的灵魂随意漫游。"这次，"我对伯纳德说，"要跟 P2P 截然相反。"

有了这个目标，我们的状态发生了改变。我们又进入了同一频道，现在似乎有很多重要事情要做，这很是分散我们的注意力，而这时能找到我们俩能够在一起的时间，这又让我们很高兴。重要的事情就是决定去哪里开始我们第一次几个星期的自驾游，以及我们用什么来走完这些里程。第二件事情比第一件事情容易。

"我们可以用罗克珊娜吗？"伯纳德提出了这个显而易见的问题。

"它准备好出发了。"从他的语调里，我觉察出了他想念它，想念这辆他曾经倾注了一年半的生命和那么多梦想的车。

"我明白。"我告诉他，我叹了口气，故意拖延时间，我不想用接下来要说的话伤害伯纳德。"显然，我的确清楚你、我们为罗克珊娜参加拉力赛付出了很多努力。虽然如此，我认为我不能再坐它来一次长途旅行了。至少不是现在。我明白，现在它不可能有什么问题，但是理论上讲，在拉力赛中它也应该不会出现问题的。可是，事实是它出了故障。如果我们再用它的话，我会一直担心可能会出现什么问题的。我不希望我们的下一次旅行和这辆车有什么关系。我希望我们的旅行很轻松，不用担心车的问题，就是我们自己四处看看。明白我的意思吗？"

"不，不，"伯纳德说，这是他表达同意我的意见的方式，"你是对的。我们可以买辆不同的车。"他的眼神看上去就像受伤的小狗，而且我能够感觉到他在压抑着自己的失望，但是他没有对此大惊小怪。我们正在琢磨下一次的旅行，我们两人都采取了妥协的态度，这在P2P中让我们受益匪浅。

"我们没必要再买一辆车。我们租一辆怎么样？你知道租车的好处在哪里吧？修车会是别人的问题，和我们无关！"我对此感到相当得意。"我们可以从阿维斯（国际著名跨国汽车租赁公司）或者赫兹（汽车租赁跨国集团）租一辆车，如果出了故障，我们就给他们打电话，他们会给我们送来另一辆。"我已经爱上了我的新冒险，我的想象力已经随着我们要去神奇地方自由泛滥了。

"对。你说得对。完美。"

决定去哪里需要更多的思考。伯纳德先说了。"我们可以环欧洲行。看望朋友们和家人。去滑雪。"他建议。我双手赞同去滑雪胜地旅行的提议，在二三月我们这里下雪最多的时候离开。"但是，"我说，"如果在滑雪季去欧洲的话，我们也就是换了一个地方过冬天而已。干脆去不是冬天的地方，这更让人激动的，不是吗？"

"所以，那就是说，在我们这里是冬天时候，我们要去的地方是夏天。澳大利亚怎么样？"

"巴塔哥尼亚如何？"

"巴塔哥尼亚？这是南美洲的一个国家,是吧？"伯纳德挑战地说。我终于提出了一个他不知道的地方。他没有意识到的是，巴塔哥尼亚根本就不是一个国家。"它是南美洲的一个地区，"我向他解释，"被智利和阿根廷分开，一直向南延伸到好望角，在火地岛。十五年前我的父亲曾去过那里，还记得吗？"

这是一个我父亲热爱的地区，当时他已经快八十岁了，登山的最好岁月早就过去了。我在看他盐湖城家的书房里的照片的时候，他给我们描述了托雷德裴恩国家公园和菲茨罗伊雄伟的黑色尖顶，从巨大的冰川中溢出的闪闪发光的纯净河流，有成群的企鹅和海豹的海岸线，麦哲伦海峡和比格尔海峡这样的迷人的名字，还有马背上的牧人疾驰在南美大草原上波浪起伏的牧场。他非常喜欢那里清澈的空气，一览无遗的广阔视野。最重要的是，他被一条称作南路的风景壮丽的野生道路迷住了，那时候这条道路刚开始规划，建成后将首次允许人们开车到智利的孤立的南部海岸。从那时起，我就一直渴望去那里了。

"巴塔哥尼亚是我想长时间骑马的地方，但是因为工作办不到，记得吗？我想我肯定不止一次给你描述过那次骑马远足。"我在轻轻地往前推他，试着唤起他的回忆，给他留下一个印象，即我的建议绝不是纯粹的奇思妙想。此时此刻，我并不知道即使对一个"新"的我来说，南路离我们非常遥远。不过，我很清楚一件事情，就是伯纳德对我要去骑马的地方没有什么兴趣。要把他卷进来，我得用一些诱人的东西勾住他。七百英里废弃的碎石路，就是我的诱饵。

我们一起到电脑跟前，用谷歌搜索"南路"。伯纳德读着说明，沉默了。他转身对着我，一半困惑一半责备地说："我怎么从来没有听说过这个地方。再给我说一遍这个地方的名字。"

"卡若他若奥思查尔，"我说，发着卷舌"r"音，"意思是南方公路。"虽然我不是什么渔夫，但是我感觉到他已经叼住了鱼钩。是时候了。"还几乎没有人在那里驾车走过呢，尤其是驾着自己的车。我的意思是租的车。"我能感觉到钩子陷得越来越深了。

"真的吗？巴塔哥尼亚。哦。你知道，也许我听说过这个巴塔哥尼亚。"他说话时像多数法国人一样，不会发卷舌"r"音。"是的，是的。我觉得我读过关于这个地方的东西。"伯纳德喜欢表现得对什么都知道得最多。然后，他又回去看屏幕上的道路信息。"你知道，我觉得我得去办公室，看看能不能了解这条路的更多情况。你觉得我们可以弄到一张地图吗？"钩子已经被死死咬住，伯纳德要自己进来了。我简直高兴极了。

我们要去巴塔哥尼亚了。我们的旅伴是几张地图和一本旅行指南。我们将预订三个酒店，一个是我们到达的那天在圣地亚哥的酒店，一个是在托雷德裴恩国家公园保证我们有完美位置的酒店，和一个接近菲茨罗伊的酒店。如此自由自在的想法，让我感到既开心又担心。四个月后，我们登上一架飞机，飞往智利。

尾声：我们还在那里吗？
驾驶人生格言

P2P 结束后，罗克珊娜没有和我们一起回到科罗拉多。詹姆斯的一个朋友，在拉力赛结束前的那个晚上来兰斯，他完全迷上了罗克珊娜，问我们是他否可以领养它。"我会把它当自己的车一样来照顾的。"他说。它待的车库很舒适，可以自动调温，戒备森严，离他住的地方还很近，它又配了一个新的挡风玻璃，漏油的地方也拧紧了，还有适当的减震器装置也被测量并焊接到位了。

我们曾经计划再驾驶一次罗克珊娜，事实上，我们也随意谈论过几次可能的短途旅行，但最终没有成行。最后，希望它再有机会在世界的道路上大显身手，我们把它卖给了一对澳大利亚夫妇，他们想买一辆现成的拉力赛车，参加二〇一〇年的类似于 P2P 的拉力赛，这个拉力赛也是由 P2P 组织方主办的。二〇〇九年，他们驾着它参加了一次拉力赛，从伦敦到卡萨布兰卡。它表现得相当不错，但后来它的新主人给它换了一个新发动机。一年后，他们驾着它参加了 P2P，和我们三年前那次一样，也是从八达岭长城那里出发。这一次是在比赛的第二天，风扇螺栓出了问题并严重损害了散热器。罗克珊娜成功地到达了乌兰巴托，在那儿修好了，但是从乌兰巴托出发不到一小时，又坏了，这次散热器彻底不能用了。罗克珊娜退出了比赛，被装运回英国。整个事件让我不寒而栗。很奇怪在两次P2P的前两天都发生了风扇问题，唯一的区别就是我们那次保持了罗克珊娜的正常行驶。我愿意相信在格里利我拥抱罗克珊娜的挡泥板确实打动了它。

一九〇七年，第一次P2P举行时，汽车还是新奇事物。有人买了车，大家都要庆祝一番，而每次你驾车出去又安然无恙地回到家，人们也会不断地表示祝贺。自从P2P之后，我们已经驾车走了数以万计英里。在巴塔哥尼亚，我们从阿维斯公司租了一辆精神十足的五十铃。我们驾着借来的被我称作性感野兽的马恒达吉普车，从印度南端到了喜马拉雅山脚下。我们还驾着自己的路虎卫士，因为它美丽、意志力顽强，我称其布伦希尔德（在北欧神话中，布伦希尔德是一名持盾女战士，同时也是一名武神），绕过一千个急转弯，登上了秘鲁的高原，又从那里到了玻利维亚的沙漠。当我们驾车从吉布提进入埃塞俄比亚，并穿越整个埃塞俄比亚又返回，一路上沿着索马里边境行驶时，它一直在旁边支持着我们。我们驾着布伦希尔德行驶了九千英里，从伊斯坦布尔到伊朗，又向前穿过中国、西藏、尼泊尔，最后到达印度，它从来没有退缩过。通过这一切，我们体验到了一百年前人们坐在车里时曾经体验到的那种快乐。如果当时人们有车的话，他们会关上车门，身体后靠坐着，知道一场冒险经历即将到来。现在，我们在做同样的事情。我甚至都没有晕车的感觉。

坐在与世隔绝的汽车里，把自己包裹起来，是一种完美的旅行体验。一切都那么熟悉，而因了这种熟悉，你会感到很舒适。可是，正是这种熟悉，让外面不熟悉的事物大大减少。坐在车里，我能够看得更清晰，在做任何事之前有时间对周围的东西进行反思。自己驾车旅行，我和伯纳德想什么时候去哪儿就去哪儿，我们是完全自由的。在车里，这种过程——到达那里的过程——让一切东西看上去都更加生动。

你可能会想，经过了这些之后，我会迷上汽车。我没有。我们刚买到罗克珊娜时，在机械方面我是一点儿经验都没有。在一次很长时间公路旅行的第一天，我还和我自己争论能否一天在车里坐六到八小时呢。我不情愿地告别了干净的头发、规律的饮食与时髦的鞋子。我对自己仍然很挑剔。在说一些简单的话之前，我还是会先说"对不起"，所以如果是我做错了什么，这就等于我事先已经道过歉了。我不得不接受自己的这一点：当自己控制不了事态时，我会非常没有耐心，还会变得异常恼火。然而同时我也惊叹，坐在车里竟能学到那么多的东西。

比如说有一次，伯纳德在车底下拧紧东西或什么的。那天很热，他在滴汗，我确定他很希望去别的地方待着，尤其是如果那个地方有风有阴凉，还有冰镇啤酒喝。我明白我也会这样想的，我没有在下面的碎石子里，却也是浑身冒汗。我站在工具袋边，诅咒这湿热，不知道我能不能发动汽车，坐在里边把空调开到最大，同时还不能让伯纳德窒息。当然了，伯纳德还在修车。他完成了工作，因为现在没有时间去管讨厌的震颤声或令人担心的叮当响声了。在我们继续往前行驶后，没有烦人的震颤声，我自然很感激伯纳德解决了这个问题。我还知道，如果他不能修好，他会把这个问题留着，等一有机会就会处理的。这是我的经验总结：如果你可以解决，那就立刻做。如果不能解决，暂且别管，继续前行。这个经验用到汽车维修上，可能没有什么天生的智慧而言，但是如果把它用于处理与人打交道这方面，比如和你的老板、爱人、兄弟姐妹或者父母，你会发觉这是一个很伟大的想法。

有时候我还是会要小孩子脾气，生闷气。不过，我现在做得好多了。在 P2P 的那些日子里，我告诫自己：遇到情况不要大惊小怪。闹情绪不会让事情有所改善。行动才可以。在 P2P 中，我努力地将这个放在心上，才取得了中等成绩。我依然与理性做斗争，如果生闷气等于疲劳，而疲劳只能来自行动，那么生闷气也一定就是行动。

把两名犯人关在一间五英尺见方的牢房里，人们会认为这是很残忍很不寻常的惩罚。我到现在还不清楚，是什么让我心甘情愿地与我的丈夫一起坐在那样一个狭小的空间里。但我的确知道，在我们不走运的时候，这在公路旅行时有时候每天都有这种情况，我只需想想我们在俄罗斯和爱沙尼亚边界，或者蒙古和中国的边界时的情景就可以了。因为边界是用来跨越的，边界线是要尊重的。它有助于我记住趁机超越自己的自然极限和因侵犯了伯纳德的领域而向后退缩之间的区别。在路上时，伯纳德已经适应了一到达目的地我就要出去逛街的强烈愿望。而现在，我可以等他洗完澡、换完衣服、喝完一杯啤酒，然后我们再一起出门了。

动力：有动力，你就会克服困难。失去动力，你会一无所成。这是我在计时赛时想到的，当时我们慢慢地在深沙里前行，里面已经困住了一辆车。伯纳德看了看他们，说："他们犯的是典型的错误。人们往往认为只要加速就能通过沙地。事实正好相反。向前行进的同时，速度一定要尽量地慢下来才行。不要让轮子旋转，留下很深的车辙。"P2P 之后，有一次我和伯纳德被困在沼泽里，在我们努力地摆脱困境时，我又想起了它。每一次对话的尝试都意味着向前移动。前进的道路是很缓慢的，我们两个都不知道这条道路究竟要把我们引到何方，但是慢慢小步地走也总比原地不动要好。

现在，我很安于自己做个追随者的角色。我也已决定，不管是前者还是后者，这都不重要。谁也不会生来就比另一个人强，每个人只是需要另一个人的存在罢了。事实上，这是一种终极象征关系。想想看，假如成吉思汗没有一个优秀的部落做后盾，他怎么能成就这么大的光辉伟业？这是我知道的一个事实：每一个功成名就的领袖身后都有一个伟大的追随者。我很高兴，当我们翻阅地图，寻找下一个可能的旅行目的地，因为我很害怕那个地方而建议伯纳德可以跟别人一起去时，他说："但是，我不想和别人一起去。我就想和你一起去。"尽管事实上，直到现在我还分不清东南西北，仍然很难相信我前方的路并不总是北方。这些都是仪表盘热爱者的局限性。但与伯纳德一样，我接受了它们。这也是为什么他在仪表盘上装了一个永久性GPS，屏幕朝他那侧倾斜，我甚至都看不到。

哦，还有最后一点，也许是最重要的。一路上，它亲眼看着我度过了很多黑暗的时刻，在家时又成为我的指路明灯。这就是我想与你们分享的：当你感到迷茫的时候，就去做一次美甲。当你的脚指甲上有光泽时，事情总会变得更清楚些。

译后记

喜欢幻想和浪漫的迪娜和丈夫伯纳德参加了 2007 年的北京到巴黎老爷车拉力赛，她将自己旅途中的所思所想所见所感，用幽默写实的笔触栩栩如生地记录下来，并付梓出版，引来好评如潮。我有幸成为此书的译者，跟随她一路体验了充满冒险、喜悦、痛苦与成功的长途旅行，领略了充满神奇色彩的异域风光与风情，见识了蒙古沙漠的彪悍与无情，享受了赛道上追赶野兔的乐趣，更重要的是见证了她和伯纳德婚姻的成长，灵魂的融合，完成了一次生命嬗变之旅。

在现代社会，旅行已经逐渐成为人们的一种爱好和生活方式，尤其是自己驾车旅行。人们因不同的缘由去旅行，有的是为了开阔眼界增长见识，有的是为了暂时远离工作压力放松自己，也有的是迫不得已而为之。迪娜选择这次长途旅行时，内心里充满了犹豫与渴望的矛盾。犹豫的是，她因为晕车而害怕坐车，更何况还要在移动的汽车上给伯纳德读路书，这在她来说简直无法忍受。可是牧场上平淡无奇的生活让她和伯纳德的心灵似乎渐行渐远，而伯纳德又是那么喜欢冒险，喜欢驾车旅行，于是渴望重建和伯纳德亲密关系的迪娜咬牙答应了参加这次旅行。

迪娜生性活泼，但很没有耐心。为了改变自己，同时也希望改变伯纳德，她和伯纳德约定，在旅途中遇到问题时两人都要克制自己平时让对方很讨厌的习惯，要充分地沟通。一路下来，尽管汽车一而再再而三地出故障，有一次搁浅在戈壁滩上让他们担心自己无法走出来，但他们还是努力克服了一个又一个困难，成功到达目的地巴黎，完成了这次长途旅行，并且获得了不错的成绩。这一趟旅行下来，迪娜得到一个很重要的经验：动力能让人克服一切困难——渴望与伯纳德关系更亲密是她参加这次旅行的最大动力，为此，每每遇到问题或困难时，她都会考虑伯纳德的感受，同时，伯纳德的无限乐观精神也感染了她，他们彼此配合得越来越默契，关系也越来越和谐。

三十五天的长途旅行，迪娜实现了蜕变——她比以前自信了，乐观豁达了，有耐心了，遇到事情不再乱发脾气了。人们说旅行会让你遇到最好的自己，迪娜做到了，她不仅遇到了，还变成了一个更好的自己。

三十五天的长途跋涉之后，迪娜和丈夫成功到达了终点。终点之后呢？她又陷入了迷茫。因为已经习惯并且喜欢上了坐在汽车里与伯纳德一起赶路的生活，突然停下来，她有点不知所措，有点不再适应牧场上的生活了。经过她的观察，伯纳德也是如此。他们两个开始讨论那次旅行，发现竟然有那么多值得回忆的事情。于是，他们决定再次上路。他们两人又一起征服了很多地方，而在这一次又一次的远征中，他们的关系更加密切了，他们成了真正的"灵魂的伴侣"，因为他们已经变得谁也离不开谁了。

人生难免会有迷茫，迪娜得到了一些应对妙法："当你感到迷茫的时候，就去做一次美甲。因为当你看到你的脚趾甲上的光泽时，你对事物的理解可能更清楚些。"是啊，谁都会有迷茫不知所措的时候，这个时候，不要强迫自己，暂时放一放，做一些自己喜欢的事情，也许就会柳暗花明又一村呢!

作为本书的译者，首先，我真的是很喜欢这本书。我始终认为，一个译者的使命就是要把自己读到的外文好书通过自己的笔与中文读者分享，遇上这样一本好书，我觉得自己很幸运。其次，在这本书的翻译过程中我确实花了很多的心血。虽然我知道译文好坏最终由读者来评定，但我觉得，至少我在翻译时认真求解的态度是对得起天地良心的。

谢文英

2018 年 4 月

附录 1　北京—巴黎拉力赛参赛车辆

车型	年份	发动机
伊塔拉 40	1907	6500
伊塔拉 40	1907	3000
Braiser 22/30 Torpedo	1911	3700
诺克斯 R 型	1911	7166
塔伯特 35（马力）	1908	5300
福特 T 型车	1909	2859
蓝旗亚 Theta 车型	1916	4700
伊塔拉 51B	1924	2813
派克特双六	1917	6900
拉弗朗斯跑车	1918	14500
埃塞克斯 6A	1919	2800
拉弗朗斯跑车	1919	14500
劳斯莱斯银精灵	1922	7500
劳斯莱斯银精灵	1923	7500
劳斯莱斯银精灵	1926	7428
沃克斯豪尔 30/98	1923	4398
梅赛德斯 60 HP	1903	9236
歌手勒芒	1934	933

车型	年份	发动机
布加迪 44 型	1927	3000
别克皮卡跑车	1925	2550
罗孚 12 六轻型轿车	1938	1496
阿尔维斯 12/50 甲壳虫	1930	1635
Sunbeam 16	1932	2200
雪佛兰跑车	1929	3500
劳斯莱斯 20/50	1933	3669
克莱斯勒 65	1928	3200
雪佛兰 AB 跑车	1928	2700
克莱斯勒 72	1928	3000
拉贡达高底盘 T1	1927	4500
宾利	1926	3000
MG（莫里斯车厂）SA	1938	2288
雪佛兰跑车	1930	3180
阿尔维斯 疾速 20	1933	2655
劳斯莱斯跑车	1936	7340
拉贡达 M45 旅行车	1933	4453
拉贡达 T7	1934	3000
拉贡达 M45 旅行车	1934	4553
塔伯特 95	1934	2687
拉贡达 M45 旅行车	1935	4500
福特 A 型	1931	3300
福特 A 型跑车	1931	3225
蓝旗亚 Lambda	1929	2570

车型	年份	发动机
劳斯莱斯 20 旅行车	1927	3000
宾利 4.5 勒芒	1927	4398
德拉奇 D6L	1930	3075
德拉奇 D7S	1930	4050
宾利开放旅行车	1937	4398
梅赛德斯 630K 运动版	1927	6300
梅赛德斯 630K	1927	6240
宾利 4.5 勒芒	1928	4398
宾利 4.5 勒芒	1928	4398
美洲虎 3.5 轿车	1948	3500
宾利 4.5	1929	4398
宾利 6.5 旅行车	1929	8000
克莱斯勒 75 跑车	1929	4078
宾利 3.5 旅行车	1935	3500
宾利 4.5 勒芒	1929	4398
克莱斯勒 75 跑车	1929	4600
福特 Pilot V8	1936	3622
宾利 6.5 旅行车	1929	6493
宾利 6.5 旅行车	1929	6597
宾利 6.5 旅行车	1927	6597
莱利 16	1937	2443
德比·宾利	1936	4250
拉萨尔·凯迪拉克跑车	1936	4098
德比·宾利	1939	4259

车型	年份	发动机
拉萨尔敞篷轿车	1937	5280
雪铁龙前驱轿车	1939	2867
福特 01A	1940	3622
克莱斯勒 77	1929	4275
宾利 6.5 旅行车	1926	6500
雪佛兰跑车	1940	3501
别克跑车	1937	2480
宾利 Speed Six	1927	6500
别克轿车	1938	2480
凯迪拉克 70 Fleetwood	1936	5700
拉萨尔跑车	1940	5277
雪佛兰跑车	1937	4000
帕卡德跑车 120	1938	4625
雪佛兰·范吉奥跑车	1938	3540
雪佛兰·范吉奥跑车	1938	3500
雪佛兰·范吉奥跑车	1941	4250
雪佛兰·范吉奥跑车	1940	2998
阿尔维斯银鹰	1934	3571
别克敞篷车	1940	8000
别克 4L 八汽缸直排式	1940	4000
福特跑车 TC	1940	4000
福特敞篷车	1937	3600
福特敞篷车	1937	3900
雪佛兰跑车 TC	1939	4000

车型	年份	发动机
奥斯汀 16	1948	2199
MG 马涅特 ZA	1956	1798
大众甲壳虫	1959	1300
大众敞篷车	1959	1500
宾利 R 轿车	1953	4566
路虎系列 1	1955	1997
雪铁龙前驱车	1954	1911
Sunbeam 阿尔卑斯	1954	2267
雪铁龙跑车	1950	1911
莱利 RMB	1951	2443
雪佛兰 Bel Air	1950	3550
福特 Pilot V8	1950	3622
斯蒂旁克 Starlite 跑车	1951	3785
阿尔法·罗密欧 Giuletta T1	1957	1290
雪铁龙 2CV6	1965	602
罗孚 P4 80	1960	2286
霍顿 FC	1958	2250
蓝旗亚 Aurelia B20S	1954	2400
Sunbeam Rapier 轿车	1960	1592
胜利 TR3A	1958	2188
摩根 plus 4	1953	1991
保时捷 356A	1959	1600
宾利雅俊敞篷车	1952	4500
阿斯顿·马丁 DB6	1969	3995

车型	年份	发动机
梅德赛斯 220S	1958	2195
福特跑车 TC	1950	4000
阿斯顿·马丁 DB4	1960	4000
沃尔沃 1800S	1967	1800
美洲虎 MkII	1961	3794
沃尔沃 PV544	1964	1780
阿斯顿·马丁 DB6	1965	3995
梅德赛斯 200 轿车	1966	1988
宾利 Special	1936	6554
宾利 Special	1953	5675

附录 2　拉力赛术语

(courtesy of rockyroadracing.com)

到达时间控制站（ATC）

设在特殊赛段起点前的一个站点，要求每个参赛团队在指定时间进行登记。早到或晚到都要受到惩罚，目的是阻止他们在过境时加速或者占用额外服务时间。

结束时间控制站（FTC）

设在特殊赛段终点前的一个站点，那里的工作人员会在参赛团队的时间卡上写上他们的阶段时间。此时，拉力赛团队会领到下一次 ATC 登记时间。

主控制站（MTC）

比赛每天开始时设的站点，参赛团队在这里领到他们的时间卡。他们必须在每天结束时返回 MTC，并将时间卡交回。

驾驶员

驾驶拉力赛汽车的人员。与其他形式的汽车比赛不同，驾驶员事先不知道路线；他或她必须依靠领航员告诉他们怎么走。

领航员

坐在拉力赛车乘客位置上的人员。用路书做参考，他或她向驾驶员描述临近的道路情况。

路书

拉力赛组织方制作的一系列页面，里面标有里程数、书面描述和注释，以及一些解释和描述"盲赛段"（指不得使用 GPS 导航的赛段）路线的示意图。这本书由领航员使用，作为向驾驶员描述线路的依据。

拉力赛里程表

安装在拉力赛车里的一种特殊计算机，测量里程精确到一百分之一英里，读取时间精确到一百分之一分，还可以用来完成许多其他的事情。

路线指示

路书上单独的一行，标明里程数、书面描述和解释，以及示意性图形。路线指示用来标志沿线重要的角落或者其他重要的东西。

特殊赛段（SS）

拉力赛路线上一段平坦的用于赛车的路段。这些道路不对公众开放，长度上从 0.5 英里到 24 英里不等。

阶段时间

拉力赛团队完成一个特殊赛段所用的时间，精确到百分之一分。把团队的每次阶段时间相加，就是他们的最终得分。累计时间最少的团队获胜。

时间卡

一张纸或者一本小册子，由每个团队携带，FTC 工作人员在每个特殊赛段结束时在上面写上团队的阶段时间。

郁金香图

一张小图，描述道路和该地区列入增量里程线路的其他必要信息。

创美工厂

出品人：许　永
责任编辑：许宗华
责任校对：陶禹函
版权编辑：杨　博
装帧设计：石　英
责任印制：梁建国　朱丽珍
发行总监：田峰峥

投稿信箱：cmsdbj@163.com
发　　行：北京创美汇品图书有限公司
发行热线：010—53017389　59799930

创美工厂
微信公众平台

创美工厂
官方微博